UNE VIE D'EAU
ET DE VENT

Gilbert Bordes

UNE VIE D'EAU ET DE VENT

Editions Anne Carrière

Du même auteur :

Aux éditions Robert Laffont :

L'Angélus de minuit, 1989.

Le Roi en son moulin, 1990.

La Nuit de hulottes, 1991 (prix RTL-Grand Public 1992, prix du Printemps du livre 1992, Grand prix littéraire de la Corne d'or limousine 1992).

Le Porteur de destins, Seghers, 1992 (prix des Maisons de la Presse 1992).

Les Chasseurs de papillons, 1993 (prix Charles-Exbrayat 1993).

Un cheval sous la lune, 1994.

Ce soir, il fera jour, 1995 (prix Terre de France, la Vie, 1995).

L'Année des coquelicots, 1996.

L'Heure du braconnier, 1997.

La neige fond toujours au printemps, 1998.

Les Frères du diable, 1999.

Lydia de Malemort, 2000.

Le Silence de la mule, 2001.

Le Voleur de bonbons, 2002.

Lumière à Cornemule, 2002.

Chez d'autres éditeurs :

Beauchabrol, Lattès 1981, Souny 1990.

Barbe d'or, Lattès 1993, Souny 1992.

Le Chat derrière la vitre (nouvelles), L'Archipel, 1994.

Dernières nouvelles de la Terre, Editions Anne Carrière, 2001.

La Couleur du bon pain, France Loisirs, 2003.

ISBN : 2-84337-231-3

www.anne-carriere.fr

Première période

Le secret de Marguerite

Quand il arriva à la Jeugie par la route de Morsac, un après-midi de juin 1955, avec sa longue capote de soldat et son chapeau à larges bords, personne ne savait qu'il portait le destin de chacun dans sa musette américaine, dont la bride sciait son épaule gauche, et dans son fagot de cannes à pêche pliées dans un tissu grossier... Il allait, du pas régulier de ceux qui marchent depuis longtemps, quand, apercevant la maison sur la colline qui surplombait la vallée de la Dordogne, il prit le chemin oblique qui y conduisait. Le soleil de juin éclairait un sous-bois où les premières fougères étalaient leurs larges feuilles dentelées. Des sentiers de bêtes couraient entre les grandes herbes ; l'homme les parcourut des yeux et sourit. Il arrivait à un pâturage en pente, bordé de noyers, quand un bruit l'arrêta. A quelques pas de lui, un jeune garçon qui ne l'avait pas vu marchait, penché sous les branches basses.

– Mais qu'est-ce que tu fais là ?

Augustin, surpris, se dressa vivement et vit l'étranger qui posa sa musette et se massa l'épaule sous sa lourde capote déboutonnée. Le soleil tapait. L'homme repoussa son chapeau, s'essuya le front du revers de la main. Il était très brun. Ses yeux, minces fentes sous ses paupières, brillaient d'une lueur qui n'était pas celle des yeux humains ordinaires.

– Le renard est passé par là ! dit le garçon. Il nous a volé une poule, ce matin.

– Et comment tu sais qu'il a suivi ce sentier ?

Augustin haussa les épaules. Il avait remarqué par instinct une foule de détails indiquant le passage de l'animal, c'était une évidence qu'il ne savait pas exprimer.

– Comment le dire ? fit Augustin. Mais je sais que c'est le chemin du renard. Les chemins des lièvres et des lapins ne sont pas comme ça.

– Mais dis donc, tu t'y connais, toi, en animaux !

Augustin sourit. Au contraire de l'homme, il avait les cheveux raides, d'un blond qui tournait au roux. Il portait une vieille veste trop longue, déchirée aux coudes, un pantalon noir râpé aux genoux, des bottes en caoutchouc. L'homme le regardait toujours avec l'intensité de ses yeux de fauve. Et l'adolescent soutenait ce regard, y trouvait une étrangeté qui réveillait en lui un écho, la certitude d'une ressemblance.

– C'est ta maison, entre les arbres ?

Augustin acquiesça.

– Et le château, sur la colline en face ?

– Il est abandonné depuis longtemps. La toiture est en train de tomber...

Augustin eut l'impression que l'étranger savait tout cela, qu'il connaissait le pays depuis longtemps.

– Tu sais pas si on a besoin d'un domestique chez toi ?

– Ça m'étonnerait ! Ici, on n'aime pas les voleurs et les étrangers qui courent les chemins.

– Tu as une curieuse façon de parler...

L'homme se dirigea vers la ferme dont la cour était entourée d'un haut mur de pierres sèches. Des poules grattaient la poussière, un chien s'élança vers lui en aboyant.

Quand l'animal arriva à sa hauteur, il s'arrêta net, s'aplatit en marque de soumission. Antoine Lapierre sortit de l'étable, la fourche à la main. L'ombre de son chapeau de paille couvrait son front ridé et ses yeux durs. Avec son large visage renfrogné, ses joues molles qui pendaient, il avait un aspect de bouledogue prêt à mordre. D'amples bretelles soutenaient un pantalon noir, épais pour la saison. C'était un homme robuste, malgré sa petite taille.

– C'est pas banal ! dit-il en regardant l'étranger. Ce chien qui mord tous ceux qui se présentent...

– Entre bêtes, on se reconnaît ! Je cherche un peu de travail pour quelque temps !

Antoine détaillait l'arrivant avec une curiosité pleine de soupçon. D'ordinaire, il ne s'embarrassait pas des importuns, pourtant celui-là était singulier. Il constata que la capote ouverte montrait une poitrine large et bombée. Les petits yeux noirs de l'étranger, perçants comme des aiguilles, l'attiraient particulièrement, des yeux de renard. Et cette impression de les avoir déjà vus...

– Vous êtes pas du pays ! Pourtant, il me semble... Vous n'étiez pas dans le maquis ?

L'homme posa sa musette et ses cannes à pêche à ses pieds, tendit la main vers le chien qui se mit à remuer la queue. Cette soumission du corniaud en imposait à Antoine, qui restait là au lieu d'aller nettoyer ses étables.

– Le maquis ? J'y étais comme tout le monde. Beaucoup y sont entrés quand la guerre a été finie.

– Ici, on s'occupe pas de ça. Ça fait dix ans déjà ! Ce qu'il en reste n'est pas le plus beau.

– Le garçon que j'ai trouvé en train de pister le renard est de la maison ?

– Tu veux dire mon neveu ? s'exclama Antoine Lapierre. Un vaurien qui ne pense qu'à chasser et pêcher. Avec ça, il n'est pas près de faire fortune ! Bon, on a assez causé, ça fait pas le boulot.

– Je peux vous aider. Je connais la terre.

Sûrement à cause de l'accueil du chien, Antoine demanda :

– Tu viens d'où ?

– Du bout de ce chemin. Puis d'une route et d'une autre route, de-ci, de-là...

– Tu te promènes ? Ici, on veut pas d'histoires. Mais si tu veux travailler, tu peux.

Antoine regrettait déjà ses paroles, pourtant, il poursuivit, pris par le charme de l'étranger, comme si c'était un autre qui parlait à sa place :

– Bon. Tu logeras dans la maison du bas. Elle n'est pas très propre, mais t'auras qu'à obliger la poivrote à la nettoyer.

– Ça marche. Je m'appelle Pablo Rishein. Ma mère était espagnole et mon père lorrain. Depuis la fin de la guerre, je vais, d'unc maison à une autre...

Antoine avait toujours l'impression désagréable qu'il avait déjà vu cet homme ; sa silhouette trouvait en lui une vague résonance, qu'il ne rattachait à rien de précis.

– Evite de trop parler. Ici, on travaille et on se tait. Va poser ton ballot dans la maison, je t'attends pour nettoyer l'étable.

Puis, faisant un pas vers la maison, il ajouta :

– La poivrote, l'Anaïs, tu n'en profites pas, compris ? C'est ma belle-sœur !

– Ce n'est pas mon affaire, soyez tranquille !

Pablo s'éloigna vers la petite maison au bout de la cour. Antoine s'étonnait encore de ce qu'il venait de faire : accepter un domestique à la Jeugie alors que la famille Lapierre vivait isolée depuis de nombreuses années. Quel démon l'avait poussé à commettre une telle imprudence ? Le besoin de retrouver dans ses souvenirs la rencontre avec cet homme ou le désir pervers de mettre près de sa belle-sœur un homme dont il pressentait le charme auprès des femmes ?

Pablo entra dans la maison délabrée dont les murs en pierres taillées indiquaient la grande ancienneté. Il pénétra dans une pièce sombre encombrée d'une lourde table, de bancs, d'un buffet poussiéreux. Au fond, dans une cheminée froide, s'entassaient des journaux et des bouteilles vides. Une porte, coincée par le plancher, donnait sur un couloir et plusieurs chambres. Il entra dans la première et fut surpris par l'odeur aigre qui y régnait. Une femme, accoudée sur une table face à une cruche et un verre de vin, leva les yeux sur lui. Elle était encore jeune et belle malgré son visage boursouflé et les rides qui tailladaient ses joues. Ses grands yeux noirs, noyés de larmes, exprimaient une détresse profonde qui semblait ne pas avoir de cause. A côté, un lit défait à l'oreiller crasseux exhalait une odeur rance de corps négligé.

– Qu'est-ce que c'est ? demanda la femme d'une voix rauque et tremblante.

– Je suis le nouveau domestique. Le patron a dit que je logerais ici !

Pendant ce temps, Pablo regardait la femme avec curiosité. Celle-ci tenta de se mettre sur ses jambes, mais dut s'appuyer sur la table. Ses cheveux très noirs, parsemés de mèches grises, tombaient négligemment sur ses épaules maigres. Enfin, elle s'écria :

– Pars ! Je veux personne ici, sauf mon petit Augustin.

– Mais le patron...

– Le patron ? Tu veux parler de l'Antoine ? Un patron, lui ?

Elle cracha à plusieurs reprises. Un filet de bave resta accroché à ses lèvres quand la silhouette trapue d'Antoine apparut dans la porte.

– Qu'est-ce que j'ai entendu ? Toi, l'Anaïs, tu vas arrêter de causer, sinon, tu sais ce qui t'attend. L'asile, avec les fous, et là-bas, tu n'auras pas de vin !

Anaïs ouvrait de grands yeux épouvantés. Pablo remarqua que ses dents avaient été épargnées par la débâcle de tout son corps. Il aurait fallu si peu pour que cette femme retrouve sa splendeur ! Pour quelle raison s'enfermait-elle dans la crasse et le vin ? Antoine se tourna vers son domestique :

– Je t'ai averti, grommela-t-il. Tu n'y touches pas, sinon...

– Sinon quoi ?

– Je te casse la tête.

Pablo posa son sac dans une chambre située au fond du couloir, une petite pièce grise qui sentait la poussière âcre des endroits sans vie. Des poutres pendaient de longues toiles d'araignée. Sur le lit en fer étaient disposés des couvertures en tas, un édredon et un oreiller de tissu grossier.

– C'est pas un château, mais quand on a envie de dormir, c'est bien suffisant, dit Antoine qui l'avait accompagné. Pour les draps et tout le reste, tu verras avec ma petite sœur, Maria.

– Pourquoi vous la laissez boire ? demanda Pablo en désignant Anaïs.

Antoine haussa les épaules, puis fit volte-face.

– C'est comme ça. Qu'est-ce que tu veux qu'on fasse ? Et puis, c'est pas tes affaires !

Ils sortirent. Un épais nuage avait passé devant le soleil ; le vent était frais tout à coup.

– Le vent du nord, constata Antoine. Il va faire beau, on va pouvoir aller faucher.

Devant l'étable, un homme d'une trentaine d'années, mal rasé, très brun, sale, un bâton à la main, attendait que les bêtes sortent pour les emmener au pré. Quand il vit Pablo, il eut un sourire niais et souleva son chapeau.

– C'est Louis ! dit Antoine. Le dernier de mes frères. Il est un peu simplet.

Les vaches sortaient les unes après les autres. Louis agitait son bâton et poussait des cris de porc. Enfin, Augustin, lui aussi armé d'un puissant bâton, sortit de l'étable derrière la dernière bête et suivit le troupeau dans le chemin où les pierres roulaient sous les sabots.

– Et gare à toi si tu les ramènes pas toutes ! lui cria Antoine.

Puis, se tournant vers Pablo :

– Il ne serait pas maladroit, l'outil lui va bien, mais il ne pense qu'à la chasse et à la pêche.

– Faut bien penser à quelque chose !

– Ouais ! dit sèchement Antoine. Mais cesse de parler. Je te le répète, ici les curieux ne font pas long feu.

Pablo n'écoutait plus Antoine. Les fentes de ses yeux s'étaient ouvertes et parcouraient les arbres, la forêt voisine, les sentiers qui trouaient la lisière. Un peu plus loin se dessinait la dépression de la Dordogne, ample, tranchée dans le moutonnement des collines. Un léger sourire plissait les lèvres de l'homme.

A la tombée de la nuit, Augustin ramena le troupeau de vaches. Pablo avait terminé de nettoyer l'étable et s'attarda à regarder l'adolescent qui attachait les gros animaux. Quand il eut fini, le garçon sortit et s'arrêta au milieu de la cour, le regard perdu vers l'horizon. Pablo l'avait suivi en silence. Le frémissement de la nuit qui tombait les saisissait tous les deux, réveillait en eux le même désir de capture, le même instinct de prédateur.

Antoine arriva, invita le domestique à entrer dans la maison. La salle commune, qui servait de cuisine et de salle à manger, était immense. Un grand feu de cheminée flambait. Louis était déjà assis à sa place à table, comme un enfant qui attend l'heure de manger. Il souriait niaisement. Une jeune fille d'une vingtaine d'années vidait le bouillon dans une soupière remplie de tranches de pain. Elle tourna ses yeux marron vers Pablo et resta un moment accrochée au visage de l'étranger, la louche levée au-dessus de la soupière. La figure un peu large, elle ressemblait à Antoine, mais ce qui chez lui était rêche, antipathique, devenait sur ce jeune visage grâce et beauté.

Assise sur une chaise rembourrée, une petite femme sans âge, très maigre, regardait Pablo avec insistance. Les mains posées devant elle sur le pommeau d'une canne ouvragée, elle était d'une immobilité de serpent. Seuls ses lourds cheveux gris semblaient vivre sur cette tête aride. Tirés en un chignon bas, ils écrasaient la petite figure ridée. Quand elle parla, ses lèvres fines bougèrent à peine au milieu de leur toile de rides.

– Qu'est-ce que tu nous amènes, Antoine ? demanda-t-elle d'une voix rauque et puissante, une voix d'homme.

Antoine baissait la tête, comme un petit garçon qui vient de commettre une bêtise.

– C'est Pablo. Ma jambe me fait souffrir le martyre et il va falloir faucher.

– Et tu crois que c'est une raison ? Ta jambe ! Ça fait trois mois que tu es tombé du toit ! Tu vas pas me dire que tu n'es pas guéri !

Antoine baissait toujours la tête. A table, Louis s'impatientait et cognait sa cuiller contre son assiette. Un regard bref de sa mère le ramena à plus de calme.

– Si tu ramasses tout ce qui passe, on n'a pas fini !

Puis, se tournant vers Pablo, elle ajouta :

– Moi, je suis Marguerite. Elle, c'est Maria, ma petite retardataire. L'aîné, c'est Antoine, il va sur ses trente-cinq ans. Il avait un frère jumeau qui ne lui ressemblait pas, Henri. Louis a cinq ans de moins, c'est un innocent. Ici, c'est moi qui commande.

La soupe fumait. Marguerite se leva de sa chaise et se dirigea vivement vers la table. La canne ne lui était d'aucune utilité pour marcher : elle s'en servait comme d'un sceptre, la marque de son autorité. Antoine s'assit à son tour. Maria se servit de soupe et se sentit rougir quand Pablo posa les yeux sur elle. Marguerite s'étonna :

– L'Anaïs n'est toujours pas là ? Et Augustin ? Antoine, va voir !

Antoine sortit. Quelques instants plus tard, un cri monta de la cour. Antoine entra en tirant Augustin par le bras.

– Il était au bord de la mare à pêcher les grenouilles !

La canne à pommeau se leva et s'abattit sur l'épaule de l'enfant qui fit une grimace. Maria adressa à sa mère un regard désapprobateur.

– Rappelle-toi que la pêche et la chasse en ont ruiné plus d'un !

Personne ne vit le regard froid que Pablo lança à Marguerite qui demanda :

– Et sa mère ?

– L'Anaïs ? Elle dort, fin soûle ! précisa Antoine.

– Ne la réveille surtout pas ! conclut Marguerite. Qui dort dîne !

A la fin du repas, Pablo sortit pour regagner sa chambre. Il s'arrêta dans la cour, écouta la nuit, ses bruits qui avaient un sens pour lui : lièvre coursé par un renard, rumeur lointaine de la rivière où les gros brochets étaient sortis. Il se tourna. Augustin était derrière lui.

– Qu'est-ce que tu fais là ?

– Je vais dormir dans la petite maison, avec ma mère. C'est là qu'elle habitait quand mon père était là.

– Ton père ?

– C'était le frère jumeau d'Antoine. Il était parti quand je suis né, en 1943, alors je sais rien de ce qui s'est passé !

Il haussa les épaules, fit la moue. Un aboiement aigu attira son attention.

– Le renard, précisa-t-il. Sûrement celui qui a pris la poule ce matin.

Pablo regarda en direction du château abandonné sur la colline voisine. Il semblait rêver. Enfin, il demanda :

– Ta tante Maria t'aime bien, je l'ai remarqué.

– Oui, et moi aussi, je l'aime bien. Elle est belle, hein ?

– Oui, très belle.

– Elle avait huit ans quand ça s'est passé, alors on n'est pas dans le secret.

– Le secret ? Quel secret ?

– Ils n'en parlent qu'entre eux, ma grand-mère et mon oncle. Mais moi, j'écoute aux portes. Je sais que le château était habité par un homme qui s'appelait Monsieur Victor...

Les yeux de Pablo s'écarquillèrent complètement, mais Augustin ne le vit pas.

– Et alors ?

– Je sais pas. Je crois avoir compris que c'est à cause de ce Monsieur Victor que mon père est parti et qu'on l'a jamais revu...

– C'est pour ça que ta mère boit ?

– Ils le disent, mais moi, je sais pas tout. Des fois, l'oncle Antoine vient voir ma mère et lui parle gentiment. Mais ma mère ne le supporte pas et crache par terre. Alors, Antoine se met en colère, souvent, c'est ma fête !

Augustin s'éloigna en direction de la mare. Pablo resta un long moment dans le noir à écouter la rumeur de la nuit. Il n'avait pas envie de dormir. Une fois de plus, l'animal sauvage se réveillait en lui. Il se dirigea vers la mare et vit Augustin. Dans la pénombre, Pablo distinguait dans le clair de ses yeux une petite lueur qui s'accrochait à lui.

– Vous allez où ? demanda le garçon.

– Faire un tour, dit Pablo. Je peux pas dormir.

– Je peux venir avec vous ?

– Non.

L'homme s'éloigna dans la nuit et, à mesure qu'il marchait vers la forêt, ses pas se faisaient silencieux ; ses mouvements souples prenaient des allures félines. Il se glissait dans les ombres, invisible à son tour, animal. Un bruit, derrière lui, le fit sursauter. Il se tourna vivement et devina, dans l'ombre, Augustin qui se relevait de sa chute.

– C'est cette racine en travers du sentier que j'avais pas vue... Vous allez à la Dordogne ? Je sais la cachette de trois gros brochets...

– Tu dis que tu aimes la pêche et la chasse ?

– J'aime que ça ! Je sais pas bien faire, mais j'ai déjà pris des truites...

– Alors viens...

Ils partirent sans un mot, l'homme précédant l'enfant qui, d'instinct, trouva la manière de marcher silencieusement, sans déranger les brindilles, en évitant les pièges du sol. Ils arrivèrent à l'orée de la forêt. En contrebas, la rivière coulait, large et mystérieuse, dans un bruit aérien et majestueux. Des reflets blanchâtres se déplaçaient avec le courant. Augustin imaginait des brochets monstrueux sortis des profondeurs, des truites géantes. Des bruits mouillés arrivaient jusqu'à lui, respiration lente et régulière de la Dordogne qui vivait dans la nuit. Tout à coup, Augustin éprouva le besoin de se confier :

– Mon oncle fait tout ce qu'il faut pour que ma mère boive. Je l'ai vu fermer la cave à clé, mais il fait exprès d'oublier la clé sur la porte.

– Tais-toi. Si tu veux voir un lièvre en train de manger le trèfle, tu vas faire exactement comme moi ! Viens...

Augustin, caché derrière un gros saule, regardait Pablo manœuvrer sa canne à pêche. La Dordogne miroitait. Une multitude de courants s'enlaçaient, se mélangeaient, le soleil se brisait sur cette eau brassée, limpide et précieuse. Par endroits, elle arrêtait sa course, sombre sous les branches basses, tout à coup mystérieuse, distante. Augustin devinait dans ce gouffre insondable d'énormes poissons imprenables. Il se couchait entre les hautes herbes, pareil à une souche, un rocher. Tout son être se dissolvait dans la verdure odorante pour ne conserver que le regard, aiguisé, posé sur le mur noir de l'eau vivante. Les heures défilaient sans le toucher. Parfois, un gros poisson trouait cette frontière, s'ébattait entre les deux mondes avec un bruit de cailloux jetés, puis le calme hors du temps ramenait le murmure céleste de la rivière. Alors, le garçon vivait avec elle, devenait un de ses hôtes, poisson ou insecte, pour mieux comprendre le beau manège de l'été...

Pour l'heure, il était fasciné par Pablo qui pêchait à la mouche, par ses gestes, les mouvements de sa canne qui s'enchaînaient dans l'harmonie d'un ballet voulu par la rivière. La ligne volait au-dessus de lui, suivait des courbes régulières qui étaient le prolongement de lui-même...

Tout avait commencé dans la basse-cour de la Jeugie en début d'après-midi. C'était dimanche ; Antoine prenait le temps de paresser et de se promener dans son domaine, promenade qui le conduisait invariablement au bord de la Dordogne. Pablo avait annoncé son intention d'aller à la pêche. Augustin ne l'avait pas quitté d'un pas et avait couru derrière le coq pour l'attraper. Pablo avait regardé l'animal ébouriffé, puis avait prélevé quelques plumes du cou. Il avait dit : « Les coqs espagnols sont les meilleurs du monde, mais celui-là fera l'affaire ! » Et le garçon avait regardé comment Pablo avait enroulé une plume autour d'un hameçon pour fabriquer ce qui ressemblait à une graine de pissenlit.

– Une mouche artificielle ! s'était-il exclamé. En cette saison, il n'y a rien de meilleur !

Marguerite, qui se tenait à l'ombre du tilleul, sa canne à pommeau devant elle, lui avait dit :

– Eh bien, puisque c'est si bon, rapportez donc des truites. Ça fait bien longtemps qu'on n'en a pas mangé. Et puis, ça nous changera des pommes de terre.

Augustin avait été volontaire pour aller garder le troupeau de vaches dans le pâturage au bord de la Dordogne. Il n'était pas resté longtemps près des animaux et avait suivi la berge à la recherche du pêcheur. Quand il le vit, il n'osa pas se montrer tant il redoutait d'interrompre une féerie qui le touchait profondément. La ligne se déployait sur le courant et la mouche artificielle, tout au bout, tomba au milieu d'une multitude d'insectes. La mouche dériva sur quelques centimètres quand un éclair blanc déchira la surface. La ligne de soie tressée se tendit ; la canne, faite d'un jet de roseau, secouée des soubresauts de la truite ferrée, pliait à se rompre. Augustin sortit de sa cachette, s'approcha de Pablo qui faisait glisser la truite vers lui et, d'un geste rapide, la prit dans ses mains. Augustin admirait la couleur nacrée de son ventre, son dos brun parsemé de points noirs, ses flancs couleur de bronze piquetés de points rouges.

– Qu'elle est belle !

Pablo leva les yeux vers le garçon émerveillé. Depuis une semaine qu'il était à la Jeugie, il avait pu constater combien Augustin avait l'instinct sûr. Il marchait presque aussi silencieusement que lui et pas un de ces détails révélateurs d'une vie cachée ne lui échappait. Il allait tout droit au nid de la perdrix ; les chemins, aussi discrets soient-ils entre les grandes herbes, le conduisaient toujours au gîte du lièvre. Il savait deviner, à travers les reflets de la surface de l'eau, le long corps du brochet en embuscade et, quand il glissait une main sous une souche ou un rocher, c'était pour y cueillir une truite cachée. Ce goût commun les avait rapprochés et souvent, le soir, ils partaient marcher dans la nuit, sans un mot, pour repérer les terriers à lapins, les champs de trèfle que fréquentaient les lièvres et les fonds d'eau à bécassines.

– Je vais te faire une canne à mouche. Au début, tu commenceras par les ablettes et les vandoises...

La ligne se déployait de nouveau dans l'air, accrochait une belle courbe de soleil et évitait, comme par enchantement, les branches basses aux feuilles nouvelles, ouvertes comme des mains prêtes à saisir. Elle se posait sur l'eau sans le moindre bruit, le moindre sillage : tout au bout, la mouche, libre, tombait sur le courant, et seul le regard aiguisé de Pablo pouvait la distinguer. Augustin, le cœur battant, attendait la montée de la truite, qui se produisait exactement à l'endroit que Pablo avait désigné à l'avance... Le poisson ferré donnait de grands coups de tête pour se libérer, frappait l'eau de sa large queue, mais la main de Pablo avait tôt fait de le saisir d'une prise sûre pour le faire glisser dans la grande musette qui s'alourdissait.

La nuit tombait, à cette heure qu'Augustin préférait à toutes les autres, celle où la vie renaissait dans les taillis. Le soleil, qui n'allumait plus la campagne de sa lumière crue, illuminait seulement la cime des arbres ; au sol, l'ombre régulière nappait un flou favorable aux uns et aux autres, à la proie qui se croyait invisible et au chasseur qui l'était vraiment. Les moindres bruits, les moindres mouvements des branches basses ou de l'herbe prenaient un sens vivant, devenaient bruit de mort ou de survie, course de la dernière chance ou plaisir du mâle souverain face à sa femelle. Cette exultation profonde de la terre gagnait le jeune garçon dont le regard s'aiguisait. L'envie de la capture grandissait en lui, le submergeait et le laissait dans l'insatisfaction de l'animal captif.

– Ça suffit comme ça ! dit Pablo. Il est l'heure de rentrer.

Sans rien ajouter, il plia sa canne et s'éloigna dans le sentier. Augustin revint au pâturage. La magie de la pêche lui avait fait oublier le troupeau de vaches, qui avait déserté les maigres pentes de la Dordogne pour une herbe meilleure. Le garçon chercha anxieusement les animaux dans les prés voisins, eux aussi déserts. Il trouva enfin des bouses fraîches dans le chemin qui remontait au hameau. A mi-côte, l'ampleur du désastre lui fit imaginer la colère de son oncle. Les vaches, libres, avaient saccagé le champ de maïs qui faisait toute la fierté d'Antoine, mais ne s'y trouvaient plus. Il courut à la maison, où l'oncle Antoine l'attendait, le bâton à la main. Augustin chercha désespérément Pablo dans la grande pièce sombre éclairée d'une lumière changeante par le feu de la cheminée. Marguerite le foudroyait du regard, sa belle canne brillante levée. Seul le chien lui fit la fête.

« Ça va barder ! » pensa-t-il en cherchant le moyen de s'échapper, mais Antoine, rouge de colère, ne lui en laissa pas le temps. Il le saisit et se mit à le frapper avec son bâton. Maria, qui attisait le feu sous la marmite de bouillon, soupira et tourna vers Augustin un regard compatissant et triste. Elle aussi subissait parfois les colères de son frère aîné. A vingt ans, elle vivait confinée à la ferme, ne sortant jamais, ne fréquentant pas les jeunes gens de la commune, incapable de secouer le joug de l'autorité totale de son frère qui avait remplacé un père mort trop tôt. La brutalité d'Antoine l'avait fait se replier sur elle-même et la contraignait à mentir beaucoup. Antoine redoutait tellement qu'un galant vienne la rejoindre derrière une haie qu'il ne l'envoyait jamais garder le troupeau, confiant cette tâche, les jours d'école, au simplet qui s'en acquittait avec ponctualité. Cela n'empêchait pas la jeune fille de s'échapper parfois, de courir jusqu'à la rivière ou jusqu'au village voisin pour le seul plaisir de désobéir. Mais ces escapades d'enfant restaient très limitées ; Maria n'avait pas plus d'autonomie qu'Augustin, avec qui elle partageait parfois ses jeux. Les regards des hommes qu'attirait sa beauté la laissaient indifférente. Pourtant, on sentait, sous cette retenue, cette inconséquence, un tempérament de feu qui ne demandait qu'à éclore.

– Les enfants de troupe ou le séminaire, voilà ce qui t'attend ! cria Antoine en lâchant Augustin.

Le garçon ne pleurait pas, ne criait pas sous les coups, c'était sa manière à lui de protester, de ne pas concéder la victoire à son oncle. Il ne voulait rien lui devoir, pas même des larmes qui auraient pu exprimer ses torts.

Il sortit. Maria, sans un mot, prit le panier à bois et sortit à son tour. Augustin, au milieu de la cour, dans la pénombre, regardait l'horizon clair comme un prisonnier qui rêve d'évasion. Maria le rejoignit, lui sourit et repoussa ses cheveux en arrière, dégageant son large front. Son visage était un peu rond, ses joues pleines, mais ces rondeurs lui allaient bien.

Pablo revenait du puits où il avait nettoyé les truites et apportait les poissons sur un plat blanc. Quand il arriva à la hauteur de Maria, il s'arrêta, laissant Augustin admirer les poissons aux couleurs précieuses et changeantes. Le long regard qu'échangèrent l'homme et la jeune fille n'échappa pas au garçon, un regard appuyé, profond, comme s'ils se connaissaient depuis longtemps. Enfin, Pablo détourna la tête et poursuivit son chemin vers la maison.

Le soir, à table, personne ne parla du champ de maïs dévasté. Marguerite était préoccupée et, la tête basse, du bout de son couteau, détachait la chair blanche de l'arête centrale. Seul le simplet s'empiffrait, en souriant aux anges. A côté, Anaïs, moins soûle que d'habitude, mangeait du bout des lèvres. L'alcool lui coupait l'appétit et elle était très maigre. Antoine commenta brièvement la qualité des poissons de la Dordogne, « les meilleurs de tout le département », mais, visiblement, ses pensées étaient ailleurs. Maria adressait de temps en temps un petit sourire à

Augustin, pourtant, ce soir, ce sourire n'avait pas la signification habituelle, il n'était plus celui d'une jeune tante, camarade de jeux et complice dans la désobéissance ; quelque chose d'autre s'exprimait par sa hauteur, sa distance nouvelle. Enfin, les grands yeux marron de la jeune fille s'arrêtèrent sur Pablo. Anaïs aussi regardait Pablo à la dérobée, puis la bouteille que Marguerite tenait loin d'elle...

A la fin du dîner, le domestique sortit et passa directement dans sa chambre. Augustin traversa la cour en écoutant les bruits de la forêt, mais il ne s'éloigna pas. Dans la vieille maison, sa mère, qui avait retrouvé sa cruche à vin, grognait et menaçait tout le monde. Cette voix rauque, cuite par l'alcool, le révoltait, lui donnait honte de lui-même ; il avait envie de la fuir, de courir loin pour ne plus jamais l'entendre. Les regards qu'avaient échangés Pablo et Maria l'intriguaient aussi, car ils cachaient quelque chose de contraire à l'ordre de la maison, une connivence inacceptable dans cette ferme où tout était décidé par Marguerite et exécuté par Antoine. Le jeune garçon revint sur ses pas, entra dans la cave volontairement laissée ouverte par Antoine pour que sa mère puisse aller chercher du vin. En posant délicatement ses pieds pour ne pas faire craquer le bois, il monta dans le noir l'escalier froid et humide. Une odeur de pourriture aigre lui soulevait l'estomac. Près de la porte, il s'interrompit et tendit l'oreille. Sa grand-mère et son oncle étaient en grande conversation.

– Tu n'as pas eu raison de laisser entrer ici cet étranger, dit Marguerite. C'est pas un homme comme les autres, tu sais que je comprends ces choses. Tu ne le dompteras pas. Suppose qu'il ait connu Henri, tu te rends compte ? Je sais pas si tu as remarqué comme il s'occupe d'Augustin...

– Tu te fais du souci pour rien ! répondit Antoine. C'est un pauvre gars qui cherche son pain, comme il y en a tant. Et même s'il a connu Henri, qu'est-ce que tu veux qu'il trouve ?

– J'ai vu comme il regarde ta sœur, qui se laisse regarder. Elle en sait assez pour le rendre curieux. Je veux plus le voir ici ! Demain, tu le paieras et tu lui demanderas d'aller se faire embaucher ailleurs... On n'a pas besoin de... de ce braconnier !

En pronançant ce mot, Marguerite avait une curieuse intonation, comme s'il exprimait une supériorité sur elle et sur tous les hommes ordinaires.

– Augustin n'était pas né au moment de l'événement, poursuivit Antoine. Il ne sait rien, sauf que sa mère se soûle depuis que son père est parti. Ça, c'est pas grave et ça peut se dire.

– Je voudrais bien être aussi rassurée que toi. Ce gamin est faux, menteur et malin ! Il voit tout, entend tout...

– Ah ! si Anaïs avait voulu ! soupira Antoine. Comme on serait heureux, tous !

– Laisse, Antoine. Tu te fais du mal pour rien. Tu n'aurais pas été plus heureux pour ça. Anaïs, c'est la femme d'un seul homme, un seul qu'elle n'aurait pas pu remplacer, même par son frère jumeau !

Augustin s'éloigna sans bruit. Que signifiaient les paroles de sa grand-mère ? Pourquoi son oncle avait-il parlé ainsi de sa mère ? Il sortit. La nuit s'était assombrie. A travers le crissement des insectes, le garçon discernait nettement d'autres bruits, moins réguliers, poursuite ou surprise, mais tous exprimaient la vérité crue de la vie et de la mort. Il se glissa le long de la haie du potager, resta un moment collé au tronc d'un gros noyer. Il avait vu bouger quelque chose sur sa droite et se demanda si ce n'était pas le renard qui s'approchait du poulailler. Une ombre se précisa, prit forme, il reconnut tout de suite Maria qui se dirigeait vers la vieille maison. Devant la porte, Pablo regardait la nuit et la forêt. Lui aussi était appelé par cette apparente sérénité de la campagne qui cachait les supplices de corps déchirés entre des mâchoires avides, la douleur et le plaisir enlacés dans un ballet grandiose et ordinaire. Augustin voyait ses yeux pleins d'une lumière de convoitise.

Maria s'arrêta à quelques pas du domestique qui se tourna vers elle. Ils restèrent ainsi de longues minutes, en face l'un de l'autre, sans parler. Augustin retenait son souffle, le temps s'était arrêté. Enfin, Pablo baissa la tête et murmura : « Je peux pas ! » Puis il s'éloigna. La porte de la grande maison s'ouvrit, déversant une longue traînée de lumière sur les pavés de la cour. La lourde silhouette d'Antoine apparut.

– Maria ! cria-t-il. Mais enfin, où étais-tu ? Je te cherche depuis une heure !

Maria s'éloigna furtivement. Augustin regagna sa chambre. Sa mère était sortie en titubant et se trouva en face de Pablo qui lui sourit.

– Qu'est-ce que vous êtes venu faire ici ? s'écria-t-elle. Partez ! Vous êtes dans la maison du diable !

– J'ai pas peur du diable, dit-il.

– Un jour, je les aurai tous les deux ! fit Anaïs, qui rentra dans sa chambre et ferma la porte à double tour.

Augustin avait l'habitude de ce genre de menace, mais ce soir, parce qu'il avait surpris la conversation de sa grand-mère et de son oncle, les mots n'avaient pas le même poids. Ils écartaient leurs grandes ailes noires pour cacher ce que personne ne devait découvrir, un drame dont le garçon devinait les vagues contours et dont sa mère avait été d'abord le centre, ensuite la victime. Il éprouvait pour elle un curieux sentiment, fait d'attachement, de pitié et de répulsion. Il la méprisait pour sa faiblesse, son laisser-aller qui la détruisait. Maria tentait de la ramener dans le bon chemin, l'épaulait de toute la force de ses vingt ans, cherchait le moyen de lui redonner l'espoir d'une vie meilleure, mais rien n'y faisait. Ces jours-là, Augustin multipliait les bêtises et recevait des coups de bâton.

Sa chambre se trouvait au fond, assez loin de celle de sa mère pour que celle-ci ne l'empêche pas de dormir. La porte de Pablo était restée ouverte. Le domestique avait déballé sur son lit des pinces, du fil de fer et des pelotes de cordelette. Il faisait une ligature sur un jet de roseau et leva la tête vers Augustin.

– C'est ta canne à mouche. Elle est un peu plus longue que la mienne, c'est plus facile pour lancer. Très vitc, tu la trouveras trop longue pour passer entre les branches. Regarde, je t'ai bricolé ce moulinet avec une bobine. Et les mouches à ablettes sont là. Demain, tu pourras essayer. Je te montrerai.

L'homme qui lui parlait ainsi de pêche, assis sur son lit au milieu d'un désordre de petits objets, était bien celui qui regardait Maria, tout à l'heure ; la même attitude de bête de proie, aussi présent et, pourtant, inaccessible. Augustin le sentait insensible à ce qui l'entourait, la quête de lui-même ne laissant aucune place au désir des autres.

– Quand tu seras capable de ferrer une ablette sur deux, tu pourras essayer les vandoises et les chevesnes. Ensuite, seulement, tu pêcheras les truites, parce que là, il faut aussi savoir où elles se trouvent...

– Mais je le sais, dit Augustin. Je les ai tellement regardées dans le ruisseau de la Jonte, qui se jette dans la Dordogne en bas de notre pré. Elles préfèrent les fins de courant, les queues d'eau où elles peuvent rester sans se fatiguer et surveiller les bestioles qui passent. Et puis, ça dépend de la saison. Les truites de mars ne sont pas les mêmes que celles de juin.

Pablo poussa un sifflement d'admiration.

– Eh bien, toi...

A cet instant, Augustin avait chaud au cœur. Ce qui le rapprochait de cet homme n'était pas un lien ordinaire, une ressemblance de parenté, mais un fond identique, une recherche que le goût de la chasse et de la pêche mettait en évidence, sans réussir à la satisfaire.

– Mon oncle a peur de vous. Il veut que vous partiez...

Pablo leva les yeux sur le garçon et posa la canne à pêche à côté de lui.

– Il croit que vous êtes venu ici pour savoir ce qui s'est passé pendant la guerre, et que vous avez connu mon père.

– Je ne sais pas de quoi tu parles...

– Monsieur Victor, l'homme du château, a été tué. Ils ont accusé mon père, qui s'est enfui...

Pablo eut un mouvement des paupières qui n'échappa pas à Augustin. Il resta un moment silencieux, comme s'il cherchait en lui de lointains souvenirs. Enfin, il reprit la canne et acheva la ligature de la poignée.

– Et comment tu sais tout ça, toi ?

– Ma mère en parle souvent, et menace de tuer ma grand-mère et mon oncle. Eux aussi en parlent quand ils sont seuls !

Un grand fracas les fit sursauter. Anaïs avait buté contre la marche de l'entrée et s'était étalée dans le couloir, cassant la cruche de vin. Une odeur aigre et désagréable se répandit dans la maison.

– Il ne te reste plus qu'à aller chercher de quoi nettoyer tout ça ! cria Augustin d'une voix pleine de reproches.

Anaïs se releva péniblement, alla chercher un balai dans sa chambre.

– Le fusil ! dit-elle. Je te dis, je prendrai le fusil !

Pendant la nuit, Augustin rêva aux ablettes. Il était entré dans l'eau jusqu'aux genoux, une eau pleine de soleil et d'or. Les poissons piochaient de minuscules proies en surface dans le courant voisin. Et sa mouche volait dans l'air chaud, tombait au milieu des gobages. Aussitôt, elle était prise et il tirait à lui un poisson d'argent dont les fines écailles se collaient à la peau de sa main...

Au lever du jour, il fut réveillé par la rude voix de son oncle qui l'appelait pour aller à la corvée des vaches. Pablo était déjà aux étables. En traversant la cour, le jeune garçon vit Maria qui allait chercher de l'eau au puits et pleurait. Sa pommette droite saignait.

– Qu'est-ce qui t'arrive ?

– Rien, je me suis cognée contre la porte.

Augustin n'insista pas, pourtant, il savait que Maria mentait. Antoine l'avait frappée. Elle avait subi une fois de plus la mauvaise humeur de son frère, mais ce matin son regard exprimait un refus, une révolte qui tranchaient sur sa résignation habituelle. Elle marchait d'un pas vif, son seau à la main, portée par une colère nouvelle qui lui allait bien. Sa jeunesse prenait enfin le dessus sur une passivité d'enfant qui l'avait trop longtemps emprisonnée. Augustin se demanda ce qui avait permis un revirement aussi rapide.

Il conduisit le troupeau au bord de la Dordogne. Pendant que les vaches mangeaient leur première herbe de la journée et ne risquaient pas de s'en aller, il courut jusqu'à la ferme, se cacha un moment pour surveiller les allées et venues dans la cour. Il se glissa près du pignon de la vieille maison, escalada la fenêtre de sa chambre. La canne à mouche était posée à côté de son lit avec, sur la caisse qui lui servait de table de nuit, la boîte contenant les mouches, la graisse pour la soie et des bas de ligne en réserve. Il prit l'ensemble et s'arrêta près de la fenêtre. La porte du couloir venait de s'ouvrir, avec son grincement caractéristique de vieux bois. Il se dissimula derrière le rideau rouge qui cachait de vieux vêtements poussiéreux et malodorants pendus là depuis toujours. Les pas dans le couloir annonçaient Maria : Augustin avait aiguisé cette faculté de reconnaître les gens ou les animaux aux seuls bruits qu'ils émettaient, si infimes soient-ils. La jeune fille entra dans la chambre d'Anaïs qui était en crise depuis plusieurs jours et ne se levait que pour aller chercher du vin.

– Ah ! c'est toi, grogna l'ivrogne. Tiens, passe-moi la cruche !

– Du vin, toujours du vin ! s'écria Maria. Tu ne te rends pas compte qu'ils te mettent en prison avec le vin ! Qu'ils te tiennent !

– Et alors ? Plus rien n'a d'importance.

– Jusque-là, on pouvait rien faire, mais maintenant, on peut ! On a quelqu'un pour nous aider, un homme fort et qui n'a pas peur d'Antoine ni de ma mère !

– Qu'est-ce que tu racontes là ?

– Je raconte qu'il faut que tu me dises ce que tu sais ! Moi j'étais trop petite, j'avais huit ans quand tout ça s'est passé, mais toi, tu en avais vingt-trois et Henri aussi. Henri, tu comprends ? Henri, ton homme qui s'est enfui comme un malpropre ! Et si on le retrouvait !

Anaïs porta ses mains maigres devant sa figure. Sa belle-sœur lui faisait mal en ravivant des souvenirs auxquels elle tentait d'échapper avec le vin. Chaque seconde du jour où on avait trouvé Monsieur Victor, tué d'une balle à bout portant au bord de la Dordogne, était à jamais gravée dans sa mémoire. Elle était enceinte d'Augustin, c'était au début de l'année 1943, en pleine occupation allemande. Henri, militant communiste, avait rejoint le maquis contre l'avis de son jumeau, Antoine, et de sa mère qui préféraient une neutralité prudente face à l'envahisseur, histoire de pouvoir se ranger du bon côté le moment venu et de continuer à vendre les produits de la ferme au prix fort. Monsieur Victor aussi était dans la Résistance, tout le monde le savait, mais farouchement opposé aux communistes. Que s'était-il passé au bord de la Dordogne ? Anaïs n'en savait rien, sauf qu'Henri était arrivé essoufflé. Il l'avait regardée d'une manière étrange, comme s'il avait commis une faute grave, puis il avait fouillé dans l'armoire et, sans un mot, s'était enfui. Depuis, le vin n'avait pas réussi à combler le gouffre de cette absence.

– Je t'ai déjà tout dit ! Je sais rien, sauf qu'Henri n'était pas lui-même et qu'il avait peur. S'il m'avait dit qu'il était innocent, j'aurais pu l'attendre, autrement...

– Mais il est innocent ! Tu crois bien qu'ils feraient pas autant de mystères ! Antoine et Henri étaient si différents ! Antoine ne supportait pas Henri.

Anaïs se leva enfin, tira sa chemise de nuit sur ses genoux.

– Tu veux dire qu'il haïssait son jumeau parce qu'il était communiste, mais aussi pour une autre raison que je ne dirai jamais à personne ? Ça me salirait la bouche, ça me couvrirait de boue, pire que le vin.

– Même à moi ?

– Surtout à toi, petite belle-sœur qui as la pureté de l'eau fraîche d'une source. Je te le répète, il n'y a pas de solution. Alors, donne-moi la cruche, j'ai le feu dans l'estomac !

– Non, je ne te la donnerai pas parce qu'il faut que tu sortes de là. Moi, je t'aime bien, Anaïs. Je sais que tu es la plus forte et la plus honnête. Puisque tu ne veux rien me dire de plus, je chercherai à savoir pourquoi ma mère ferme toujours sa chambre à clé.

– Laisse-moi, maintenant, dit Anaïs d'une voix lasse. Je vais m'habiller pour t'aider à la cuisine.

Tout à coup, la porte s'ouvrit brutalement. La masse d'Antoine se dressa devant les deux femmes. Maria rentra la tête dans les épaules, puis fit face.

– Qu'est-ce que tu fais là ? Tu n'entends pas les cochons qui réclament ?

Il poussa brutalement la jeune fille dehors.

– On réglera nos comptes ce soir !

Maria laissa la colère monter en elle, la submerger de sa vague d'aiguilles. Le barrage trop longtemps hermétique avait cédé et elle pouvait enfin se laisser porter par sa nature qu'une liberté nouvelle rendait excessive.

– Si tu lèves la main une seule fois sur moi, je vais porter plainte à la gendarmerie !

Surpris par une telle réponse, Antoine resta un moment sans voix. Enfin, il se planta devant sa jeune sœur :

– Mais qu'est-ce qui te prend ? Tu oses me parler...

– J'ose ! dit d'une voix ferme Maria, qui ne baissait pas les yeux. Je ne suis plus une gamine !

Antoine ne sut pas quelle attitude adopter. Il pensa à ce qu'il avait surpris la veille au soir, près du puits.

– C'est l'étranger qui te souffle des idées comme ça ? J'ai vu son petit jeu. Il va déguerpir. Je lui ai donné son compte ce matin !

Quand les pas d'Antoine se furent éloignés, Augustin sortit de sa cachette et courut à toutes jambes au pré. Il était resté absent plus longtemps que prévu et redoutait que les vaches en aient profité pour retourner dans le champ de maïs, mais non, les bêtes broutaient sagement au bord de la rivière. Alors, il put essayer sa canne à mouche...

– Ah ! si j'avais un chien... Heureusement que tu es là pour le remplacer...

Ils marchaient dans le sentier qui longeait la forêt du château en direction des terriers à lapins. Pablo avait quitté la Jeugie depuis huit jours, mais n'était pas allé bien loin. A Morsac, le village distant d'un kilomètre de la ferme isolée, il avait trouvé du travail chez Barbin, le forgeron, qui allait sur ses soixante-dix ans et peinait de plus en plus à soulever son lourd marteau. Pablo connaissait le métier et Barbin comprit vite qu'il avait fait une bonne recrue.

– Pour le lapin, rien ne vaut un chien bien dressé, mais moi qui baroude tout le temps, comment tu veux que j'aie un chien ? Déjà que j'ai quelquefois du mal à me trouver un toit...

Augustin fut très peiné par le départ de Pablo. Quand il le vit endosser sa longue capote et prendre sa grosse musette, plier ses cannes à pêche dans le tissu grossier qui leur servait de housse, le garçon eut envie de pleurer, lui à qui les coups d'Antoine n'arrachaient pas le moindre cri, la moindre larme. Il se planta devant le vagabond, qui lui sourit :

– T'en fais pas. Je ne vais pas aller bien loin. On a encore tant de choses à faire, tous les deux ! Tiens-toi prêt.

Le soir même, Pablo était venu frapper aux carreaux d'Augustin qui s'était levé sans bruit. Dans la pièce voisine, sa mère ronflait. Il avait ouvert la fenêtre et sauté dans la nuit, heureux de retrouver le braconnier et le plaisir de chasser en sa compagnie.

– J'ai jamais vu un gamin aussi débrouillard que toi ! A ton âge, j'étais comme toi. C'est pas bon signe. Le monde n'est pas fait pour nous !

– Maria est venue vous voir, dans la cabane de berger...

Pablo s'arrêta dans la nuit. Sa grosse musette tirait sur son épaule gauche. Il posa une main sur le bras d'Augustin.

– Qu'est-ce que tu racontes là ?

– Je sais qu'elle est venue avec vous. Elle est restée deux heures entières.

– Voilà que tu m'espionnes ?

Augustin se tut un instant, comme honteux d'avoir effectivement suivi sa tante.

– Elle avait un regard bizarre quand elle s'est échappée de la ferme. Elle regardait autour d'elle, alors bien sûr, c'était amusant de la suivre !

Il y eut un silence lourd. Pablo était embarrassé par cet aspect de sa personnalité qu'il aurait voulu cacher à son jeune compagnon.

– Tu comprends, dit-il en cherchant ses mots, je suis pas un homme comme les autres. J'ai l'impression qu'il me manque toujours quelque chose et que je vais le trouver dans le pays voisin, avec une fille nouvelle... Tu peux pas comprendre tout ça, parce que tu es un peu jeune, mais ça viendra vite. Quoi qu'ils fassent, les hommes ne s'échappent pas de leur prison !

La lune répandait sur la campagne une lumière bleutée qui changeait l'aspect de la clairière qu'Augustin connaissait pourtant bien. Pablo marchait devant lui, à contre-vent et dans un silence total. Ils se taisaient depuis un long moment quand Pablo fit un petit signe de la main. Les lapins étaient là, au milieu du carré de trèfle repoussé après une première fauche. Assis sur le cul, ils broutaient, puis se dressaient sur les pattes arrière et, les oreilles droites, écoutaient la nuit. Augustin et Pablo, dans le même mouvement, se tassèrent derrière une touffe d'ajoncs. Pablo, en prenant beaucoup de précautions, ouvrit sa musette et en sortit le filet plié en boule serrée. Il attacha les extrémités à deux jeunes chênes distants d'une vingtaine de mètres. Pendant ce temps, Augustin, qui avait contourné le champ, se plaçait volontairement dans le vent. Les lapins, dressés, sentirent cette odeur menaçante et commencèrent à s'agiter. Le garçon se montra. Les animaux, affolés, giclaient hors de l'herbe en sauts désordonnés, fuyaient vers leurs terriers et se jetaient à pleine vitesse dans le filet, s'entortillant dans les mailles qui les retenaient ligotés, incapables de faire le moindre mouvement. Pablo les saisissait d'un geste rapide, leur cassait l'échine contre son genou. Un craquement de bois sec et le lapin se détendait dans un dernier frémissement, libéré de sa peur et de sa vie, puis disparaissait dans le grand sac que l'homme tenait en bandoulière.

Augustin saisit un lapin, mais dut s'y reprendre pour le libérer des mailles. Il réussit enfin et, imitant Pablo, lui cassa les reins contre son genou. Une jubilation qui venait du fond de son être le submergea. Il ne pensait pas qu'il donnait la mort. Le corps chaud et mou de l'animal assouvissait un instinct profond et le plaçait dans le rôle que la nature lui avait dévolu, celui du chasseur. Tuer devenait un acte ordinaire, nécessaire. Le bruit des os, leur résistance contre son genou pour céder d'un coup, le dernier tremblement qui agitait l'animal et enfin cette chaleur passive de la fourrure où les muscles se relâchaient en vibrant lui procuraient une jouissance qu'il avait pressentie depuis longtemps, une plénitude dont il ne pourrait jamais se passer. Là était sa véritable nature, celle d'un félin.

– Faut faire vite ! dit Pablo. Les gardes attendent toujours ce moment-là pour intervenir. Mais sois tranquille, on les aurait déjà repérés...

Le sac était lourd de corps inertes. Pablo et Augustin plièrent le filet en une boule sombre que le braconnier enfonça dans sa musette, puis ils s'éloignèrent en silence, pleins de cette tristesse sans nom que procure un plaisir trop vif. Pablo prit le chemin du bourg, Augustin celui de la ferme, mais il n'alla pas très loin. Pablo n'avait pas sa démarche habituelle, ni sa manière de parler. Il semblait préoccupé et ne cessait de regarder autour de lui. Augustin se mit à le pister sans le moindre bruit, profitant des ombres de la haie. Au lieu de rejoindre le village par l'ancien chemin, le plus court, Pablo se dirigea vers la grande route. Il s'arrêta à une ancienne carrière où une voiture attendait. Un homme en sortit, Pablo lui tendit le sac de lapins. L'homme examina les animaux, les compta et tendit des billets au braconnier, qui lui serra la main et s'éloigna sans un mot. La scène n'avait duré que quelques secondes.

Pablo ne prit toujours pas la route du village, mais fit demi-tour en direction de la Jeugie... A l'orée du pré qui descendait en pente douce vers la Dordogne, il s'arrêta, regarda autour de lui. La lumière jaune moussait en flots épais. Il se dirigea vers la petite cabane de pierre qui servait d'abri aux bergers et que les maquisards avaient agrandie pour en faire une habitation de secours. Augustin ne fut pas surpris quand il vit la silhouette de Maria s'approcher de Pablo, se fondre avec la sienne.

Ils entrèrent dans la cabane. Augustin s'approcha de la porte. Après un long silence, Pablo dit :

– Il faut arrêter ! Je suis trop vieux et tu n'as que vingt ans...

– Qu'est-ce que ça peut faire ?

– Jamais personne n'a pu me retenir, continua Pablo. Je suis le vent, un jour ici, le lendemain ailleurs. Tu comprends, je vais partir !

– Je te suivrai...

– C'est impossible.

– Alors, je te ferai changer d'avis.

Augustin s'éloigna sans bruit. De longues ombres couraient sur la prairie. Un hibou appelait sa femelle. Le garçon n'avait toujours pas envie d'aller dormir. La pensée que Maria était avec Pablo le contrariait. Il pressentait le terrible pouvoir de ce vagabond qui ne pouvait se comporter qu'en chasseur, en tueur. Il redoutait que Maria ne soit qu'une proie parmi tant d'autres, et cela lui faisait mal car il aimait sa tante.

Il prit le vent, se faufila entre les taillis. Il n'eut pas longtemps à chercher. Sous une large touffe d'aubépines, une laie allaitait ses petits marcassins. L'animal, à quelques pas de lui, ne se doutait de rien, et le garçon fut fier de son privilège de pisteur, cette faculté d'approcher les bêtes les plus méfiantes, de surprendre leur vie loin des hommes...

Le lendemain, une violente querelle opposa Maria à sa mère et à son frère. Marguerite s'était aperçue de la fugue nocturne de la jeune fille et avait guetté son retour, collée aux vitres de sa chambre. Elle sut cependant contenir sa colère et patienter jusqu'au matin. Quand Maria se leva, à l'heure habituelle, sa mère l'attendait dans la cuisine sombre, assise sur son fauteuil. Le feu brûlait dans la cheminée et éclairait son visage anguleux. De la fenêtre venait un jour pâle et brumeux. Antoine était à ses étables.

Marguerite remarqua tout de suite que le visage de sa fille avait perdu son aspect juvénile. L'impression d'une plénitude nouvelle choqua beaucoup la vieille femme, qui leva sa canne à pommeau et s'écria :

– Depuis quand une fille passe la nuit avec un étranger, un coureur de chemins qui a seize ans de plus qu'elle ?

L'amour éblouissait Maria qui y puisait une force, une détermination qu'elle ne se connaissait pas. Elle se dressa en face de sa mère :

– C'est comme ça ! dit-elle. Que ça te plaise ou pas !

Marguerite faillit s'étrangler de colère et frappa le sol d'un coup sec.

– Qu'est-ce qui te prend, Maria ?

La canne menaçait Maria qui n'avait pas reculé. La colère brillait dans les yeux de la jeune fille, durcissait son visage. Jamais elle n'avait été aussi belle.

– Il me prend que j'aime Pablo. Et que je veux quitter cette maison qui sent mauvais ! Qui sent le crime !

Marguerite porta ses mains sèches à son cou, ouvrit la bouche comme si l'air lui manquait, chancela.

– De quoi veux-tu parler ?

– De Monsieur Victor retrouvé mort près de la Dordogne. On a accusé mon frère Henri, qui s'est enfui. Mais maintenant je sais que ce n'est pas lui le meurtrier.

– Maria, tu vas te taire ! cria Marguerite.

Antoine, qui arrivait, se précipita vers sa mère. Maria était toujours debout, au milieu de la cuisine, prête à livrer une nouvelle bataille. L'amour de Pablo la faisait passer d'un coup de l'état de fillette à celui de femme, et sa rancœur lui donnait des audaces nouvelles.

Antoine ne comprenait pas tout cela et voyait dans l'attitude de Maria un simple caprice. Il se dirigea vers elle la main levée, mais Maria eut le réflexe d'esquiver la gifle. Elle s'empara d'un tison dans la cheminée, le dressa devant elle, comme une épée.

– Viens donc, Antoine ! fit-elle avec défi. Tu es moins courageux contre quelqu'un qui se défend !

– Maria ! s'écria Marguerite. Tu te rends compte de ce que tu fais ? Tu es devenue folle ! C'est ça, tu as perdu la raison !

– Non, j'ai pas perdu la raison. Au contraire, je viens de la retrouver et vous ne pouvez plus rien contre moi !

– Voyons, dit Antoine, tout à coup conciliant. Qu'est-ce qui te prend ? C'est ce baroudeur qui te met ces idées en tête ?

– Ce baroudeur, comme tu dis, je me suis donnée à lui, la nuit dernière, dans la cabane...

– Et tu oses le dire ? s'indigna Marguerite. Tu n'es qu'une traînée, une fille de rien. Antoine, dis-lui qu'elle ne doit plus le voir et que, si elle recommence, tu l'enfermeras !

Antoine roulait de sombres pensées sous la broussaille de ses cheveux grisonnants. Sa sœur s'était donnée à Pablo ! Lui qui n'avait touché qu'une femme, et sous la contrainte, sous les coups parce qu'elle s'était toujours refusée à lui, en éprouvait une jalousie bizarre et un sentiment d'infériorité. Tout à coup c'était lui, l'enfant, en face de la jeune femme au corps rayonnant. Maria sortit vivement. Antoine restait indécis, écrasé par l'aveu de sa jeune sœur. Ce matin, il mesurait le poids du joug qui avait pesé sur sa vie, l'entrave que sa passion secrète avait ficelée autour de lui en le soustrayant du monde des vivants. Il pensa à Monsieur Victor et fit la grimace.

– Antoine, il faut arrêter ça ! ordonna Marguerite. Soit tu vas trouver cet étranger et tu lui causes en homme, soit tu enfermes Maria. Il ne faudrait pas qu'elle nous ramène un cadeau de la cabane !

Mais Antoine n'alla pas voir Pablo. Lui qui semblait ne craindre personne se trouvait démuni face au vagabond. La liberté de l'un épaississait le mur de la prison de l'autre. C'était pour cette raison qu'Antoine n'avait pas su lui refuser de l'embaucher et l'avait congédié sans brutalité, en le payant plus qu'il ne le méritait.

Il ne restait plus qu'à enfermer Maria...

– Quarante et une... Faut que j'aille jusqu'à cinquante. Zut, elle s'est décrochée !

Augustin trempa sa mouche artificielle dans le liquide d'une petite bouteille qui sentait l'essence, souffla sur les poils pour les sécher, et, par des mouvements de balancier de sa canne, se mit à déplier sa ligne dans l'air. La soie volait en une courbe vivante, puis elle s'allongea sur l'eau, la mouche légère se posa sur le courant. Aussitôt, elle fut happée par une ablette.

– Quarante et une, enfin ! fit le garçon en décrochant le poisson d'argent. Bon, la mouche est sèche, je peux en prendre une autre sans perdre de temps.

La ligne reprit son mouvement de va-et-vient, la mouche artificielle se posa de nouveau au milieu du banc d'ablettes qui patrouillait en surface. Un énorme remous surprit Augustin qui, par un réflexe brutal, releva vivement la canne. Il sentit la traction puissante du gros poisson ferré qui s'éloignait vers le large. La canne pliait à se rompre. Le garçon, affolé, tirait sans ménagement sur la ligne pour ramener au plus vite cette prise inespérée quand un claquement sec mit fin à l'action. Le scion se releva ; le gros poisson avait gagné. Augustin récupéra lentement le fil et regarda longuement la pointe, cassée au nœud. Une douleur sourde serpentait dans ses entrailles ; il avait du mal à respirer. Enfin, ses yeux se levèrent sur les arbres voisins, sur la rivière qui, en gardant le gros poisson, conservait son mystère.

– Tout de même ! C'était vraiment gros !

Ces quelques mots dits aux aulnes le ramenèrent à la réalité. Il s'en voulait maintenant de sa maladresse. Pourquoi n'avait-il pas laissé filer sa ligne au lieu de tirer comme quelqu'un qui ne sait pas quoi faire ? La leçon était bonne. Vivement le prochain affrontement, il ne se laisserait pas surprendre !

– C'était pas une vandoise, non, les vandoises ne sont pas aussi grosses. C'était pas un chevesne non plus, les chevesnes ne se battent pas comme ça. C'était une truite ! J'en mettrais ma main à couper ! J'ai vu son dos, large comme ça. Au moins deux livres ! J'ai pas de regrets, ma ligne était trop faible pour en venir à bout ! Allez, je remonte tout ça, une mouche et c'est reparti. Pablo ne va pas tarder.

Mais le banc d'ablettes s'était éloigné. Il eut beau allonger ses lancers, il ne put l'atteindre et se décida à changer de place. La truite manquée lui avait donné de nouvelles perspectives. Il ne cherchait pas un autre banc d'ablettes et lançait sa mouche sur les courants à truites, en bas de la petite retenue. Le cœur battant, il attendait l'éclair blanc, le jaillissement du poisson monté chercher le leurre. Le souhaiter très fort lui donnait l'impression qu'il allait le provoquer. Mais la mouche arrivait en bout de courant, il devait relever la ligne...

– Eh bien, voilà que tu te prends pour un véritable pêcheur ?

Pablo était derrière lui et, comme d'habitude, Augustin ne l'avait pas entendu approcher.

– Tu as des ablettes ?

– Oui, le plein seau. J'ai raté une truite qui faisait bien ses quatre livres !

– Peut-être un peu moins, fit Pablo en souriant.

Il déplia rapidement sa canne, passa le fil dans les anneaux et fouilla dans sa musette.

– Où est le seau à ablettes ? Tu vas voir la véritable pêche, la seule qui demande de penser comme un poisson. Regarde cette monture, c'est les gitans qui m'ont appris à la fabriquer. Et ce sont de fameux pêcheurs. Le plomb, devant, c'est pour faire voler le poisson mort, lui donner une nage bizarre comme s'il était blessé. Excellent pour décider un brochet !

Pablo prit une ablette dans le seau, la tua d'une pichenette sur la tête et l'empala sur l'énorme hameçon à trois branches, puis fixa solidement la tête au corps de la monture avec un brin de fil de laiton.

– Voilà, c'est fait. Et maintenant, regarde bien !

La canne à pêche était constituée de trois morceaux de bambou réunis par des viroles de cuivre. Des anneaux en fil de fer permettaient de conduire la ligne d'un vieux moulinet à la pointe du scion. Le pêcheur la prit en main, lança son appât le plus loin possible, et se mit à secouer sa canne par saccades.

– Tu comprends, c'est très simple. En remuant la canne, tu fais bouger l'ablette, tu lui donnes une nage pleine d'embardées qui peut intéresser un chasseur fainéant.

En bout de coulée, il récupéra sa ligne et lança de nouveau son appât un peu plus loin, s'attardant près des remous, explorant les moindres recoins, les abords des souches, des cavernes sous les berges. Tout à coup, le fil se tendit vivement, la canne plia, Pablo éclata d'un rire joyeux.

– Le voilà, le copain ! Et bien ferré ! Allez, par ici !

Le gros brochet piqué tentait de fuir vers l'aval, mais Pablo avait l'habitude de la manœuvre et donnait de la ligne quand il le fallait en forçant le poisson à se fatiguer de plus en plus. Tout à coup, l'animal sauta hors de l'eau en secouant son énorme gueule ouverte, magnifique, ruisselant de lumière au milieu d'une auréole d'écume.

– Il veut nous épater. T'en fais pas, je connais la musique !

En effet, après plusieurs cabrioles, le brochet se battit avec moins de force. Il se contenta de décrire des cercles de plus en plus étroits sans réussir, malgré ses efforts, à regagner le fond. Sa large queue rouge et noir gifla l'eau en mouvements désordonnés. Augustin remarqua surtout sa gueule béante, immense, ouverte sur le vide des ouïes écartées, ses dents pointues.

– Viens ici !

Pablo posa sa main sur la tête plate, puis enfonça le pouce et l'index dans les yeux du poisson qu'il sortit de l'eau et déposa sur l'herbe pour l'admirer. C'était un magnifique animal de quatre kilos, d'une superbe couleur vert argenté aux osselures blanches. Ses nageoires rouges veinées de noir se déployaient, inutiles.

– Bon, c'est pas le moment de faiblir. J'ai une grosse commande, dit Pablo en prenant une nouvelle ablette dans le seau.

– Ma grand-mère veut plus que Maria vienne te voir, dit tout à coup Augustin. Antoine a dit qu'il allait l'enfermer.

Pablo leva les yeux sur le garçon et sourit.

– Ton oncle peut bien faire tout ce qu'il voudra, il n'arrivera jamais à empêcher Maria de s'échapper. Et pourtant, il a raison !

La ligne décrivait des arcs de cercle en suivant le courant. Pablo l'animait toujours avec autant d'attention.

– Tu veux pas qu'elle vienne te voir ?

Il haussa les épaules et lança de nouveau sa ligne.

– C'est mieux pour elle. Moi, je suis trop libre ! Ma vie, c'est au bord de la rivière, dans les bois et de plus en plus loin...

– Depuis que tu es ici, Maria a beaucoup changé...

Il haussa les épaules.

– On ne retient pas le vent ! dit-il. L'eau que tu arrêtes finit toujours par déborder... Moi, je suis d'aucun pays ou plutôt d'un pays que j'ai pas encore trouvé. Un pays tout blanc, sans horizon, où je ne serai qu'une bête comme les autres. Oui, c'est l'horizon qui me hante, qui me fait marcher dans les chemins. J'ai envie de le vaincre, d'aller plus loin que lui. Quand j'allais à l'école, mon grand plaisir c'était de faire une tache au milieu d'une feuille blanche. La tache, c'était moi, et la feuille, le monde vide, sans horizon, le monde que je cherche encore...

Un autre brochet interrompit le pêcheur, qui n'eut pas de mal à le ramener au bord. Il était un peu plus petit que le premier, mais Pablo marqua sa satisfaction :

– Une grosse commande, ça se laisse pas passer, sinon, les gens pensent que tu es un mauvais pêcheur.

Il décrocha le poisson avec précaution pour ne pas se blesser aux terribles dents des mâchoires ouvertes.

– Tu vois, lui aussi, c'est un chasseur. Il craint aucun poisson dans la rivière et pourtant, il est là, sur l'herbe, parce que je suis venu en dehors de son horizon. Ce qui me manque, c'est d'être comme le brochet, de devoir redouter ce qui est plus fort que moi, de lui échapper. Mais qu'est-ce qui est plus fort que moi ?

Maria ne se pressait pas pour essuyer la vaisselle. Antoine et sa mère étaient partis au pré, faner les premiers foins de la saison. Anaïs cuvait dans la vieille maison les cruches de vin bues dans la matinée. Maria rangeait les plats dans le placard et pensait à Pablo qu'elle rejoindrait la nuit prochaine. Malgré les semonces de Marguerite, Antoine n'avait pas mis ses menaces à exécution et la laissait libre. Marguerite rouspétait, mais Antoine tergiversait. Depuis qu'elle fréquentait Pablo, il semblait la redouter et il l'évitait. Pourtant, Maria savait que cela ne durerait pas : Marguerite ne céderait jamais et Antoine était capable de toutes les lâchetés. Elle devait donc percer le secret de sa mère afin de disposer d'une arme qui la neutraliserait. Et ce secret, elle savait où le trouver.

Quand la vaisselle fut terminée, la jeune femme monta à l'étage, s'arrêta près de la porte toujours fermée à double tour de la chambre de Marguerite. Par contre, la chambre voisine d'Antoine était ouverte. Elle y entra avec le sentiment de transgresser un interdit absolu. Une profonde jubilation l'étreignait. Avant de connaître Pablo, jamais elle n'aurait osé un tel acte de rébellion, c'était sa victoire de femme. Le lit était en désordre, des vêtements s'entassaient sur des chaises. Une odeur de renfermé et de sueur serrait la gorge. Maria ouvrit l'armoire de vieux noyer. Le même désordre y régnait, vêtements en boule entassés, piles de serviettes. Elle fouilla dans ce bric-à-brac en pensant à Pablo, à son goût de mousse et de bête sauvage.

Elle ouvrit le tiroir et découvrit, sous une pile de papiers, un trousseau de clés laissé là sans méfiance puisque personne n'avait le droit d'entrer dans cette pièce. Maria le prit et sortit. La quatrième clé qu'elle essaya dans la serrure de sa mère fut la bonne. La porte s'ouvrit sur ce sanctuaire inviolé. Les volets étaient tirés. Dans la pénombre régnait un ordre austère, à l'image de Marguerite. La jeune femme alluma la lumière et vit alors une photo pendue au mur dans un cadre de bois sombre. Une femme, encore jeune, que Maria reconnut, souriait au bras d'un homme qui l'intrigua, car ce n'était pas son père qui tenait la main d'une Marguerite rayonnante, si différente de la vieille marâtre sèche que sa mère était devenue. Mais qui était cet homme ? Maria ouvrit l'armoire.

Des enveloppes jaunies se trouvaient sur une pile de draps, bien en évidence, preuve que Marguerite les lisait fréquemment. Maria, les doigts tremblants, ouvrit la première et lut :

Mon amour,

Ils finiront par m'avoir, c'est certain. Ce monde a perdu la tête. Nous nous battons contre l'ennemi de l'extérieur en négligeant le plus sournois, celui de l'intérieur qui, n'en doutons pas, saura tirer profit de notre victoire pour nous écraser. Les communistes veulent conquérir l'Europe et l'occasion leur en est donnée. Ils m'en veulent de ne pas entrer dans leur jeu, ton fils en tête. Henri est un fanatique, il est impossible de lui parler. De plus, il connaît notre secret.

Je t'aime comme au premier jour, au premier regard. Le poète aurait-il raison : les grandes passions portent en elles-mêmes leur propre destruction, le venin qui les empoisonne fatalement ? Nous saurons le faire mentir.

Victor

Maria resta un long moment, le regard perdu, la feuille tremblante entre ses doigts. Ce qu'elle venait de lire la figeait, lui glaçait le sang. Sa mère avait été la maîtresse de Monsieur Victor. Cette découverte l'étonnait autant que la photo qu'elle expliquait. Elle avait du mal à le croire, et pourtant... L'allusion que Monsieur Victor faisait à Henri, à son fanatisme, la découverte de sa liaison avec Marguerite suffisaient-elles à faire du frère jumeau d'Antoine un criminel ? La gorge sèche, elle plia la feuille et la glissa dans l'enveloppe, puis lut la suivante :

Mon amour,

Les rivalités stérilisent la Résistance et les Allemands en profitent. Tant que nous n'aurons pas un chef pour coordonner toutes les factions, nous serons incapables de la moindre opération d'envergure. Pourtant, je reste optimiste. Le patriotisme de ces jeunes souvent inexpérimentés me fait chaud au cœur.

Ta jalousie à propos de Marthe est insensée. Cette jeune femme est tout à fait comme il faut et travaille avec nous.

C'est vrai, je l'aime bien, mais elle ne prendra jamais ta place dans mon cœur. Nous nous verrons samedi, comme convenu.

Cette nouvelle lettre, qui n'était pas datée, ouvrait la porte à toutes les suppositions. Monsieur Victor était-il mort tué par un communiste fanatique de la Résistance ou, plus banalement, par une femme jalouse ? Marguerite ou cette Marthe ? Le mystère restait entier, même si Maria avait le sentiment d'avoir fait un pas décisif vers la vérité. Elle ne voulut pas poursuivre sa lecture, redoutant d'être surprise par sa mère. Elle se sentait coupable d'avoir volé un secret intime qui faisait de Marguerite une femme plus humaine à laquelle elle devait s'habituer. Elle éteignit la lumière et eut l'impression de se trouver dans un caveau. Le besoin de se brûler la peau au soleil la fit dévaler l'escalier et courir au milieu de la cour.

Anaïs regardait la cruche de vin pleine posée sur la table. L'envie de boire lui brûlait le corps tout entier, la gênait pour respirer, l'oppressait. La tête lui tournait, une douleur aiguë serpentait sous son crâne. Ah ! étancher cette soif perpétuelle, ce manque de vin, pour retrouver le sourire, la paix intérieure, pour être libérée de ses fantômes ! Pourtant, elle avait bien conscience que sa vie s'enlisait dans une boue putride, qu'elle n'en garderait rien, pas même la consolation de son fils. La pensée d'Augustin la ramenait toujours au père de ce dernier, Henri, son Henri. Avait-il vraiment tué Monsieur Victor ? Cette question taraudait Anaïs, la rongeait constamment, la tenait éveillée de longues nuits chaque fois qu'elle n'étouffait pas sa conscience à force de cruches de vin.

Dans d'autres circonstances, Anaïs aurait pu agir, mais à la Jeugie elle était prisonnière. Le vin la détruisait lentement, comme le souhaitait Antoine qui ne lui avait jamais pardonné d'avoir préféré Henri, ce moins-que-rien qui perdait son temps à faire de la politique, ce bavard qui passait des heures au bistrot au lieu de travailler les terres du domaine familial. Parfois, elle trouvait le courage de vider sa cruche dans l'évier. Alors, elle décidait de partir, d'aller dans une grande ville, de chercher du travail et de vivre comme tout le monde. Elle emmènerait Augustin et tous les deux se débrouilleraient... Mais ses bonnes intentions ne duraient pas. A jeun, son corps tout entier brûlait, des douleurs terribles la torturaient. Le vin ne voulait pas lâcher sa victime, alors comment lui échapper ? Par la haine, cette haine qu'elle éprouvait pour son beau-frère et sa belle-mère ? Non, Anaïs savait que la haine la détruisait autant que l'alcool parce qu'elle était faite pour aimer, pour donner, pas pour détruire. Maria ne cessait de lui répéter :

– Je te dis que ton Henri est innocent. Ce n'est pas lui qui a tué Monsieur Victor, alors il n'avait d'autre solution que de fuir. Le coupable est quelqu'un d'autre, j'en suis certaine !

– Qu'est-ce que ça change ? répondait tristement Anaïs. Maintenant, c'est trop tard.

– Pablo et moi, on te sauvera !

Maria associait Pablo à son action puisqu'il avait envahi sa vie tout entière, mais Pablo ne se souciait pas d'Anaïs. Chaque fois que Maria abordait le sujet, parlait de la mort de Monsieur Victor, Pablo changeait de sujet. Il restait insaisissable, comme le vent, fuyant comme l'eau du torrent, libre, et c'était peut-être cette liberté totale, ce sentiment qu'il ne serait jamais à elle, qui accrochait la jeune Maria.

L'été était passé sans que Maria, qui avait de nouveau fouillé la chambre de sa mère, et lu plusieurs lettres de Monsieur Victor, ait trouvé le moindre indice nouveau permettant de comprendre ce qui s'était passé en cette journée de février 1943. Anaïs, entre deux cruches de vin, s'était rangée du côté d'Antoine pour inscrire Augustin au petit séminaire à Brive. Le garçon voyait avec terreur approcher l'automne : que lui resterait-il une fois emprisonné entre les hauts murs de l'école ? Il n'aimait que la pêche et la chasse. Il ne vivait que pour les heures passées en compagnie de Pablo et ne pouvait s'imaginer en élève studieux marchant en rang et ne ratant aucun office.

Quand arriva le jour de la rentrée, il eut envie de s'enfuir, de courir le plus loin possible, d'aller se cacher dans les collines qu'il connaissait si bien. Il pensait au veau que le boucher venait chercher pour le conduire à l'abattoir.

Depuis plusieurs jours, Anaïs oubliait de boire et consacrait ses journées à préparer le trousseau de son fils. Cette application en imposait au garçon qui laissa arriver le jour du départ sans profiter de ses dernières heures de liberté. Antoine avait sorti sa Traction noire et s'était changé. Anaïs avait décidé de l'accompagner, Antoine s'en était montré satisfait.

Pour Augustin, une nouvelle vie commençait, si différente qu'il avait l'impression de renier ce qu'il avait été jusque-là. Une nouvelle personnalité gommait l'enfant sauvage et il se plia à la discipline, s'intéressa aux cours. Pourtant, le soir, dans son lit, quand la lumière était éteinte, effaçant les lignes austères du dortoir, il rejoignait Pablo sur les rives de la Dordogne et s'endormait en suivant le sentier du lièvre pour trouver le meilleur endroit où poser le collet, pêchait à la limace les gros barbeaux nonchalants derrière les piles du pont...

Aux premières vacances, à la Toussaint, il retrouva la Jeugie et ses collines. Il avait grandi ; sa silhouette s'était transformée. La discipline stricte, la vie austère et studieuse du séminaire avaient fait de lui un autre garçon, qu'Anaïs découvrit avec satisfaction. « Mon Dieu, comme il ressemble à son père ! » avait-elle constaté en essuyant ses yeux qui larmoyaient constamment. Marguerite ne cacha pas sa satisfaction. En lisant le bulletin d'appréciations, elle constata qu'Augustin pouvait être bon élève pourvu qu'il soit tenu.

– Plus tard, tu remercieras ton oncle de t'avoir fait instruire !

Il n'avait qu'une hâte et ses regards pour Maria étaient éloquents. La jeune femme ne riait plus. Son visage était devenu grave. La joie de vivre ne donnait plus à ses gestes la vivacité, l'entrain qu'ils avaient l'été dernier. Elle évitait les yeux interrogateurs d'Augustin.

Dans l'après-midi, le garçon se rendit au village. Il trouva Pablo en train d'actionner le grand soufflet de la forge. L'homme lui sourit en tirant des braises un morceau de fer rouge et pétillant d'étincelles.

– Ah ! c'est toi ! dit-il sans s'arrêter de travailler. Ils t'ont enfin lâché !

Il posa la pièce de fer sur l'enclume et, la tenant toujours fermement au bout d'une longue tenaille, se mit à la frapper avec un énorme marteau.

– Ça commence à fraîchir sur les montagnes, dit-il encore. Les perdreaux n'ont plus grand-chose à manger. Il m'en faut pour un gros client.

Ses « clients », Augustin les connaissait pour avoir fait plusieurs livraisons à la place du braconnier. Ils étaient bouchers, restaurateurs dans les environs, Beaulieu ou Argentat, et vendaient ou cuisinaient le gibier en sous-main. En ces années cinquante, la police tolérait ce commerce discret qui faisait vivre quelques marginaux que les gardes-pêche n'épinglaient que rarement dans la mesure où ils ne se montraient pas trop gourmands. Les forêts et les rivières étaient suffisamment riches pour supporter ces prélèvements, qui avaient toujours existé.

Pablo remit la pièce de fer dans les braises et dit :

– Attends-moi au pont vers cinq heures. J'ai encore quelques bricoles à finir ici.

Pablo et Augustin marchaient le long du pâturage en pente qui surplombait la Dordogne. Le soleil, dans un ciel sans nuages, noyait la campagne d'une lumière épaisse qui coulait en vagues sirupeuses jusqu'à la rivière. Les hêtres rougissaient, les bogues des châtaigniers s'ouvraient, libérant des châtaignes luisantes. Sous les arbres, les premiers tapis de feuilles mortes crissaient sous les pas.

– Les truites vont pas tarder à se mettre en route, constata Pablo. Aux premiers coups de gel, elles vont partir de la Dordogne pour les petits ruisseaux. Les loutres vont engraisser.

Sous les chênes, les glands commençaient à tomber. Une compagnie de perdrix s'envola dans un rapide claquement d'ailes. Pablo les regarda planer en rase-mottes au-dessus du champ de sarrasin.

Ils arrivèrent à une rangée de sapins. Au pied d'un de ces grands arbres se trouvait le dôme d'aiguilles sèches d'une énorme fourmilière. Augustin connaissait ce monticule grouillant d'insectes marron qui, à force de passer aux mêmes endroits, avaient délimité des sentiers dans la mousse.

– Il y a un appât auquel pas une grive, pas une perdrix, pas un oiseau, pas un poisson ne résiste : les œufs et les asticots de fourmis.

Tout en parlant, Pablo, à grands coups de pelle, éventrait la pyramide. Les fourmis, affolées par ce séisme, roulaient en une lave rousse, grimpaient sur les bottes de l'assaillant qui n'y prenait pas garde. Enfin, la pelle découvrit la nursery avec ses œufs jaunâtres, ses larves blanches dodues. Pablo sortit un grand bocal de sa musette et le remplit de cette manne grouillante.

– Allez, viens ! dit-il à Augustin. T'en fais pas pour les fourmis. Demain, elles auront tout remis en place. J'ai besoin d'une douzaine de perdreaux. Avec ça, on est tranquilles !

Pablo choisit minutieusement les endroits où placer ses pièges. En même temps, il expliquait :

– Quand elles sont au sol, les perdrix se cachent, mais elle veulent avoir une vue dégagée pour le cas où le renard serait dans le coin. Et les meilleures places, c'est dans les sillons et les chaumes, mais pas n'importe où. Regarde...

Il montrait au garçon, qui ne perdait rien de la leçon, pourquoi l'endroit était le meilleur et comment il allait s'y prendre pour « coiffer » la compagnie tout entière. Tout en parlant, il semait des œufs et des larves entre les mottes de terre.

– Faut surtout pas faire ça sur du terrain trop plat, sinon tu ne prendras pas un seul oiseau !

Il disposa enfin des fils qui se terminaient par un nœud coulant.

– Là aussi, faut pas faire n'importe comment. Si les fils sont trop longs, la première perdrix prise fout la pagaille et tu n'en as pas une autre. Regarde, il faut les mettre de manière que les oiseaux pris ne puissent pas s'emmêler les uns dans les autres.

Quand les pièges furent en place, ils longèrent un moment la rivière, puis remontèrent vers le village. Au sommet de la colline, Pablo constata que le vent soufflait du nord.

– Ça va bientôt être le temps des palombes, dit-il. Le pays doit être bon...

Augustin remarqua qu'il regardait toujours au loin, comme s'il se sentait à l'étroit, rêvait déjà d'ailleurs.

– Je vais rester pour les palombes.

– Pourquoi ? Tu veux partir ?

Il haussa les épaules, comme il le faisait quand il ne trouvait pas les mots d'une réponse.

– Faudra bien !

– Et Maria ? Tu vas l'emmener avec toi ?

Il haussa encore les épaules. Augustin comprenait pourquoi sa tante n'avait plus sa radieuse détermination, cette attitude un peu provocante des gens heureux.

– Et moi aussi, tu vas me laisser ?

– Toi, tu n'es plus d'ici. Les curés vont faire de toi un homme comme il faut. Moi, je suis rien, je te dis, tous les horizons du monde m'emprisonnent. Toi, tu seras un monsieur qui ira à l'église le dimanche et fumera le cigare après un bon repas. Tu oublieras vite l'homme fait de vent et d'eau qui n'est jamais à sa place.

Pablo parlait rarement de la sorte, mais, chaque fois, Augustin avait l'impression qu'il était beaucoup plus que ce braconnier errant, qu'il avait sûrement fait des études et que, au lieu d'être en quête d'un absolu, il fuyait un passé dont il ne parlait jamais.

La semaine de vacances passa trop vite. Augustin reprit le chemin du séminaire et des jours gris qui se ressemblent. Comme ses résultats scolaires étaient bons, il fut autorisé à se rendre à la Jeugie tous les samedis. Il s'arrangeait pour faire son travail à l'avance et profiter au maximum de ces deux jours de liberté. Son oncle et sa grand-mère faisaient moins de reproches au bon élève qu'à l'ancien cancre. Antoine, dans sa simplicité, lui qui avait peiné pour aller jusqu'au certificat d'études, respectait le savoir et la facilité à apprendre de son neveu. Marguerite imaginait déjà son petit-fils portant soutane, curé d'une paroisse voisine et, pourquoi pas, à Morsac. Un curé dans la famille assurerait la respectabilité et ferait taire les mauvaises langues !

De sortie en sortie, Augustin remarquait que Maria allait de plus en plus mal. La jeune femme pleurait à tout instant et allait à sa besogne habituelle comme un automate. Elle n'avait plus la force de s'opposer à son frère et à sa mère. Elle retrouvait son attitude passive et ne faisait plus de projets. La porte de sa prison, qui s'était entrouverte le temps d'une saison, se refermait lourdement. Antoine et Marguerite ne cachaient pas leur satisfaction.

La jeune femme n'en voulait pas à Pablo qui ne lui avait jamais caché qu'il partirait un jour. Après avoir cru qu'elle pourrait le suivre, qu'elle accepterait tous les sacrifices pour avoir le bonheur d'être près de lui, elle avait compris que cet homme, à qui elle s'était donnée avec la fougue d'un premier amour, ne pouvait pas la rendre heureuse. Il portait des envies inconciliables avec une vie ordinaire. Il était né humain par erreur ; au fond de lui vivait une bête de chasse, un félin façonné pour tuer sans la moindre cruauté, sans la perversion d'un malade mental, avec naturel, car telle était sa nature. Pablo ne pouvait que semer des larmes autour de lui. Etre tragique, ses fuites, ses abandons n'étaient pas immoraux et montraient son incapacité à atteindre un but pressenti, mais toujours lointain. Maria enviait Anaïs : si elle avait eu le goût du vin, elle se serait mise à boire pour oublier le poids d'une souffrance sans espoir.

Pourtant, le passage de Pablo laissait des traces profondes à la Jeugie, invisibles mais qui pouvaient surgir d'un jour à l'autre. Marguerite régnait toujours, Antoine exécutait ses sentences, mais Maria et Anaïs connaissaient désormais le secret de la vieille femme. Sa liaison avec Monsieur Victor n'était certainement pas étrangère au crime. Et Anaïs s'accrochait à cet espoir nouveau qui, si infime soit-il, l'avait arrêtée sur la pente de la déchéance.

Désormais, elle ne buvait pas quand Augustin était là. Son fils fréquentait un monde qui n'était pas le sien et qui le plaçait au-dessus d'elle. Cela lui demandait un grand effort et, dès le lundi matin, quand Augustin était parti, la tentation la conduisait à la porte de la cave. Elle résistait, imaginait mille stratagèmes pour ne pas céder à son vice, puis sombrait, mortifiée par sa faiblesse.

Son état s'était pourtant un peu amélioré. Des souvenirs jusque-là enfouis dans les brumes opaques de l'alcool se précisaient, comme pour lui indiquer une direction à suivre. Anaïs se souvenait désormais, l'après-midi du crime, être allée balayer les feuilles dans le pré au-dessus de la ferme, d'où elle voyait très bien le château de Monsieur Victor, entièrement désert. Elle était rentrée une heure avant le crime, vers quatre heures. Henri était parti pour la journée, comme il le faisait souvent. Antoine coupait les genêts dans la pente près de la Dordogne... Marguerite gardait les moutons un peu plus loin. Tous les deux avaient probablement entendu la détonation et peut-être vu le coupable, à moins qu'Antoine lui-même soit le criminel. Il savait sûrement que sa mère était la maîtresse de Monsieur Victor, mais que faisait Henri dans les parages ? On avait trouvé un morceau de sa veste à côté du corps et l'herbe était piétinée comme si les deux hommes s'étaient battus...

– Tu vois, c'est le soir que tu dois les attendre. Elle arrivent en même temps que les premiers vols d'oies. Tu te places sur une hauteur, comme ici, et tu regardes le ciel. Les premiers vols te donneront la route que toutes suivront jusqu'à la fin de la passée. Tu repères où elles se posent. Les chênes à palombes sont toujours isolés ou par deux, mais jamais au milieu d'une forêt. D'ailleurs, quand les palombes se posent dans une forêt, tu ne peux rien faire sinon les tirer au fusil, mais ça ne me connaît pas. Je ne suis pas un chasseur ordinaire...

C'était la mi-novembre. Augustin et Pablo étaient assis sur un pic rocheux qui dominait la vallée d'où ils pouvaient surveiller un ciel immense. En arrivant du séminaire, le garçon avait pris juste le temps de se changer avant de rejoindre le braconnier. Le temps des palombes arrivait et Pablo lui en avait tant parlé !

– Les palombes, ça revient tous les ans. Je suis resté pour elles. Ces oiseaux t'ensorcellent au point que tu voudrais que le temps passe plus vite pour les retrouver. Je sais pas si tu comprends... Leurs plumes couleur d'ardoise, un collier blanc et ce vol rapide, parfait, magnifique. Il paraît que c'est un des meilleurs coups de fusil qui soit !

Assis côte à côte, ils plongeaient leur regard dans l'immensité du ciel qui virait au rouge à l'occident. Des nuages élevés flottaient sur un petit vent frais. Pablo ne quittait pas des yeux un point précis au-dessus des collines. Les palombes allaient arriver par là, son instinct le lui disait, et l'attente devenait un plaisir aussi fort que la chasse elle-même. Les larmes de Maria étaient loin. La jeune femme avait-elle seulement eu la moindre importance pour lui tout au long de cet été ?

– Oui, c'est un beau coup de fusil, mais moi, j'aime pas le bruit. Je préfère les pièges. Tu comprends, un piège tendu, c'est un lien entre toi et la bête que tu vas prendre. C'est l'endroit où on se rencontre, mais c'est la bête qui choisit, elle peut toujours faire demi-tour, toujours réfléchir avant de se laisser prendre. C'est ce jeu qui me plaît. Quand j'aurai vu les palombes et les chênes où elles se posent, je saurai tout de ce pays...

Il tendit le bras vers l'horizon, comme s'il avait hâte de s'en aller vers de nouvelles collines. Augustin comprenait ce besoin de découvrir de nouvelles rivières, de nouveaux sous-bois. Lui aussi savait tout de la Dordogne. En une saison, il était devenu aussi habile que Pablo et prenait toutes les truites qu'il voulait ; les brochets se laissaient tenter par son poisson mort manié habilement avec la canne que Pablo lui avait fabriquée.

– Tu es déjà le meilleur, constatait Pablo. Quand je pense que tu vas devenir curé ! Tu seras bien le premier à soulever la soutane pour aller courir le lièvre ou le brochet.

Il souriait à cette image ridicule.

– J'ai pas encore prononcé mes vœux, précisait Augustin.

Le garçon s'imaginait mal en curé de campagne. Pourtant, l'éducation stricte qu'il recevait au séminaire imprimait sa marque. Jusque-là, il s'était contenté d'une pratique religieuse de routine, comme sa grand-mère et sa tante, sans y attacher une grande importance. Désormais, il découvrait les richesses de l'enseignement théologique et son éclairage nouveau sur le monde le mettait en face de ses contradictions. Néanmoins, la dualité de sa personne ne l'effrayait pas ; il remettait à plus tard un choix qu'il ne jugeait pas nécessaire.

– Et puis, poursuivit le braconnier, si tu veux te faire un peu d'argent, tu peux profiter de mes clients. Maintenant, tu les connais et ils te font confiance. Un conseil : ne leur parle pas trop du bon Dieu. Ce soir, ça sent vraiment la palombe !

L'attente se poursuivait. La nuit noyait déjà la vallée. Les premières lampes s'allumaient à la Jeugie.

– Avant, tu étais où ?

– Ailleurs, un ailleurs comme ici. Avec des ruisseaux, des truites et des bois, des lièvres...

– Et une pauvre fille a pleuré quand tu es parti...

Pablo détacha ses yeux du ciel pour fixer Augustin :

– Je sais pas ce qu'ils t'apprennent, tes curés, mais tu as la langue bien pendue. Un jour, tu comprendras et tu feras la même chose. Et maintenant, tais-toi ! Ça fait peur aux palombes de parler comme ça.

Son regard se tourna de nouveau vers l'horizon et s'arrêta sur une tache de cendre qui bougeait, grossissait, s'allongeait, se déformait. Il tendit le bras et Augustin vit enfin les pigeons qui se rapprochaient en vol rapide et serré.

– Qu'est-ce que j'avais dit ? Tu vois que je suis plus savant que toi. Je peux même te dire que ce vol ne s'arrêtera pas. Il n'en a pas les manières. Et puis, c'est trop tôt.

En effet, les oiseaux passèrent au-dessus de leur tête et s'éloignèrent vers le sud pour n'être plus qu'un grain de poussière dans le ciel encore clair. Un nouveau vol arriva presque aussitôt. Cette fois, les oiseaux étaient moins serrés, comme indécis. Ils tournèrent à plusieurs reprises, quelques pigeons se détachèrent des autres pour venir voleter autour de plusieurs chênes. Enfin, ils se posèrent sur un arbre isolé, vite rejoints par le reste du groupe.

– Je m'en doutais. Mais d'une année à l'autre, ça change. Demain, on viendra poser les pièges.

Le lendemain était un dimanche. Augustin se rendit à la messe en compagnie de Maria, qui passa très vite devant la forge pour ne pas voir Pablo. L'après-midi, le garçon le rejoignit. Le braconnier avait pris sa grosse musette. La casquette sur les yeux, il ne parlait pas, tout au plaisir de ses pièges. Quand ils arrivèrent, le chêne était vide de palombes. Le soleil, déjà bas sur l'horizon, allumait dans les collines des couleurs vives.

– Les palombes, c'est très méfiant, et en même temps très bête, dit Pablo en sortant ses pièges à ressort sur lesquels il fixait un gland. Faut surtout pas que tes doigts sentent le tabac, sinon, c'est foutu. Et puis, le piège, tu ne dois pas le mettre n'importe comment. Tu t'arranges à bien le cacher, sous des feuilles, mais surtout que le gland soit bien visible. Et tu en mets autant que tu veux. C'est si bête, une palombe, qu'elle voit pas ses copines crevées autour d'elle et se fait prendre à son tour.

Tout en parlant, il ouvrait les mâchoires d'acier, les bloquait de manière que le choc le plus infime sur le gland libère les ressorts tendus.

– L'idéal, c'est d'avoir plusieurs chênes qui travaillent en même temps... Sur la montagne, les hêtres sont aussi de bons arbres. Maintenant, viens.

Ils allèrent se placer en retrait, à contrevent, et l'attente commença, délicieuse d'incertitude et d'espérance. Un premier vol se posa sur le chêne piégé. D'autres vols arrivèrent ; certains poursuivaient leur route, d'autres se posaient sur les arbres voisins. Les oiseaux se mirent à descendre au sol pour manger les glands. Quelques-uns restaient à la cime des branches pour surveiller les environs.

Au sol, les pièges claquaient. Les mâchoires se refermaient brutalement sur les cous imprudents. Les pigeons, foudroyés, claquaient des ailes en roulant au milieu de leurs congénères qui ne s'apercevaient de rien.

– Tous les pièges sont pleins, murmura Pablo, mais c'est pas le moment d'aller les chercher. Il faut que les palombes soient parties, sinon, demain, tu n'en auras pas une !

Il se tourna vers Augustin qui posa la question attendue :

– Mais demain, ce ne sera pas ce vol...

– Tu as raison, et pourtant celles qui vont arriver seront au courant du danger. Comment font-elles pour se le dire ? J'en sais rien, mais c'est comme ça. Viens, on s'en va ! Je reviendrai les chercher demain, au lever du jour.

Il se leva, regarda une dernière fois autour de lui comme s'il cherchait quelque chose. Ils rentrèrent en silence et se séparèrent sans un mot. Augustin avait le sentiment qu'il ne le verrait plus jamais.

Le samedi suivant, en arrivant à la Jeugie, Augustin comprit, à la tête de Maria, que Pablo n'était pas parti. Ses yeux rouges pleuraient un départ prévu, mais pas un souvenir. Le lendemain, elle se rendit à la messe avec le jeune garçon.

A la sortie de l'église, Maria ne l'attendit pas et s'éloigna sur la route de la Jeugie. Son attitude intrigua Augustin qui la suivit à distance. Elle se rendait à la cabane de berger près de la Dordogne, par un ancien chemin de meunier. Augustin, certain de sa destination, la devança en passant par la châtaigneraie en pente. Pablo attendait la jeune femme à côté de la cabane. Le temps était gris, un petit crachin gelait le visage. Pablo avait pris sa grande capote de soldat et sa lourde musette pesait sur son dos. Son chapeau à larges bords cachait son visage.

Maria arriva essoufflée, dans son ample manteau sombre. Un épais foulard cachait ses cheveux noirs et ne laissait voir que sa figure claire, son large front et ses grands yeux tristes. Elle s'arrêta à quelques pas de Pablo, le regarda longuement comme si elle découvrait, avec la capote, la véritable nature de ce vagabond que rien ni personne ne pouvait retenir. Ce fut lui qui parla le premier :

– C'est fait, je pars !

Jusque-là, Maria avait gardé le vague espoir que Pablo partirait du village mais resterait dans le pays, près de la Dordogne. Ce matin, elle comprenait que leur séparation était définitive. Alors, cédant à la colère de l'impuissance contenue depuis de longues semaines, elle se précipita sur lui, le martelant de ses petits poings.

– Pourquoi tu fais ça ? Pourquoi tu me fais autant de mal ? Je voudrais te tuer !

– Je rêve d'un pays sans horizon, au bout de la terre. Jusque-là j'ai bricolé, maintenant il est temps pour moi de devenir ce que je suis vraiment. Tu peux pas comprendre, mais c'est comme si j'avais déjà vécu là-bas et que des souvenirs m'y appellent.

– Mais qu'est-ce que tu racontes ? cria Maria, excédée par des propos qu'elle ne comprenait pas.

– Une petite tache d'encre sur une grande page blanche, voilà la vérité.

Vaincue, Maria se laissa tomber sur une souche et pleura à gros sanglots. Pablo, sans rien ajouter, remonta le col de sa capote et s'éloigna dans le chemin. Augustin suivit des yeux sa silhouette grise qui se dissolvait dans le brouillard. La gorge nouée, il s'approcha de sa jeune tante.

– Maria...

Elle leva sur lui des yeux rouges, étonnés.

– Qu'est-ce que tu fais là ?

– Viens. Je t'aime bien, moi, tante Maria ! La page blanche, je t'expliquerai... Il m'en a parlé !

Elle se laissa emmener. Elle ne pleurait plus. Augustin la tenait serrée par la taille, elle posa sa tête sur l'épaule du garçon. Le froid les piquait, mais ils ne rentrèrent pas tout de suite. Ils suivirent le chemin par lequel Pablo avait disparu jusqu'à la route de Beaulieu, puis marchèrent le long de la Dordogne. La vie continuait...

L'hiver était revenu, froid et blanc. Pendant trois semaines, Augustin dut rester au séminaire, les routes étant gelées. Il put enfin rentrer pour les vacances de Noël. La neige, qui avait fondu, retomba en abondance. Il piégeait des grives, des perdrix, des merles, posait des collets à lapins. Les « clients » de Pablo, étonnés par ce séminariste bien élevé et en même temps le meilleur braconnier du pays, lui faisaient confiance. Pendant les quinze jours de vacances, il gagna un peu d'argent qu'il partagea avec Maria.

Elle ne pleurait plus. Son premier amour pour un vagabond s'estompait, mais l'avait profondément marquée. La jeune fille effacée et soumise avait compris que sa véritable vie se trouvait ailleurs qu'à la Jeugie. Sa jeunesse rêvait de nouvelles rencontres. Après Noël, elle confia à Augustin son intention de partir à Paris et de chercher un emploi.

– Ils ne pourront rien contre moi. Je vais attendre le 12 avril prochain, alors je serai majeure et je pourrai faire ce que je veux.

– C'est moi qui vais m'ennuyer...

La jeune tante cachait son jeu sous une soumission feinte. Antoine et Marguerite ne se doutaient de rien. Pour eux, tout rentrait dans l'ordre et c'était bien ainsi. Chaque fin de semaine, Augustin tendait ses pièges et l'argent des lapins et des grives gonflait le pécule d'une Maria qui comptait les jours avant sa majorité.

– Un jour, disait-elle à Augustin en l'embrassant, je te le rembourserai au centuple !

Il n'espérait rien en retour. Le braconnage avait des racines autres que l'intérêt. Son tuteur au séminaire, à qui il devait se confesser chaque semaine, lui expliquait que c'était un vol, qu'un serviteur de Dieu ne pouvait pas trouver du plaisir à des pratiques aussi condamnables. Augustin promettait d'arrêter, mais n'en avait pas l'intention. Il supportait la dure discipline et l'obéissance aveugle du pensionnat pour ces moments de liberté. A mesure que le printemps revenait, et que s'accomplissait sa première année d'études, il ne remettait plus en cause sa dualité, sachant que l'harmonie entre ses deux personnalités n'était pas impossible.

Anaïs, face au « petit monsieur » qu'était devenu son fils, s'abstint de boire pendant les vacances de Noël et durant tout le mois de janvier, puis rechuta. Une certitude s'était faite en elle : Antoine, qui voulait l'épouser alors qu'elle avait préféré Henri, était le meurtrier de Monsieur Victor et avait laissé volontairement accuser son frère jumeau pour l'éloigner de la femme qu'il convoitait. Anaïs se construisait son histoire et en cherchait dans sa mémoire des preuves qui lui avaient échappé jusque-là. Le vin renforçait sa haine, l'exacerbait et lui soufflait des envies de meurtre.

Un matin du début mars, elle se décida. Le pistolet d'Henri était toujours à sa place, dans le tiroir de l'ancienne cuisine. Augustin, qui avait la manie de fouiller partout, ne l'avait pas découvert dans le compartiment du fond auquel on ne pouvait accéder qu'en déplaçant la table. Anaïs l'avait sorti de sa cachette, dépoussiéré, elle en avait graissé le mécanisme à l'huile de noix. Les balles étaient toujours dans la boîte en fer, au fond du tiroir. Elle se demanda si, avec le temps, la poudre ne s'était pas altérée, puis elle se dit que les balles en fer étaient hermétiques et qu'il n'y avait aucune raison qu'elles ne fonctionnent pas. Elle remplit le barillet et replaça l'arme dans le tiroir.

Elle ne se pressait pas, consciente que la moindre précipitation pouvait la conduire à l'échec. Son désir de tuer était désormais tranquille, sans cette brusquerie de la passion contrariée. Il lui faisait oublier le goût du vin. Même dans le cas improbable où Antoine aurait été innocent, sa mort la hissait hors de cette gangue de boue où il avait toujours voulu la maintenir. Après cet acte, elle pourrait dénoncer au procès qui s'ensuivrait tous les sévices qu'il lui avait fait subir. L'esprit enfin libre, la prison à laquelle elle ne chercherait pas à échapper serait une douce sinécure.

Pour aider sa belle-sœur, et surtout Augustin, dont elle était la complice, Maria n'avait pas abandonné l'idée de découvrir la vérité et le nom du meurtrier de Monsieur Victor. En retrouvant le goût de vivre, elle éprouvait de nouveau l'envie d'aller fouiller dans la chambre de sa mère, mais le trousseau de clés n'était plus dans l'armoire d'Antoine.

Le printemps fut en avance cette année-là. Dès le début du mois de mars, les clochettes jaunes des jonquilles s'épanouirent de chaque côté de la porte de la vieille maison. Marguerite savait qu'il ne fallait pas se laisser tromper par ces premiers signes de la saison, que le gel pouvait encore durcir la terre et brûler les bourgeons trop précoces.

Pourtant, les vacances de Pâques arrivèrent sans nouveaux froids ; pâquerettes et pissenlits fleurirent dans les prairies encore rases. Augustin revint pour quinze jours de liberté en pensant aux premières truites de l'année, souvent les plus grosses, qu'il irait pêcher dans la Dordogne.

Anaïs avait décidé de mettre son plan à exécution. Elle n'avait pas bu depuis plusieurs jours, sa main ne tremblerait pas. Augustin et Antoine étaient partis couper du bois au bord de la Dordogne, à quelques pas seulement de l'endroit où Monsieur Victor avait été assassiné. Anaïs attendrait le retour de son beau-frère et le tuerait quand il serait seul dans son étable. Elle apporta du foin aux lapins, comme elle le faisait chaque jour. Maria la vit passer, son panier au bras, marchant d'un pas ferme, et fut intriguée par un objet lourd qui distendait la poche de son tablier, puis elle aperçut la crosse du revolver et se méprit :

– Qu'est-ce que tu voulais faire ? Anaïs, réponds-moi ! Où as-tu trouvé ce pistolet ?

Anaïs ne se troubla pas et sortit l'arme, qu'elle fit tourner dans ses mains.

– Henri en avait toujours un sur lui et l'autre à la maison. Il l'a oublié quand il est parti sans rien dire. Il n'a pensé à rien qu'à fuir, comme un lâche...

– Et qu'est-ce que tu veux en faire ? Tu te rends compte ?

– Je veux faire justice. Après, tout ira mieux. C'est Antoine qui a tué Monsieur Victor. Tu m'as assez dit qu'Henri était innocent. Maintenant, je sais que tu as raison.

Anaïs posa le panier à côté de l'étable des lapins et s'éloigna dans la cour. Maria se précipita pour l'arrêter.

– Anaïs, tu perds la tête ! Arrête, je te dis !

– C'est trop tard. Rien ne pourra m'arrêter, il faut bien en finir un jour ! Je veux qu'Augustin cesse d'avoir honte de moi.

– Et tu crois que c'est avec un pistolet que...

– Oui, je le crois.

– Mais tu iras en prison, tu seras condamnée !

– Je dirai aux juges ce qu'il m'a fait endurer. Avec les années, il s'est un peu calmé, mais quand Augustin était petit, tous les jours, il m'obligeait à des choses que je peux pas te raconter ! Je veux qu'il soit mort pour ne pas dire que je mens, moi qui n'ai jamais menti ! La prison n'est rien à côté de ce que j'ai enduré et que j'endure ici tous les jours.

Anaïs voulut écarter Maria, qui la saisit à bras-le-corps. Les deux femmes roulèrent au sol. Anaïs réussit à se dégager et se dressa vivement, l'arme au poing.

– Anaïs, arrête ! cria Maria en se dressant.

– Pousse-toi de devant moi, sinon, tu seras la première !

– Je t'en supplie, arrête !

Anaïs leva le pistolet en direction de la jeune femme, le doigt posé sur la détente, puis, brusquement vidée de toute énergie, baissa le bras. Le pistolet tomba à ses pieds. Son visage se contracta en une grimace désespérée.

– Je ne suis même pas capable de tuer ! constata-t-elle.

Maria la prit dans ses bras et la garda ainsi, serrée contre elle, un long moment.

– Je sais le mal qu'ils t'ont fait, c'est pour ça que tu dois relever la tête, que tu dois te sortir de tes mauvaises habitudes... Ecoute, depuis quelques mois, j'économise de l'argent. A ma majorité, je vais partir à Paris. Si tu venais avec moi ?

Anaïs regarda sa jeune belle-sœur avec curiosité.

– Tu vas faire ça ?

– Oui. Maintenant que Pablo est parti, plus rien ne me retient ici.

Anaïs ramassa le pistolet qu'elle remit dans sa poche.

– Pablo ? Je ne comprends pas que tu te sois attachée à cet homme. Tu mérites beaucoup mieux que ça. Pablo, je l'aimais pas. Heureusement qu'il est parti, j'aurais pu le tuer, lui aussi !

– Tu l'aimais pas ? fit Maria, offusquée. Mais pourquoi ? Parce qu'il emmenait Augustin à la chasse et à la pêche ?

– Sûrement pas. Au contraire, j'aimais bien qu'il emmène Augustin. Non, c'était sa manière de me regarder qui me déplaisait, comme s'il avait su des choses qui me concernaient. D'ailleurs, je sais pas si tu l'avais remarqué, Antoine filait doux !

Maria pensait aux dernières paroles du vagabond, à la tache sur une grande feuille blanche.

– Je ne sais pas si tu as raison, moi, j'ai tourné la page ! dit-elle comme pour s'assurer elle-même que, si Pablo revenait, elle ne lui céderait plus. Pense surtout à ce que je t'ai dit. On peut partir toutes les deux à Paris...

– Et Augustin ? N'oublie pas qu'Antoine est son tuteur ! Je ne veux pas qu'il quitte le séminaire de Brive où il travaille bien...

Un cri les fit sursauter. Elle se tournèrent vers la vallée et virent Augustin arriver, essoufflé, agitant les bras.

– Vite ! Il faut aller chercher le médecin ! L'oncle Antoine s'est fait mal.

Maria se précipita, Anaïs n'avait pas bronché.

– Qu'est-ce qui s'est passé ?

– Une bille a roulé sur lui. Louis et moi, on a pu le sortir, mais il n'arrive pas à marcher. Je vais le chercher avec la charrette. Cours appeler le médecin !

Puis, se tournant vers sa mère :

– Viens nous aider à le charger.

Il attela la charrette et partit en poussant les vaches à grands coups de bâton. Sa mère, sans montrer la moindre émotion, avait passé dans la vieille maison poser son pistolet et marchait devant Augustin d'un pas rapide et sûr.

Ils trouvèrent Antoine allongé à côté de la grume, les mains sur les côtes, qui grimaçait. Près de lui, le simplet, assis sur une souche, semblait absent et regardait Anaïs de ses yeux vides.

– J'ai mal ! râlait Antoine. C'est tout écrasé là-dedans.

Les yeux d'Anaïs brillaient. Elle voyait dans cet accident un signe du Ciel qui s'était chargé à sa place de la sale besogne. Un sourire que personne ne vit éclaira son visage.

– On va te charger dans la charrette ! dit Augustin. A nous trois, on devrait y arriver.

Le garçon prit son oncle par les épaules, Anaïs et Louis par les pieds. A chacun de leurs mouvements, Antoine poussait un gémissement sourd et s'en prenait à son frère.

– Faites attention ! J'ai mal partout !

Ils durent s'y reprendre à deux fois. A chaque secousse, Antoine poussait un cri de douleur. Anaïs ne dit pas un mot d'encouragement quand le regard implorant de son beau-frère se posa sur elle. Une fois le blessé bien calé sur la charrette, Augustin passa devant les vaches et les appela. La charrette se mit à rouler dans le chemin pierreux. Antoine se plaignait.

– Nom de Dieu, que j'ai mal !

Quand ils arrivèrent à la Jeugie, Marguerite revenait de ramasser une salade de pissenlits. Elle mit un moment à réaliser ce qui se passait puis aida Augustin, Anaïs et Louis à porter le blessé sur un lit. Comme ils redoutaient l'escalier raide de la grande maison, ils l'installèrent dans la chambre où avait couché Pablo. Antoine cessa enfin de gémir. Sa mère se tenait debout près du lit et le regardait anxieusement. Elle avait laissé sa canne à pommeau à côté de la charrette et semblait plus petite que d'ordinaire.

– Mais comment tu as fait ton compte ?

Antoine secoua la tête, grimaça, puis précisa :

– J'ai glissé et j'ai perdu l'équilibre, alors la bille m'a roulé dessus. Sans Augustin, je serais mort dessous, étouffé !

Le docteur arriva quelques instants après Maria. Il examina Antoine, trouva plusieurs côtes cassées et dit qu'il fallait hospitaliser le blessé pour vérifier qu'aucun organe interne n'avait été écrasé. Comme personne n'avait le permis de conduire, Augustin partit en vélo chercher le père Raccolt pour emmener le blessé dans sa Traction.

Le soir, l'absence d'Antoine transforma la maison. La canne de Marguerite frappait le sol avec moins de force. Anaïs aidait Maria à préparer le dîner. Augustin ne pensait pas à ses collets à lièvre qu'il avait pourtant préparés la veille et qui l'attendaient dans sa grosse musette au pied de son lit. Le simplet, comprenant la gravité de la situation, allait et venait sans but dans la cour.

Au dîner, Marguerite resta grave et mangea sa soupe sans un mot. Elle pensait à Dieu qu'elle n'avait pas beaucoup prié sa vie durant. Restée croyante, elle se disait dans le secret de ses pensées que ses fautes passées étaient la cause de la catastrophe. Elle avait cru payer une fois pour toutes à la naissance de Louis, qui était peut-être le fils de Monsieur Victor, son amant bien avant qu'elle fût veuve. Marguerite, avant d'être une vieille femme sèche et rugueuse, avait eu le sang chaud et des ardeurs que son époux ne savait calmer. Ce corps désormais réduit aux os et à la peau avait été généreux et opulent. Elle leva les yeux sur Maria qui lui ressemblait plus que ses autres enfants. La jeune femme avait hérité de ce tempérament volcanique, de ce goût pour l'amour qui se lisait dans ses beaux yeux marron. Les reproches que Marguerite ne cessait de lui adresser étaient autant de regrets d'un temps qui lui refusait ce qu'il donnait à sa fille.

Quand elle eut fini de manger, la vieille femme se leva, prit sa canne et monta lentement l'escalier, comme si elle portait un fardeau.

– Il faut que je mette de l'ordre dans tout ça ! dit-elle avant de faire tourner la clé de sa chambre.

Maria, qui occupait une chambre voisine, l'entendit ouvrir et fermer de nombreuses fois son armoire, déplacer des chaises, froisser du papier. La jeune femme se dit que sa mère était en train de détruire toutes les traces de son passé et que la vérité sur le meurtre de Monsieur Victor ne serait jamais connue. Une telle précipitation l'accusait, elle ou Antoine.

Ce soir-là, Augustin n'alla pas braconner. Il ouvrit ses livres et travailla tard dans la nuit. Sa mère, qui n'avait pas bu, lui exprima sa satisfaction.

– Prends de l'instruction, après tu verras bien si tu veux de la soutane ou non. Personne ne t'obligera. En tout cas, fais-toi une bonne situation, ce sera la meilleure manière de claquer le bec à tout le monde !

Le lendemain, Maria partit au jour sur son vélo jusqu'à Beaulieu et revint vers midi. Elle avait vu les médecins qui avaient opéré Antoine en urgence. La rate était écrasée, le foie avait été touché et le risque d'une hémorragie interne subsistait.

– Il n'a pas le moral, précisa Maria.

– On est bien malheureux ! dit Marguerite en posant sa canne à côté d'elle.

Les larmes roulaient sur son visage qui avait perdu sa sévérité habituelle. Dans la peine, elle ressemblait un peu à la belle femme de la photo qui donnait le bras à Monsieur Victor. Son sens des contraintes quotidiennes reprit vite le dessus :

– Si Antoine reste plusieurs mois sans pouvoir travailler, s'il reste handicapé, qu'est-ce qu'on va devenir ?

Tout en parlant, son regard allait d'Augustin à Anaïs, qui apportait la soupe. Celle-ci comprit le sens de ce regard et précisa :

– Augustin est trop bon élève pour quitter le séminaire et devenir domestique à la Jeugie.

– Domestique ! Vous en avez des façons de parler, vous ! s'insurgea Marguerite. Il a la part de son père et celle d'Antoine, qui ne se mariera pas, maintenant ! Quant à ce pauvre Louis...

– Je m'entends ! répéta froidement Anaïs. Il ira à l'école ; d'ailleurs c'est gratuit !

Maria se disait que l'accident ne changeait rien à sa détermination. Elle aussi avait sa part à la Jeugie, mais elle ne voulait pas pour cela passer sa vie à servir sa mère et son frère handicapé. Sa décision de partir n'était pas remise en cause.

Au moment de la vaisselle, Augustin demanda à Louis de le suivre aux étables pour donner du foin aux bêtes. Maria et Anaïs se mirent à la vaisselle. Maria glissa à l'oreille de sa belle-sœur :

– Antoine m'a demandé de te dire...

Anaïs sursauta. Un frisson gelé la parcourut. Elle savait ce qu'Antoine voulait lui dire.

– Il pense qu'il va mourir ! poursuivit Maria. Et il veut te parler. Anaïs, je t'en prie, prends le vélo que j'ai mis dans l'appentis pour que tu puisses partir sans que ma mère te voie. Va vite, tu ne peux pas refuser ça à quelqu'un qui se sent près de la mort.

Anaïs n'avait toujours pas bronché. Elle se disait que refuser de voir Antoine était une manière de se venger.

– Tu peux pas lui refuser ça ! insista Maria.

– Tu as raison, dit enfin Anaïs. Je peux pas le lui refuser.

Comme chaque fois qu'elle restait plusieurs jours sans boire, le visage d'Anaïs reprenait des couleurs. La peau de ses joues se tendait, ses yeux retrouvaient de l'éclat. Très calme, elle passa dans sa chambre, se changea, prit une robe propre et son manteau fourré qu'elle n'avait pas porté depuis des années. Elle se coiffa avec soin et noua un foulard sur ses cheveux. Elle dépoussiéra le sac à main qui était dans l'armoire depuis le départ d'Henri et y glissa le revolver qu'elle avait gardé dans sa table de nuit. Enfin prête, elle alla chercher le vélo dans l'appentis. Comme elle passait sa jambe par-dessus le cadre, Augustin surgit devant elle.

– Où tu vas, comme ça ? Tu veux tomber et te faire mal ?

– T'occupe pas de ça ! Laisse-moi, je vais voir ton oncle.

– Mais c'est trop loin !

– Laisse, je te dis. Il le faut.

Le ton était ferme ; Augustin n'avait jamais entendu sa mère parler de cette façon. Anaïs monta sur le vélo, appuya sur les pédales et s'éloigna. Augustin n'en revenait pas : sa mère savait monter à bicyclette ! Il n'avait jamais pensé qu'elle ait pu avoir une vie avant de devenir cette loque qui se battait contre des fantômes.

Anaïs arriva à Beaulieu en sueur, malgré la fraîcheur de l'air. Elle entra dans l'hôpital d'un pas ferme et résolu, son sac à la main, lourd de l'arme qu'il contenait. Elle demanda à voir M. Antoine Lapierre.

– Pas plus de cinq minutes, dit l'infirmière.

– C'est plus qu'il m'en faut.

Elle entra dans la chambre, dont l'infirmière ferma la porte. Le visage d'Antoine, en la voyant, s'éclaira d'un léger sourire suivi d'une grimace de douleur. Il vit aussi, à sa manière de marcher, qu'elle n'avait pas bu.

– Viens, mon Anaïs, il faut que je te parle. Assieds-toi.

– Je suis pas ton Anaïs.

Elle avait le visage grave, une main posée sur le sac ouvert sur ses genoux. Elle regardait fixement le blessé qui ne cessait de grimacer.

– Je t'ai fait venir parce que le temps presse. Ils peuvent dire ce qu'ils veulent, moi, je sais que je vais crever.

Il s'arrêta un instant comme s'il attendait d'Anaïs une protestation, un réconfort qui ne vinrent pas.

– C'est pas moi qui te pleurerai, dit la femme sans baisser les yeux.

– C'est justement de tout ça que je veux te parler. Henri n'a jamais tué Monsieur Victor.

La main droite glissa dans l'ouverture du sac, se referma sur la crosse du revolver.

– Parce que c'est toi qui l'as tué, commandé par ta mère, qui était sa maîtresse. Elle était jalouse d'une fille que Monsieur Victor avait rencontrée dans la Résistance, c'est ça ?

– Non, c'est pas ça. Henri s'est bien battu avec Monsieur Victor, comme on l'a dit. Ils se sont rencontrés par hasard au bord de la Dordogne et ont commencé à s'insulter, vu que ton homme était communiste et que l'autre ne le supportait pas.

– Et tu dis que c'est pas Henri qui l'a tué ? Comment tu le sais ?

– J'y étais. Je coupais des genêts pour chauffer le four à pain quand j'ai entendu Henri et Victor. Je me suis approché : j'étais à moins de cinquante mètres. Je les ai vus se battre, rouler dans le pré, et j'ai vu Henri se relever et s'en aller... Victor devait être sonné puisqu'il a mis un peu de temps avant de se mettre debout.

– Et c'est toi qui l'as tué ?

– Non, je te le jure. Tu peux me croire puisque je vais crever, j'ai pas la tête à mentir. Non, le gars qui l'a tué, je l'ai seulement vu de dos et je le connaissais pas. Il devait avoir rendez-vous avec Victor, et Henri, qui devait passer là par hasard, a déjoué ses plans... Il portait un chapeau large et une longue capote grise. Il s'est approché, il a sorti son pistolet et a tiré sans un mot, puis il est parti.

Anaïs serre toujours l'arme dans sa main. Jamais elle n'a été aussi calme, jamais ses pensées n'ont été aussi claires.

– Pourquoi tu n'as rien dit ? Pourquoi tu as laissé accuser ton frère jumeau ? C'est ta mère qui te l'avait commandé parce qu'elle n'aimait pas Henri, le communiste !

Antoine baisse enfin la tête et grimace de nouveau. Ce qu'il va dire lui coûte. Il cherche ses mots.

– C'est pas ça. Ma mère n'y est pour rien. Tu comprends, tu m'as fait tant de mal quand tu as préféré épouser Henri...

Il poussa un gros soupir suivi d'un gémissement de douleur.

– Je croyais que... Je te voulais tant ! Quand Henri n'a plus été là, je pensais que... Et tu n'as jamais voulu. Je préférais que tu sois au vin qu'à un autre...

Anaïs s'est levée. La main droite lâche la crosse du revolver. Elle regarde avec mépris ce beau-frère, souverain à la Jeugie et minable sur ce lit d'hôpital, lui déclarer ce qu'elle sait depuis longtemps mais qui, à cette heure ultime, acquiert une force décisive. Enfin, elle se tourne vers la porte.

– Anaïs...

– Quoi encore ?

– Faut que tu me pardonnes tout ce que je t'ai fait endurer. Il le faut, sinon le bon Dieu m'en voudra !

– Non, je ne te pardonne pas !

Le 21 avril 1956, les cloches de Morsac sonnaient le glas. La lune rousse avait apporté des nuits froides, mais les journées étaient douces, les merisiers en fleur blanchissaient les collines. Une foule de gens vêtus de sombre marchaient derrière le cercueil d'Antoine Lapierre, qu'on emmenait au cimetière situé à deux cents mètres de l'église. Derrière le camion débâché de Prattier, qui remplaçait l'ancien corbillard tiré par un cheval, marchaient Augustin, sa mère, Maria et Marguerite, qui donnait le bras à Louis. La mort de son fils aîné, la disparition d'Henri et le visage sans expression du simplet qui s'accrochait à elle conféraient à la vieille femme la dignité de ceux que le malheur a durement éprouvés. Sa canne à pommeau frappait le sol et ce bruit régulier ponctuait la marche de tout le cortège. Elle pleurait ; son visage boursouflé était moins ridé, plus rond que d'habitude. Suivaient la famille, des sœurs de Marguerite, des neveux, des cousins et les gens de la commune.

A la fin de la cérémonie, chacun rentra vite chez soi. Maria, qui n'était pas partie le jour de sa majorité comme elle l'avait souhaité, pensait qu'elle ne resterait pas une semaine de plus à la Jeugie. Anaïs, qui comprenait le sens des regards de sa belle-mère, se disait qu'elle ne céderait pas et qu'Augustin continuerait d'aller au séminaire, quelles qu'en soient les conséquences sur le domaine.

Au retour de l'enterrement, Marguerite s'enferma dans sa chambre et refusa de manger. Le soir, après le dîner, elle descendit l'escalier en se tenant à la rampe. Elle s'assit à sa place habituelle, le visage grave, et se tourna vers Louis :

– C'est toi et moi qui sommes les plus malheureux. Les autres s'en tireront, mais toi, qu'est-ce que tu vas devenir ? Et moi, à mon âge ?

Louis, qui avait compris, dit à sa mère :

– Je veux rester à la Jeugie !

Augustin devait être dans sa chambre en train de lire. Maria et Anaïs terminaient la vaisselle. Quand elle eut fini de ranger les assiettes et les couverts, Anaïs sortit sans un mot. Elle n'éprouvait aucune pitié pour Marguerite et n'imaginait pas un instant de rester ici pour s'occuper de sa belle-mère et d'un beau-frère débile mental, une fois Maria partie. Elle entra dans la vieille maison, alla faire un sourire à Augustin qui écrivait et passa dans sa chambre. La cruche de vin posée sur la table la tentait, mais elle n'y toucha pas. Dans la pièce voisine, les pieds d'une chaise grinçaient sur le plancher. Augustin passa la tête à la porte de sa mère. Il avait pris sa casquette à longues oreilles, sa grosse veste, ses bottes, et une lourde musette pesait à son dos.

– Je vais faire un tour, dit-il.

Ce n'était plus l'adolescent qui écrivait calmement l'instant précédent. Son regard brillait de cette lueur qui se retrouvait dans les yeux à peine ouverts de Pablo. L'animal avait remplacé l'élève studieux. Anaïs pensait qu'une telle cohabitation ne durerait pas et redoutait que le braconnier l'emporte sur le petit monsieur que les pères du séminaire façonnaient lentement à leur image.

Augustin tira la porte et s'éloigna dans la nuit. Anaïs se préparait à se mettre au lit quand sa porte s'ouvrit de nouveau. La présence de Marguerite à cet endroit était si inhabituelle qu'elle eut un geste de recul et se dressa, sur ses gardes.

– Je suis venue pour vous dire deux ou trois petites choses qui vous concernent, fit Marguerite sans préambule. Ensuite, vous déciderez ce que vous voudrez.

– Henri... ?

– Henri et le reste...

Anaïs se rassit sur sa chaise, Marguerite, sans manières, s'installa sur le bord du lit et posa sa canne à côté d'elle.

– Maintenant, plus rien ne sera comme avant, dit-elle. Le pauvre Antoine était bien malheureux et je pense qu'on n'en serait pas là si vous aviez agi autrement.

– Ce n'est pas ma faute si une bille de chêne lui a roulé dessus.

– Quand on a la tête prise par une idée qui n'en sort pas, on ne fait pas forcément attention au reste. Mais laissons ça de côté. Il vous a dit pour Victor ?

– Il m'a dit que Monsieur Victor a été tué par quelqu'un qu'il ne connaissait pas.

Le visage de Marguerite se contracta, ses lèvres se serrèrent. Son regard eut un moment d'imprécision, puis se raffermit.

– Oui, personne ne trouvera jamais qui a tué Victor. Marthe, cette petite garce qui avait quinze ans de moins que lui, avait dit qu'il travaillait pour la Gestapo. Mais ce n'était pas vrai ! Victor était de droite, c'était un aristocrate, mais aussi un patriote. Les gens du peuple ne pouvaient pas le comprendre !

En parlant, elle levait les yeux au plafond, revivait son souvenir avec une émotion qui colorait ses joues fripées.

– Tout accusait Henri, poursuivit Marguerite. Si Antoine n'avait pas vu le meurtrier, je l'aurais accusé aussi. Antoine aurait pu parler, bien sûr, mais cela n'aurait pas changé grand-chose, Henri avait détalé comme un lapin ! Et puis, il y avait vous...

Marguerite se leva.

– Vous savez tout. A vous de décider ce que vous allez faire...

Marguerite leva sa canne et frappa la table à côté de la cruche vide.

– Si vous laissiez tomber ça, on pourrait s'arranger. Augustin, qui est l'héritier de la Jeugie, continuerait ses études au séminaire et nous donnerait un coup de main chaque fin de semaine et pendant les vacances. Louis, qui n'a pas de tête, est robuste, il suffit de le commander... Vous, Maria et moi, on pourrait s'en sortir.

Anaïs se leva à son tour et s'approcha de sa belle mère.

– Où est Henri ?

– Je n'en sais rien ! Antoine vous a dit la vérité. Il n'a jamais écrit, ni fait le moindre signe, sinon, ce soir, tout serait simple.

Maria s'étonna que sa mère sorte à une heure aussi tardive. Quand elle la vit traverser la cour en direction de la vieille maison, elle pensa qu'Anaïs avait toujours le pistolet. Redoutant un nouveau drame, elle passa un fichu sur ses cheveux et sortit à son tour. Elle se glissa dans le couloir, tendit l'oreille. Tout de suite, elle comprit où sa mère machiavélique voulait en venir. Quand la vieille femme ouvrit la porte pour s'en aller, Maria courut se cacher dans l'ancienne chambre de Pablo, à qui elle pensa avec émotion. Enfin, elle rejoignit Anaïs, restée debout en face de la porte. Les deux femmes se regardèrent un moment en silence, puis Anaïs se détourna, alla à la fenêtre, qu'elle ouvrit en grand. Alors, s'approchant de la table, elle prit la cruche de vin et la lança de toutes ses forces dans la cour. Le bruit de faïence cassée, dans cette nuit sombre où seul Augustin pouvait se diriger, fut énorme, comme si cent cruches s'étaient brisées en même temps. Anaïs se tourna vers Maria et dit :

– Il n'a pas tué Monsieur Victor. J'en ai la preuve ! Maintenant qu'Antoine n'est plus là, tout devient possible.

Maria sourit en voyant Anaïs refermer la fenêtre sur la cruche cassée, comme sur une tranche de vie gâchée.

– Plus jamais ça ! dit Anaïs.

– Qu'est-ce que tu vas faire ?

– Rester ici, parce que c'est ici qu'Henri reviendra, s'il revient un jour. Il ne faut pas que ça t'empêche de partir. Marguerite et moi, on s'arrangera. Et puis, il y a Augustin !

Anaïs parlait d'une voix ferme, sans fêlure. C'était une autre femme qui levait la tête et regardait Maria bien en face. Enfin, elle baissa la tête, inspira profondément.

– Il m'a demandé de lui pardonner et j'ai refusé !

Augustin revenait, le col de sa grosse veste relevé, sa musette sur le dos. Il pensait à ses pièges dissimulés dans les broussailles qui travaillaient pour lui, aux mâchoires d'acier prêtes à se refermer sur les pattes imprudentes, aux collets qui étouffaient le lièvre trop pressé... Une frénésie profonde l'habitait. Les regrets seraient pour plus tard, quand l'élève du séminaire prendrait le dessus ; alors, il s'en voudrait de cette souffrance inutile infligée à des animaux et se jurerait de ne jamais recommencer. Mais la saison des brochets approchait, bientôt les jeunes perdreaux se faufileraient entre les fougères et les grives musiciennes feraient entendre leur mélodie d'amour... Augustin oublierait ses bonnes résolutions et se glisserait dans la peau de Pablo parce que sa nature profonde était ainsi. Il aurait aimé vivre aux temps préhistoriques où la survie était la seule contrainte.

Il vit, éclairés par la lumière de la fenêtre de sa mère, les morceaux de la cruche cassée. Maria s'en allait, sa mère l'appela. Il entra dans la chambre. Sans la cruche, la table était nue, la pièce n'avait plus son aspect sinistre.

– Je crois bien que j'ai compris le sens des regards de Pablo, dit-elle. C'est lui qui a tué Monsieur Victor. Il est revenu sur les lieux, comme le font tous les criminels. Il voulait peut-être me dire quelque chose, mais j'étais pas en état.

Augustin resta un moment immobile. Sa lourde musette lui sciait l'épaule, il ne la sentait pas. Il savait que Pablo n'était pas venu par hasard à la Jeugie, mais n'arrivait pas à l'imaginer en train de tirer sur un homme à bout portant. Il se souvenait encore de ses paroles : « Le fusil, c'est pas mon truc ! »

– Tu sais, poursuivit Anaïs, pendant la guerre, il s'est passé de drôles de choses. Monsieur Victor méritait sûrement ce qu'il a eu. C'est de lui que vient le malheur, pas de Pablo !

A la manière dont elle parlait, Augustin comprit le sens des morceaux de cruche épars sur le sol, sous la fenêtre. L'envie irrésistible de la prendre dans ses bras lui fit faire un pas en avant. Anaïs, dans le même élan, se serra contre son fils et posa la tête sur son épaule. Il sentait la mousse humide et le sous-bois. Pour lui, pour lui assurer un bel avenir, elle devait prendre son destin en main et elle se sentait la force de travailler seule le domaine qui, un jour, serait à Augustin...

Deuxième période

La faute de la belle Maria

Augustin Lapierre n'était pas heureux, même si beaucoup de ses amis l'enviaient. Il ne le disait pas, mais sa perpétuelle mélancolie montrait que sa vie ne lui convenait pas totalement. Pourtant, il avait tout ce qu'un homme de trente-trois ans pouvait souhaiter. Assis confortablement sur son canapé, il regardait Juliette, en face de lui, qui lisait. La beauté de la jeune femme n'était pas ordinaire : brune aux yeux bleus, aux traits réguliers, l'harmonie de son visage n'apparaissait pas au premier regard. Il fallait une observation plus minutieuse pour en comprendre l'heureux mélange des lignes, du front un peu bombé et du nez à peine relevé, des joues plates et du menton étroit. Augustin l'avait rencontrée à Paris, au mois de mai 1968. Juliette, étudiante en lettres à la Sorbonne, suivait sans grande conviction ses copines dans la rue. Il se promenait sur le boulevard Saint-Germain. Juliette n'était pas pressée, Augustin non plus, ils entrèrent dans un bar pour bavarder. Il expliqua qu'il venait d'un lointain village corrézien au bord de la Dordogne et qu'il avait fait ses études au petit séminaire. Par manque de vocation ecclésiastique, il avait ensuite rejoint une tante à Paris. Juliette parla de son père, médecin place des Vosges, de sa mère, de ses deux sœurs et de ses études qui lui permettraient d'être professeur de lettres à la rentrée prochaine.

Ils se marièrent au printemps 1969. La mère d'Augustin fit le déplacement à Paris et resta quelques jours chez Maria. Elle put visiter la capitale, où elle se rendait pour la première fois, avant de repartir à Morsac.

Maria avait quitté la Jeugie à l'automne qui avait suivi la mort d'Antoine. Sa mère l'avait menacée de sa canne à pommeau, mais la jeune femme n'avait pas cédé. Augustin était retourné au séminaire et donnait un coup de main à la ferme chaque fin de semaine et pendant les vacances. Anaïs, qui avait cessé de boire, travaillait dur, ce qui avait permis de conserver le domaine, même si le troupeau de vaches avait été réduit de moitié. Elle espérait plus que jamais le retour d'Henri. Marguerite aussi l'espérait. Et ce qui était impensable jusqu'à l'accident d'Antoine devint une réalité : les deux femmes se rapprochèrent dans un but commun. Anaïs demanda qu'une enquête soit faite sur la mort de Monsieur Victor, même si, après tant d'années, les chances d'aboutir étaient faibles. La police s'intéressa à Pablo, qu'elle ne réussit pas à retrouver. Le vagabond s'était évaporé avec son secret et l'enquête piétina avant d'être totalement abandonnée.

Marguerite mourut brutalement au printemps 1962, l'année du bac pour Augustin. Anaïs, qui n'avait pas voulu rester seule à la Jeugie, profita d'une place libre de cantinière à l'école communale et fut logée dans un appartement au-dessus de la classe des petits. Louis, le simplet, fut placé dans un établissement pour débiles mentaux.

De son côté, Maria avait débarqué à Paris sans connaissances, sans recommandations. Son pécule lui assurait deux semaines dans un petit hôtel, à raison d'un repas par jour. Elle dut donc trouver rapidement du travail et prit tout ce qui se présenta. D'abord femme de chambre dans un hôtel particulier de l'avenue Foch, puis marchande de journaux rue Traversière, elle devint enfin serveuse dans une épicerie à Montrouge. Intelligente et arriviste, elle comprit vite que sa beauté était sa meilleure monnaie auprès des hommes et qu'elle ne devait pas, comme la niaise qu'elle avait été au temps de Pablo, se jeter dans les bras du premier venu. L'été passé avec le vagabond avait définitivement soufflé la flamme de la passion, et ses sentiments ne la conduisaient jamais au moindre débordement. Il y avait toujours du calcul derrière ses sourires, une arrière-pensée chaque fois qu'elle acceptait une invitation. Très vite adaptée à la vie citadine, elle n'avait gardé aucune lourdeur, aucune maladresse de son enfance recluse à la Jeugie.

Quand Albert Roncerault l'embaucha pour travailler avec lui dans son épicerie de Montrouge, elle comprit que le destin lui faisait un signe. Albert était un bel homme. Agé de quarante-cinq ans, il fut sensible à la beauté de la jeune Maria, à sa simplicité, et surtout à son sens du commerce. Il l'épousa après avoir rompu avec sa première femme et s'être brouillé avec ses deux fils.

Maria n'avait pas oublié sa promesse à Augustin, quand il lui donnait l'argent de ses braconnages. Dès qu'il eut passé son bac et fait son service militaire par anticipation, elle le fit venir et Albert Roncerault lui confia la gérance d'un magasin, place des Etats-Unis, à Montrouge, gardant pour lui celui de la rue Maurice-Arnoux.

Si la vie en ville convenait à l'ancien séminariste, la liberté des collines et la Dordogne manquaient à l'animal sauvage qu'Augustin était resté. Chaque été, avec Juliette, ils se rendaient à la Jeugie, et le citadin policé reprenait ses anciennes habitudes. La première année, Juliette trouva cela amusant, puis les vacances devinrent des corvées. Un soir qu'Augustin rentrait de poser ses pièges, elle s'exclama : « Tu pues la sauvagine ! » L'inconfort de la grande maison sale et humide la gênait : « Tu pourrais quand même faire installer une salle de bains. Ce n'est pas marrant d'être obligée de se laver dans une bassine ! » Ou bien : « J'ai peur quand tu pars. Cette maison craque de partout, elle est pleine de fantômes ! » Très vite, elle refusa de manger le gibier qu'Augustin rapportait : « Je ne m'habituerai jamais à ce goût, vraiment trop fort ! » Par contre, les poissons de la Dordogne étaient fades : « Je préfère les poissons de mer. Et puis, ceux-là, on n'en finit pas de les éplucher ! »

Augustin laissait faire. Sa passion pour la pêche et la chasse ne pouvait s'assouvir qu'une fois par an, et il en profitait pleinement. Juliette parlait ainsi, mais une fois de retour à Paris, dans leur grand appartement de l'avenue du Général-Leclerc, elle oubliait tout jusqu'à l'année suivante.

A Paris, le temps ne passait pas. Augustin rêvait tout au long de l'année aux prochaines vacances. Les dimanches, plutôt que de se livrer aux promenades sans but sur les trottoirs, il préférait rester chez lui et fabriquer des mouches artificielles pour donner un support à ses rêves. Alors, la rivière se déployait devant lui dans la lumière de juin. Les insectes, étincelles au soleil couchant, tombaient sur le courant où les attendaient les truites de son enfance. En semaine, pour oublier les tentations, il s'absorbait dans un travail frénétique et son magasin faisait des bénéfices dont il profitait. Chaque soir, tandis que Juliette lisait face à lui, il rêvait aux ablettes d'argent, aux gros brochets qui ouvraient leur large gueule sur des ouïes vides, à l'appel sec de la perdrix. Il se voyait marchant dans le sous-bois, sa lourde musette à l'épaule, vers le trèfle nouveau où s'ébattaient les lapins...

Augustin s'arrangeait avec son oncle et sa tante pour se libérer en juillet ou en août, mais, au bout de quelques années, cela ne suffit plus. Il aurait voulu vivre une année entière à la Jeugie, de l'hiver, où les jours commencent à grandir, au printemps, période des nids, puis au royal mois de juin... La torpeur de l'été n'avait de sens qu'à la suite de l'agitation qui l'avait précédée. L'automne le hantait, lumineux, plein de couleurs. A Paris, les palombes s'étaient laissé domestiquer et restaient toute l'année avec les pigeons de ville, attendant qu'on leur jette des miettes. Ainsi, en 1974, cinq ans après son mariage, Augustin décida de prendre quelques jours en novembre pour aller à la passée des ramiers. Albert Roncerault laissa faire bien qu'il considérât qu'un épicier se doit tout entier à sa boutique. « Vas-y sans moi ! s'écria Juliette. Déjà qu'en été c'est pas marrant, je vois ça en automne ! » Il s'y rendit seul et comprit que la solitude était dans sa nature profonde. Au printemps suivant, il prit aussi quelques jours pour l'ouverture de la truite. « Qu'est-ce que tu attends pour aller t'installer définitivement là-bas ? » s'exclama Juliette. Roncerault lui fit remarquer que la date était mal choisie pour s'absenter. Augustin, qui ne voulait pas d'affrontement avec son oncle, expliqua qu'il devait voir un couvreur pour remplacer des ardoises tombées pendant l'hiver.

Aussi l'habitude fut-elle vite prise. Chaque fois qu'Augustin le pouvait, il laissait Juliette seule pour la chasse et la pêche dans ses collines. Roncerault, tenu par Maria, laissait faire mais n'en pensait pas moins. Pour éviter tout conflit et parce que les collines lui offraient de moins en moins de surprises, Augustin fit des concessions et raccourcit ses escapades. S'il éprouvait le besoin viscéral d'aller à la passée des palombes, il s'en lassait vite ; au fil des ans, il retrouvait les mêmes sensations, les mêmes poissons, les mêmes lièvres. Il imaginait alors des espaces nouveaux à explorer, des fleuves inconnus, et il pensait à Pablo, à la tache d'encre sur la feuille blanche...

Ce soir d'avril 1976, après avoir baissé le rideau de son magasin, il rendit visite, comme chaque soir, à son oncle qui faisait les comptes. Albert Roncerault était dans tous ses états. La cinquantaine passée l'embellissait. Ses cheveux gris, ondulés, ajoutaient du charme à son visage carré, un peu trop sérieux, mais dont le regard profond et intelligent voyait tout, comprenait tout. Albert était d'une lignée de commerçants aisés, une famille bourgeoise qui n'avait jamais considéré les différences sociales comme des barrières. Seul le mérite avait de l'importance.

Augustin s'étonna de l'absence de Maria qui, à cette heure, aurait dû être en train de faire les commandes groupées des deux magasins.

– Elle est partie en ville, expliqua Roncerault. Je m'étonne d'ailleurs qu'elle ne soit pas encore rentrée.

Il regarda sa montre, mais ce n'était pas le retard de Maria qui le tracassait. Il ouvrit le tiroir de son bureau et sortit un plan de Paris et de la proche banlieue qu'il déplia devant Augustin.

– Tu vois la rue Maurice-Arnoux, ici ? Ce point rouge, c'est ce magasin. Maintenant, regarde la rue Jean-Jaurès et la place des Etats-Unis. Ici, ton magasin. Qu'est-ce qu'il y a entre les deux, dans cette partie qui forme un triangle de deux hectares ?

– Des jardins.

– Des jardins, en effet. Mais le monde évolue et les jardins ne rapportent pas suffisamment. Ce terrain a été vendu, et devine à qui ?

– Un promoteur qui veut construire des immeubles ?

– Si ce n'était que ça, on serait bien tranquilles ! Voilà, je viens d'apprendre que Moerato a acquis ce terrain et va y implanter un supermarché.

Ainsi, la lutte menée depuis des années par Roncerault se soldait par un échec. Trop d'individualisme, de jalousie entre commerçants, avait abouti à la pire des mésententes, dont profitait la grande surface qui mettrait tout le monde d'accord en captant tout le marché.

– Et ils ne font pas les choses à moitié ! poursuivit Roncerault. Ils nous font payer notre résistance. Il y aura tout pour attirer le client, un immense parking – et tu sais combien le stationnement difficile dans le quartier nous vaut de clients en moins –, des pompes à essence, une cafétéria ! Pas un commerçant ne s'en sortira !

Albert Roncerault leva les mains et les laissa tomber de tout leur poids sur le bureau. Augustin mesurait la gravité de la situation, sans parvenir à partager le défaitisme de son oncle :

– Nous garderons nos clients en leur proposant des produits de grande qualité, dit-il. Tout le monde sait que les grandes surfaces vendent du tout-venant et du médiocre !

– Tout le monde s'en fout, de la qualité. Nous ne pourrons pas aligner nos prix sur les leurs. Les dés sont pipés, je te dis ! Alors, que pouvons-nous faire ? Descendre dans la rue ? Manifester ? Les gens ne comprendraient pas, car ils le veulent, leur supermarché ! Ils ont été bien contents de nous avoir jusqu'à aujourd'hui et maintenant ils vont nous laisser tomber à la première occasion.

Il soupira puis leva sur Augustin un regard déterminé.

– Toi, tu es jeune, tu t'en tireras, mais moi, qu'est-ce que je vais faire ? Ils ne m'auront pas, je te le garantis !

Augustin rentra chez lui, soucieux. La ruine inévitable de son oncle le précipitait à son tour dans la tourmente. Qu'allait-il faire ? Passer les concours de l'administration, comme il en avait eu l'intention autrefois ? Le métier d'agriculteur l'attirait et il pourrait reprendre la propriété de la Jeugie, mais Juliette n'accepterait jamais de quitter Paris.

La jeune femme corrigeait ses copies à son bureau. Augustin l'embrassa et passa au salon, prit un livre, mais n'arriva pas à fixer son attention. Il pensait à la détermination de son oncle, prêt à livrer un combat perdu d'avance, et, sa surprise passée, ressentait comme un soulagement au fond de lui ; il entrevoyait une occasion de retrouver une liberté et une nouvelle vie qu'il désirait. « Jusque-là, je n'ai pas vécu ! pensait-il. Vivre, c'est risquer sa vie à chaque instant. »

Le téléphone sonna. Juliette posa son stylc et alla répondre.

– Ta tante Maria, dit-elle en posant le combiné. Elle avait une drôle de voix. Elle veut te voir tout de suite. Elle t'attend au *Magic Bar*.

– Pourquoi ne vient-elle pas ici ? Qu'est-ce qui lui prend ? J'espère qu'Albert va bien. Quand je l'ai quitté ce soir, il était plutôt pessimiste.

– Va vite ! insista Juliette en l'embrassant. Et ne sois pas trop longtemps absent.

Il l'embrassa à son tour, prit son imperméable et sortit dans la rue éclairée. Comme il faisait doux et que le *Magic Bar* n'était qu'à quelques centaines de mètres, il s'y rendit à pied. Les rues éclairées étaient encore envahies de promeneurs. Augustin marchait vite, préoccupé par cet appel de Maria dont il sentait la menace imprécise.

Il entra dans le bar et trouva sa tante assise seule à une table devant une infusion. Elle n'avait pas changé : elle était toujours aussi belle et les années n'avaient pas ridé sa peau blanche. Ses grands yeux marron avaient toujours cette expression amusée, ce regard plein de sous-entendus et de charme. Ce soir, pourtant, elle semblait accablée et leva sur Augustin des yeux catastrophés. Il l'embrassa rapidement et s'assit en face d'elle.

– Qu'est-ce qui se passe ? J'ai vu Albert. Il est sous le choc, mais je lui fais confiance pour se reprendre. On trouvera une solution.

Maria secoua la tête, en regardant sa tasse fumante. Elle avait gardé son manteau, qu'elle déboutonna.

– Il ne s'agit pas d'Albert ! dit-elle d'une voix grave. Non, j'ai confiance en lui et je le sais capable de se tirer de ce mauvais pas...

Elle se tut un instant. Augustin lui prit la main.

– Voilà, dit-elle. J'ai revu Pablo !

Un tremblement de terre à cet instant n'aurait pas plus surpris Augustin qui resta sans voix. Pablo ! Celui qui était arrivé un jour à la Jeugie pour séduire la fille de la maison, et sûrement le meurtrier de Monsieur Victor ! Pablo, qui s'était volatilisé quand les gendarmes avaient ouvert une enquête à la demande d'Anaïs ! Pablo, dont la présence à Paris était aussi improbable que celle d'une baleine dans la Seine !

– Qu'est-ce que tu me racontes ? C'est impossible ! Tu as vu quelqu'un qui lui ressemblait, voilà tout ! Pablo ne peut pas être à Paris.

– Si, c'était bien lui. Il a vu ta mère, qui lui a parlé de nous, poursuivit Maria, qui semblait perdue dans ce bar où son élégance la distinguait des autres clients. Je l'ai vu cet après-midi, je lui ai parlé.

– Et alors, qu'est-ce que ca change ?

Maria leva ses yeux sur Augustin, des yeux qui n'avaient plus leur joyeuse assurance, et tout à coup la belle Mme Roncerault était redevenue la petite Maria de la Jeugie qui courait après un vagabond de seize ans son aîné.

– Je ne sais plus, dit-elle en se levant de sa chaise. Je me croyais forte et je ne sais plus. Et puis, ça tombe mal, au moment où Albert a tant de soucis !

Elle se leva, passa au comptoir, régla sa boisson et s'en alla sans se retourner, comme si elle fuyait, laissant Augustin à son tour complètement désemparé.

Albert Roncerault ne décolérait plus et s'en prenait à tout le monde, à Augustin qui acceptait la situation sans réagir, à Maria qui ne se révoltait pas suffisamment. Il avait réussi à obtenir un rendez-vous avec un fonctionnaire du ministère du Commerce et de l'Industrie et avait tenté de le persuader que l'installation de supermarchés allait bien au-delà de sa propre ruine, qu'elle marquait la fin du petit commerce et surtout d'une société où les valeurs traditionnelles avaient encore leur place. Le fonctionnaire ne l'avait pas suivi dans son raisonnement et avait été direct :

– Des supermarchés, il y en a un peu partout. C'est bien pratique et les gens en réclament. On ne va pas mécontenter tout un quartier pour sauver un petit épicier ! Faites autre chose !

Roncerault rentra à son magasin en proie à une rage meurtrière. En face de sa porte, en bordure des anciens jardins, un vaste panneau annonçait l'ouverture du « complexe commercial » au mois de juin. Il poussa un juron qui fit lever la tête aux employés.

Dès le lendemain, pelleteuses, camions et bulldozers remplacèrent les motoculteurs des maraîchers et commencèrent le terrassement. Roncerault serrait les poings : sa mise à mort était programmée sans que personne s'en émeuve. Il s'en prit à son jeune employé, responsable du rayon fruits et légumes, lui reprocha sa présentation et monta dans son bureau.

Il était seul pour la journée. La veille au soir, Maria et Augustin avaient réussi à lui faire admettre qu'il pouvait se tirer d'affaire en cherchant un autre magasin, plus grand, en plein Paris, où la concurrence d'un supermarché n'était pas à craindre.

– Il suffit de suivre les agences spécialisées, de regarder dans les journaux professionnels et de se promener dans Paris. Je te garantis que ce n'est pas du temps perdu ! avait dit la jeune femme.

– Et puis, avait ajouté Augustin, on peut se diversifier. Il n'y a pas que l'épicerie. On peut se reconvertir dans une autre forme de commerce !

A cet instant, Roncerault avait eu le sentiment d'être l'otage de cette famille Lapierre. Maria avait voulu Augustin avec eux, elle avait toujours insisté pour que Roncerault le laisse s'évader de temps en temps. Et voilà que la tante et le neveu lui montraient le chemin qu'il devait suivre ! Il se retint pour ne pas exploser.

Ce matin, tandis que le va-et-vient des camions ne cessait pas, la pensée de Maria exacerbait sa colère. Pour elle, il sentait la brûlure d'un échec imminent. Le patron conquérant, le quinquagénaire, voulait donner de lui une image favorable gommant les quinze années qui le séparaient de sa femme. Il s'identifiait à son travail, à son commerce, et ne pouvait accepter, après des années de prospérité, de vie facile, une ruine rapide qui l'abaisserait au niveau des vaincus. Il aurait voulu avoir un enfant afin de lier Maria à lui pour toujours et d'opposer sa nouvelle famille aux deux fils issus de son premier mariage, mais Maria ne s'était pas décidée et il n'avait jamais insisté.

Le soir, le terrassement était terminé, des ouvriers coulaient la dalle de béton qui, une fois sèche, serait recouverte de carrelage. L'installation du bâtiment en éléments métalliques préfabriqués ne prendrait pas longtemps. De même, le parking serait vite aménagé, avec son distributeur d'essence.

– Je ne laisserai pas faire ça sans réagir ! assura-t-il à Augustin en frappant du poing son bureau. Je vais crier au monde ma désapprobation !

Il s'érigeait en défenseur des foules. Les supermarchés annonçaient la démission voulue du peuple, son asservissement aux puissances d'argent.

– Des trotskistes de droite ! Les méthodes sont différentes, mais les résultats restent les mêmes !

– Maria n'est pas encore revenue ? demanda Augustin.

Cette longue absence l'intriguait. La présence de Pablo à Paris lui faisait redouter un faux pas de sa tante, dramatique dans leur situation. Roncerault regardait Augustin d'un air perplexe. Pour Maria, il avait passé sur tout, mais l'heure des comptes arrivait. « Il se sert de sa tante pour me pousser hors de chez moi ! » se disait cet homme excédé, trop préoccupé pour garder l'esprit clair.

– Elle sera allée directement à la maison ! objecta-t-il en prenant sa veste.

Augustin le salua et rentra chez lui. Roncerault ferma la grille du magasin et fit de même. Souvent, le soir, son grand plaisir consistait à inspecter les massifs de son jardin. Maria rentrait toujours avant lui et il la trouvait, au printemps et en été, la binette à la main en train de ratisser entre les fleurs. Ce petit monde suffisait à leur bonheur et ils ne partaient jamais en vacances. Albert s'opposait à la fermeture de ses magasins qui profitait aux concurrents et, quand Augustin s'absentait, Maria le remplaçait.

Ce soir, le jardin était vide : Maria n'était pas rentrée. Albert en fut dépité comme si ce retard était l'annonce d'un changement radical dans son existence, d'un abandon. Dans la maison, le chat dormait sur son coussin, le silence de l'animal plombait la pièce d'une immobilité sans vie. Pas un vêtement oublié sur le dossier d'un fauteuil, pas un verre sur le guéridon, pas une bouteille sur la table de la cuisine, tout était rangé selon un ordre qui rappelait l'exigence de Maria, sa netteté d'esprit. A cette heure, tant de méticulosité devenait le signe d'une absence pesante. Roncerault découvrait aussi son lieu de vie à la lueur de l'événement qui se préparait, avec le souvenir d'un passé heureux.

Enfin, les pas de Maria dans l'entrée le rassurèrent. Quand elle entra, il remarqua d'abord son visage, qui n'était pas celui qu'il lui connaissait. Ses yeux brillants papillonnaient, comme s'ils refusaient de se poser sur Albert. Elle alla accrocher son manteau dans la penderie et vint enfin embrasser son mari qui ne sentit pas, dans ce baiser, la ferveur habituelle.

– Qu'est-ce qui se passe ? demanda-t-il.

– Que veux-tu qu'il se passe ? J'ai fait les agences, j'ai trouvé des choses, mais il faut plus de choix pour se décider !

Cette façon de répondre, la voix un peu plus aiguë que d'habitude, indiquait le trouble de Maria, mais Roncerault se méprit sur la cause. Sa femme, tournée vers une image d'elle-même qui lui échappait, un passé qu'elle croyait à jamais effacé, se trouvait à la croisée des chemins avec la tentation de choisir le pire.

– C'est fait ! lui dit-il. Ils ont terrassé le terrain en face de notre boutique. Dans moins d'un mois, les caisses seront en place, les rayons pleins de produits vendus à des prix que nous ne pourrons pas suivre.

Maria le regarda et reprit enfin pied dans la réalité. Elle eut une pensée terrible, qu'elle regretta vite, mais qui s'était imposée à son esprit : son amour pour Albert Roncerault avait-il survécu au retour d'un vagabond ? Ce soir, la ruine future de son mari la laissait indifférente !

– Mon chéri, ne t'en fais pas ! s'exclama-t-elle, autant pour le rassurer que pour chasser ces pensées. Je trouverai quelque chose, sois-en certain ! Augustin m'aidera.

Maria et Augustin, le couple inséparable ! Albert avait souvent été jaloux de leur belle entente. Il secoua la tête et se laissa tomber dans un fauteuil. Il tira le guéridon à lui, prit une bouteille de whisky, sortit un verre. Maria ne buvait jamais d'alcool : le souvenir d'Anaïs n'était pas étranger à cette aversion.

– Ils ne m'auront pas ! dit-il enfin.

– Voilà que tu parles drôlement, ce soir ! fit Maria en souriant.

Elle passa à la cuisine pour préparer le dîner et, surtout, pour être seule avec la pensée de Pablo. Maria s'était crue totalement détachée de ce premier amour ; pourtant, quand elle avait reçu, quelques jours plus tôt, une lettre de Pablo lui indiquant sa présence à Paris, tout son être en avait été bouleversé, puis elle s'était rassurée en se disant que cela ne changerait rien à sa vie présente. Elle avait accepté de revoir le vagabond par générosité, mais certainement pas pour reprendre des relations amoureuses. Néanmoins, cet après-midi, Maria n'avait pas résisté longtemps à ses avances et ils avaient très vite retrouvé leurs anciennes habitudes, comme au temps de la cabane de berger au-dessus de la Dordogne.

Roncerault, son verre à la main, la rejoignit à la cuisine.

– Moi, je te trouve une drôle de tête ! dit-il en posant son verre sur le rebord de l'évier.

Maria sourit, les yeux au plafond. Ce soir, elle n'avait pas envie de se confronter avec sa conscience, les remords seraient pour demain. Elle voulait seulement se donner à la lumière intense qui brillait en elle.

– Une drôle de tête ? Qu'est-ce que tu vas chercher ?

Elle l'embrassa et resta un long moment contre lui, à penser à quelqu'un d'autre.

Depuis le matin, Augustin Lapierre ressentait un pincement au ventre. Il ne travaillait pas avec son allant habituel. La présence de Pablo à Paris le contrariait, faisait ressurgir une ancienne complicité qui le bridait. Qu'était venu faire ici l'homme de vent et d'eau, là où justement il ne pouvait pas vivre ? Revoir Maria, à qui il avait signalé en premier son arrivée ? Ou le revoir lui, Augustin, pour agiter sous ses yeux le mirage de terres nouvelles où gibier et poissons abondaient ?

Finalement, Augustin avait accepté le rendez-vous que Pablo avait sollicité, même s'il redoutait d'être confronté à cet homme ayant la faculté d'effacer toutes les bonnes résolutions. Pablo, c'était la liberté absolue, le lien avec l'intimité de la nature que le petit séminaire et Paris avaient coupé. Augustin se rendit à l'adresse indiquée par sa tante et découvrit un établissement chic qui détonnait avec le personnage de Pablo. Ce fut sa première surprise. Le jeune homme marcha vers l'hôtel, anxieux. Il entra dans le hall, conscient d'avoir rendez-vous avec lui-même.

L'homme qu'il vit, assis en face de lui, l'arrêta net. Il fronça les sourcils, incrédule. C'était bien Pablo, son visage maigre n'avait pas changé ; il avait toujours ses cheveux frisés coupés court et grisonnants sur les tempes, ses joues creuses, ses lèvres gourmandes, et surtout son regard d'animal sauvage. Mais là s'arrêtait la ressemblance. Pablo portait un costume de bonne coupe, une cravate, et cela suffisait à en faire un autre homme, un curieux citadin qui semblait n'être à sa place nulle part.

Il sourit à Augustin, d'un sourire qui ne correspondait pas aux souvenirs du jeune homme. Autrefois, Pablo souriait rarement et ne se livrait pas. Quand il parlait, c'était pour expliquer comment poser la pierre à grive ou découvrir, d'après les herbes froissées, dans quel sens le lièvre arriverait sur le collet. Là, assis sur ce fauteuil en cuir, il semblait prêt à toutes les confidences.

– Bonjour !

Sa voix aussi avait changé. Elle manquait désormais de cette profondeur, de ce mystère que lui conféraient la nuit et le désir de traque.

– Voilà, dit-il, j'ai vu ta mère. C'est par elle que j'ai su où te trouver.

– Ma mère va bien. Elle ne boit plus depuis des années et j'en suis heureux ! répondit Augustin, bien décidé à ne faire aucune concession.

– Je sais. Je n'ai aucune nouvelle de ton père.

Augustin sursauta. Pourquoi lui parlait-il ainsi ?

– C'était vous, le meurtrier de Monsieur Victor ?

Il s'aperçut qu'il avait vouvoyé son ancien ami. Pablo n'y prit pas garde et poursuivit :

– Ne parlons plus de ça. Les affaires de la guerre doivent rester dans la guerre, je voulais te parler d'autres choses beaucoup plus importantes. La chasse et la pêche !

Ces deux mots, prononcés par Pablo, avaient une force terrible. Augustin n'était plus à Paris, il marchait dans une lande en direction de la Dordogne, sa canne à brochet sur l'épaule...

– Je vais à la Jeugie chaque fois que je le peux. Mais ce n'est plus comme avant. Les grosses truites sont de plus en plus rares dans la Dordogne, les perdrix ont disparu. Heureusement, les palombes passent toujours aussi nombreuses en automne !

– Je sais, dit Pablo. Quand je suis parti de Morsac, j'avais une idée en tête. Une grande idée, et je ramassais de l'argent pour ça. Un de mes oncles était parti à la fin du siècle dernier en Alaska chercher l'or, comme tant de pauvres bougres qui croyaient encore au paradis. Il avait acheté une concession dans la montagne indienne, à Hughes, un village esquimau. L'or en été, la trappe en hiver. Il possédait cinq cents hectares, ce qui est peu de chose dans un pays aussi vaste et aussi désert. J'en ai hérité et j'ai voulu aller voir. Pour l'or, car mon oncle en avait trouvé un peu, et pour le reste, surtout pour le reste : des rivières en nombre incalculable, un espace infini et tant d'animaux et de gros poissons ! Le paradis pour qui aime la chasse et la pêche.

– Et l'or, demanda Augustin, tu en as trouvé ?

Il avait repris le tutoiement. Pablo cligna des yeux. Une lumière filtra entre ses paupières.

– Un peu. C'est la même chose que la braconne ! Tu attends la grosse pépite comme le gros brochet. Chaque matin, tu vas à la mine avec ce creux au ventre que tu ressens en allant relever les pièges.

– Tu chasses quels animaux ?

– Des martres, des renards, parfois un loup. Mais il y a des lièvres, des castors, des lagopèdes, tout un tas d'animaux. L'été ne dure que deux mois, mais la vie est partout. Il y a surtout les saumons !

Les saumons ! Mot magique pour le pêcheur Augustin, rêve tant de fois caressé, et échecs répétés qui lui pesaient... Les grands saumons remontaient autrefois la Dordogne mais les barrages les avaient définitivement arrêtés. Aussi Augustin était-il allé pêcher sur l'Allier ou en Bretagne, sans jamais réussir.

– Les saumons, tu dis ?

– Oui, il y en a cinq espèces qui remontent par millions du Pacifique. Des bêtes de plus de vingt kilos. Qui n'a pas tenu un *king* au bout de sa ligne ne sait rien de la pêche. Imagine, une rivière large de cent mètres avec des saumons partout, comme dans un bassin de pisciculture.

– C'est possible, ça ?

– C'est certain ! L'Alaska, c'est une autre planète où les hommes, en minorité, n'ont encore rien cassé d'une nature vraie, terriblement généreuse pendant les deux mois d'été et cruelle le reste du temps, prête à montrer ses dents pour se défendre. A moins quarante, la moindre distraction coûte la vie. L'hiver, tu n'es qu'un animal parmi d'autres. Vivre, c'est risquer de mourir à la première erreur. Si le lapin ne détale pas à temps devant le renard, tu sais ce qu'il lui en coûte ! Quand tu es à la place du lapin, tu comprends que la nature n'est pas faite pour te servir. Tu en retires un contentement que rien ne peut remplacer.

– Alors, pourquoi tu es venu à Paris ?

– Je suis venu te chercher.

– Quoi ?

La réceptionniste tourna la tête vers Augustin, toujours debout face à Pablo.

– La vraie vie est là-bas, ajouta Pablo.

– Tu n'y penses pas ! C'est impossible. J'ai passé l'âge des enfantillages.

– Comme tu veux. Tu as le temps de réfléchir. Je ne suis pas pressé.

– C'est tout réfléchi ! Ma vie est ici, nulle part ailleurs !

Albert Roncerault regardait les ouvriers monter les panneaux de métal qui s'emboîtaient comme les morceaux d'un immense Meccano. Le bâtiment prenait forme, érigeait sa menace froide. Sur la droite, des engins de terrassement achevaient le parking. Roncerault serrait les dents. Ses démarches à la chambre de commerce et au ministère n'avaient rien donné. « C'est un suicide collectif ! » s'était-il exclamé.

Il avait demandé un rendez-vous au directeur du supermarché, un certain Paul Lebrancet. Maria et Augustin l'accompagnaient. Le charme de la jeune femme, son sourire dont elle savait si bien user l'avaient aidé plusieurs fois dans des transactions délicates. Augustin, moins direct que lui, était un négociateur habile.

Il consulta sa montre. Augustin était arrivé depuis un bon moment, mais Maria était en retard. Depuis quelques jours, son comportement préoccupait Roncerault. Sous le prétexte de chercher de nouveaux locaux, elle s'absentait plusieurs heures par jour et négligeait son travail. Le doute s'insinuait en lui, le soupçon grignotait sa patience, d'autant qu'il avait le sentiment qu'Augustin était dans le secret.

Maria arriva enfin, essoufflée. Son premier regard ne fut pas pour son mari mais pour Augustin. Roncerault l'observa poser son manteau, passer sa main dans ses cheveux. Ses yeux brillaient d'une lueur inhabituelle. « Peut-être qu'elle me trompe, pensa-t-il. J'en crèverais ! »

– Pardonne-moi d'être en retard ! dit-elle en l'embrassant, ce qui dissipa ses doutes. Je suis restée plus d'une heure dans un embouteillage. Bon, on y va ?

– On y va.

Augustin ne comprenait pas pourquoi Roncerault avait demandé ce rendez-vous. Persuadé qu'il n'en sortirait rien, il suivait son oncle sans conviction. Il ne pouvait détacher ses pensées des grands saumons du Pacifique qui remontaient par millions des torrents vides de pêcheurs.

Lebrancet avait aménagé son bureau dans une partie du bâtiment destinée à l'administration et à la comptabilité. A mesure qu'ils approchaient du chantier, Roncerault se sentait humilié, frustré de devoir entreprendre une telle démarche, celle d'un vaincu qui cherche à limiter les conséquences de sa défaite. Ils suivirent une secrétaire dans un couloir encombré de cartons et entrèrent enfin dans un vaste bureau ordonné. L'homme qui les reçut était de petite taille, mais sa tête massive, son regard dur, ses lèvres fines indiquaient une grande détermination. Il regardait fixement Roncerault et lançait de brefs coups d'œil à Maria, comme pour l'étudier et trouver la faille qui lui permettrait d'oublier sa beauté. Roncerault comprit tout de suite qu'il avait en face de lui un adversaire intraitable.

– Allons au fait ! dit-il après quelques échanges d'amabilités courtoises. Mes deux épiceries sont à moins de cent mètres de votre supermarché. Elles existaient déjà au début du siècle. Je suis persuadé que vous n'avez pas l'intention de supprimer de tels monuments !

S'apercevant qu'il avait été maladroit, il se tourna d'abord vers Augustin puis vers Maria pour implorer leur aide, qui ne vint pas. Si la pensée stupide de l'infidélité de Maria ne s'était pas plantée dans son esprit tel un pieu, il s'y serait pris autrement. Lebrancet sourit, un sourire forcé que Roncerault interpréta comme une fin de non-recevoir.

– Qui vous parle de supprimer un monument ? Bien au contraire, je souhaite que vos établissements prospèrent.

– Ils n'ont aucune chance si nous ne trouvons pas un arrangement...

– Un arrangement ? s'étonna Lebrancet. Il n'y a pas d'arrangement à trouver. Chacun travaille dans la liberté la plus totale. Les autres commerçants de ce quartier ne se plaignent pas de notre venue. Au contraire, ils mesurent l'aubaine que nous sommes pour eux en drainant des clients venus d'ailleurs.

Roncerault serrait les dents. Devant autant de mauvaise foi, il était bien près de hausser le ton. Maria, enfin, prit la relève.

– Mon mari et moi pensions qu'il serait possible de garder la vente de certains produits qui sont la spécialité de nos maisons, dit-elle en adressant son meilleur sourire à Lebrancet. Vous éviteriez de proposer ces produits à vos clients et nous pourrions ainsi survivre...

Cette fois, Lebrancet l'observait avec attention. Sa beauté le touchait, il décelait dans son regard une lueur espiègle, une liberté qui ne trouvait aucun écho dans l'attitude de Roncerault. « Cette femme est un brasier et lui un épicier, pensa-t-il. Il est bien conservé pour son âge, mais c'est quand même un épicier ! »

– Oui, je comprends ! fit-il. Vous me proposez de ne pas vendre certains produits, que les clients ne trouveraient que chez vous. Nos deux établissements seraient ainsi complémentaires. Mais c'est impossible.

– Pourquoi donc ?

– Parce que nous avons pour vocation de proposer les gammes les plus étendues. C'est ainsi, et malgré l'envie que j'ai de vous être agréable...

– J'ai compris ! rétorqua vivement Roncerault en se levant. Vous avez décidé ma mort !

– Pas du tout ! Je peux même, compte tenu de votre expérience, vous proposer une place de cadre dans mon établissement.

C'était un comble ! L'ennemi lui proposait de travailler pour lui ! Roncerault s'étrangla, toussa et se leva :

– Venez ! lança-t-il à Maria et Augustin. Nous n'avons plus rien à faire ici.

Lebrancet n'eut pas le moindre mot pour les retenir. Il avait perdu assez de temps pour quelque chose qui n'en valait pas la peine. L'organisation de son magasin, le recrutement du personnel et la bonne marche des travaux étaient plus urgents que tout. Les états d'âme ne pouvaient que compliquer une situation qui devait rester simple.

Une fois de retour dans son bureau, Albert Roncerault laissa éclater sa colère :

– Et tu n'as rien dit ! cria-t-il à Augustin. Rien, comme si tout ça te laissait indifférent ! D'ailleurs, je suis presque sûr que ça te laisse indifférent et que tu as déjà négocié ton embauche chez ces crapules !

– Je n'ai rien négocié du tout ! fit Augustin en élevant la voix à son tour.

– Calmez-vous ! cria Maria. Ce n'est pas en vous disputant que vous arrangerez les choses !

Depuis longtemps, Maria servait de tampon entre Roncerault et Augustin, le premier considérant que son neveu par alliance vivait à ses dépens et réclamait toujours plus. Elle savait que la dispute éclaterait un jour, mais elle usait de toute son influence sur son vieux mari pour retarder l'échéance.

– J'ai plus rien à faire ici ! s'exclama Augustin dont la colère n'était pas seulement due à l'attaque de son oncle. Débrouille-toi seul !

– Eh bien, fous le camp ! hurla Roncerault.

Augustin sortit en claquant la porte. Il avait profité de l'occasion pour laisser éclater la tension interne qui, depuis quelque temps, le tenait à bout de nerfs. Pablo était à Paris et rien ne pouvait plus se passer comme avant.

Maria posa ses beaux yeux marron sur son mari qui crut y déceler l'étincelle d'un bonheur auquel il était étranger.

– Calme-toi ! Nous allons déménager, voilà tout !

– Fuir ! On nous déloge et tu ne cries pas au scandale ! Tu parles de fuite !

Maria se dressa face à lui et dit d'un ton ferme :

– Puisque tu ne veux rien entendre, on en reparlera quand tu seras plus calme.

Elle sortit en claquant la porte à son tour. C'était leur première dispute en dix années de vie commune ; Roncerault comprit que ces éclats allaient au-delà de leur objet. « Elle me trompe ! se dit-il encore. Je suis sûr qu'elle me trompe ! » C'était une pensée d'homme vieillissant face à son épouse dont il pressentait l'ennui.

Il alla à la fenêtre et vit Maria s'éloigner sur le trottoir d'un pas rapide en direction de la bouche de métro. « Où va-t-elle ? On est en train de couler notre gagne-pain et elle va se promener ! »

Il devait savoir. Sans Maria, il ne se battrait pas. Pour elle, il voulait livrer bataille et, même vaincu, conserver sa dignité. Jamais les quinze années qu'il avait de plus qu'elle ne lui avaient tant pesé !

Il passa la fin de journée dans l'épicerie à s'en prendre à ses employés. Maria n'avait pas assuré les commandes et de nombreux produits manqueraient les jours suivants. Il comprit que c'était un cadeau concédé à ses concurrents et téléphona à ses fournisseurs. Vers huit heures, il rentra chez lui.

Maria arriva presque en même temps. Roncerault avait préparé son attaque, mais il se retrouva sans forces quand elle s'assit en face de lui :

– Voilà, dit-elle. J'ai trouvé plusieurs locaux qui permettraient de nous tirer d'affaire. Je sais que tu as de la peine à l'idée d'abandonner une affaire de famille, mais c'est ça ou tout arrêter !

Il fronça les sourcils et préféra biaiser.

– Je ne dors plus suffisamment, ça m'empêche de réfléchir calmement. Pour Augustin, je regrette...

– T'en fais pas, ce n'est rien ! J'ai trouvé plusieurs endroits propices à notre commerce, poursuivit-elle. Ainsi, ce local, rue Bergère, est parfait. Une rue très commerçante et, j'ai vérifié, nous n'aurions pas de concurrents sérieux.

Roncerault posa sur sa femme un regard froid. Il lui en voulait tout à coup de se mêler de ses affaires, de chercher un moyen de le sauver malgré lui. Que pouvait-elle comprendre, cette petite provinciale, à l'attachement d'un citadin pour son quartier, ses murs ? Savait-elle qu'un départ le déshonorait ?

– Le local est à vendre à un prix qui me semble raisonnable, poursuivit Maria. Bien sûr, pour payer, il faudra vendre les deux épiceries. Le garagiste voisin est prêt à donner une belle somme de celle-ci pour s'agrandir : la proximité du supermarché lui offre un nouveau potentiel de clients. Il faudra sûrement que tu vendes une partie de tes terrains d'Athis-Mons. Là non plus, pas de difficultés, les promoteurs immobiliers ne demandent que ça. Tu vois bien que la situation n'est pas aussi désespérée que tu le dis.

– Il n'y a pas de solution ! insista-t-il.

Maria se dressa devant son mari, le visage dur.

– Qu'est-ce que tu me racontes ? La solution existe, mais tu n'en veux pas parce que tu te complais dans ta position de victime. Tu vieillis, voilà tout !

Il vieillissait ! Roncerault reçut la gifle sans broncher. Une violente brûlure éclata dans sa poitrine. Il avait envie d'exploser, de crier sa colère et son exaspération. Il avait aussi envie de pleurer.

– Maria, je suis le plus malheureux des hommes.

Elle le regarda. Il s'attarda sur son visage à la peau lisse et ferme. Ses yeux brillants étaient la marque d'une jeunesse qu'il n'avait plus et qui le repoussait loin d'elle, loin de son privilège.

– Tu le veux bien ! répéta la jeune femme.

– Comment tu me parles, toi d'ordinaire si douce, si prévenante, toi qui me comprenais jusque-là, qui avais les mêmes pensées, les mêmes désirs...

– Jusque-là, nous n'avions pas de supermarché en face de notre porte. Maintenant, c'est le cas, alors il faut réagir. Mais en as-tu encore la force ?

Il ne répondit pas et se servit un grand verre de whisky. Les doutes de cet après-midi le harcelaient de nouveau, mais il n'en parla pas. Les formuler leur aurait donné, à cette heure, une réalité qu'il n'avait pas envie de supporter.

Augustin rentra chez lui dans un état second. Il avait besoin de bouger, de quitter Paris qui devenait invivable. Juliette, à son bureau, préparait ses cours du lendemain. Il passa dans sa chambre et en ressortit avec son sac de voyage.

– Qu'est-ce qui te prend ? demanda la jeune femme. Voilà que tu pars encore ?

– Oui, je pars. Je crève dans cette ville !

Elle se leva et se plaça entre lui et la porte. Elle le regardait fixement et, pour une fois, la tête haute, prête à l'affronter sur son terrain.

– Tu t'es disputé avec ton oncle, c'est ça ?

– Oui, c'est ça.

– Mais où vas-tu, encore ? protesta enfin la jeune femme. Ne comprends-tu pas que la vie est impossible avec toi ? Tu es toujours parti ! Je ne t'ai pas épousé pour être seule à longueur de temps !

– Je n'en peux plus. Laisse-moi passer !

– Moi non plus, je n'en peux plus !

Il l'écarta et sortit. La porte claqua et le silence retomba sur l'appartement, le silence d'une solitude de plus en plus difficile à vivre. Juliette s'assit à son bureau et pleura, le front posé sur son livre de classe.

Augustin fuyait la ville sordide et la présence de Pablo. Avec lui, l'air était pollué ! Comment résister à son invitation, aux millions de saumons, aux innombrables animaux faciles à piéger ? Comment ne pas commettre cette énorme bêtise qu'il regretterait toute sa vie ? Augustin allait se cacher et attendre que Pablo soit parti pour se montrer de nouveau, c'était une question de survie. Le visage de Juliette devant la porte s'imposait à son esprit. Il était le contraire du visage de Pablo, qui ne savait que prendre sans jamais rien donner. Maria était de nouveau la maîtresse du braconnier, le jeune homme l'avait compris à son regard, à sa manière de parler. Une nouvelle fois, la proie s'était livrée au chasseur triomphant. Augustin ne serait pas la deuxième victime désignée à l'avance.

Il roula pendant plusieurs heures, puis se gara sur une aire de repos et dormit dans sa voiture jusqu'au jour, la tête posée sur le volant. Le soleil levant le réveilla. Il se demanda un instant ce qu'il faisait là puis se souvint de Juliette, proche des larmes, qu'une fois de plus il sacrifiait à ses états d'âme, à ses tentations sordides. Juliette qui se faisait sûrement du souci ! Pour elle, son voyage vers la liberté s'arrêterait là. Augustin rentra à Paris. Il trouva l'appartement vide : à cette heure, sa femme était en cours. Il regagna son magasin, à Montrouge, que Maria, avertie de son absence par les employés, avait ouvert. Elle était dans son bureau, radieuse, et l'accueillit comme si rien ne s'était passé. Elle éclata de rire en voyant sa tête.

– Comment oses-tu ? dit-il, menaçant. Tu crois que je n'ai pas compris ? Tu te comportes encore comme la gamine de la Jeugie. Avec ce... ce moins-que-rien !

– Pablo, un moins-que-rien ? Mais qu'est-ce qui te prend ? s'exclama-t-elle. Tout ceci ne regarde que moi !

– Et ton mari, qu'est-ce que t'en fais ? Au moment le plus difficile de sa vie, tu ne penses qu'à le tromper honteusement avec un gars louche, probablement un criminel !

Maria rit encore. Elle n'était pas dupe et comprenait ce qui se cachait derrière cette leçon de morale.

– Pablo t'a invité à le suivre en Alaska, c'est ça ? Reconnais que tu en as envie et que tu cherches à te cacher la vérité !

– Non, je n'en ai pas envie et je ne veux surtout pas revoir cet être malfaisant. Je le hais !

Maria se planta face à lui, comme elle avait l'habitude de le faire quand elle voulait exprimer une pensée qui dérangeait son interlocuteur.

– Cesse de jouer. Je te connais assez pour savoir ce qui se passe en toi. Tu n'as qu'une vie, alors réfléchis avant de fermer la porte de ta prison !

– C'est tout réfléchi.

Il la laissa là et s'éloigna à toutes jambes, sans but. Maria avait crâné en affectant une attitude dégagée, pourtant sa conscience ne cessait de la torturer. Chaque fois qu'elle rentrait chez elle après avoir trompé son mari, de gros remords l'assaillaient et elle se disait qu'elle devait arrêter ce jeu dangereux. Mais quand arrivait le moment de rejoindre Pablo, sa volonté flanchait : pourquoi se priver d'un moment de bonheur dont personne ne saurait jamais rien ? Pablo, c'était à la fois le père qu'elle n'avait pas eu, un grand frère prévenant et fort, un amant merveilleux. Avec lui, elle retrouvait la Jeugie, ses vingt ans, sa vie de fille malmenée par un frère aîné et une mère autoritaire, et cela lui faisait du bien. Elle avait été heureuse d'une certaine manière et avait le mal du pays. Depuis son départ, elle n'était retournée à la Jeugie que pour l'enterrement de sa mère, les collines silencieuses, la Dordogne, les vieilles murailles le long des chemins lui manquaient.

Augustin regarda sa montre : Juliette devait rentrer de cours. Il avait hâte de la revoir. Il arriva chez lui en même temps qu'elle. Un grand sourire illumina le visage rond de la jeune femme.

– Je suis heureuse que tu sois revenu ! fit-elle.

Augustin la prit dans ses bras.

– J'ai dormi sur un parking. Je regrette ce que j'ai fait !

– J'ai une nouvelle, une grande nouvelle, reprit-elle en se détachant de lui et en le regardant bien en face avec un sourire radieux.

Elle se tut un instant, se délecta de l'air interrogateur d'Augustin.

– J'ai vu le Dr Leroux ce matin.

– Tu n'étais pas en cours ?

– Non, j'étais chez le Dr Leroux, qui m'a dit que je suis enceinte !

C'était inespéré. Mariés depuis sept ans, Augustin et Juliette souffraient de ne pas avoir d'enfant, Juliette surtout, qui espérait par ce moyen retenir son mari à la maison. Augustin la serra dans ses bras à l'écraser.

– C'est le plus beau cadeau que tu puisses me faire, le plus beau cadeau que je puisse espérer, dit-il, tout à coup heureux.

Maria expédia ses commandes et annonça à son mari qu'elle devait aller visiter un nouveau local dans le Sentier. Sa recherche la maintenait éloignée du magasin presque tous les après-midi. Le doute rongeait Roncerault qui s'enfonçait un peu plus dans le sentiment que sa vie était finie, qu'avec l'implantation du supermarché il ne lui restait plus qu'à se retirer, sombrer dans l'inactivité d'une retraite qui l'isolerait toujours plus de sa bouillonnante épouse.

Maria l'embrassa, mais son esprit était ailleurs. Elle sortit, ferma la porte du bureau. Roncerault attendit quelques instants et sortit à son tour. « Elle est tellement pressée qu'elle ne va même pas se méfier, et je pourrai la suivre sans difficulté ! » pensa-t-il. Il avait raison : Maria marchait sans se retourner. Son mari la suivait à distance, le cœur battant à se rompre, persuadé de faire une découverte qui allait le détruire. Alors il eut la tentation de rebrousser chemin, de fuir la vérité pour continuer de faire semblant et se protéger. Il ne pouvait pas vivre sans Maria, le peu qu'elle lui donnait lui suffisait, pourquoi chercher à savoir ? Le doute ne tuait pas l'espoir...

La jeune femme marchait vite, le tissu de sa robe noire bougeait autour de ses mollets. Elle dépassa la bouche de métro et l'arrêt du bus. Il faisait bon, les promeneurs étaient nombreux, ce qui permettait à Roncerault de se dissimuler dans la foule. Il avait la gorge sèche, le pas hésitant.

Au bout d'une dizaine de minutes, elle tourna dans une petite rue et entra dans le hall d'un hôtel. Cette fois, le doute n'était plus possible ! Elle n'avait aucune raison d'entrer dans cet hôtel, à moins que le représentant d'une agence ne lui ait donné rendez-vous à cet endroit. Roncerault voulait y croire, malgré la douleur aiguë qui le rongeait, le rendait tout à coup malade, tremblant de fièvre. « Je peux mourir ! » se dit-il.

Il traversa la rue, entra dans un café, s'assit à une table près de la fenêtre. Il commanda une bière et attendit, les yeux rivés sur l'entrée de l'hôtel. A l'intérieur depuis une heure, Maria n'était toujours pas sortie, à moins qu'il y ait une autre porte donnant sur la ruelle voisine...

Tout à coup, son cœur s'arrête. Le sang déserte son corps. Le voilà figé, immobile, statue. Ce qu'il voit est impossible et pourtant il le voit. Maria, radieuse, au bras d'un homme, sort sur le trottoir. Roncerault pourrait intervenir, libérer sa douleur, pourtant il ne bouge pas, il reste assis, le corps parcouru d'épines. Il dévisage cet homme à qui Maria parle en riant, cet homme qui n'est pas jeune et qui le fascine. Le couple s'est éloigné. Roncerault, blême, se lève lourdement, paie et sort à son tour. Il marche un long moment au hasard, sans voir les passants, seul au monde avec ce poids qui l'écrase, le broie. Maria le trompe avec un homme de son âge ! Maria, pour qui il a divorcé, plongeant dans la détresse sa première femme, la mère de ses deux garçons qui le haïssent ! Il l'aurait mieux accepté d'un jeune, mais pas de cet inconnu à la tête de rustre, au regard d'animal. C'est son tour d'éprouver la douleur de la trahison, cette douleur qui vient de partout à la fois, qui le submerge, l'étreint, l'étouffe. Si seulement il pouvait hurler au milieu des passants !

Il marchait vite, dans la direction qu'avait prise le couple. Il voulait voir la jeune femme et son amant, s'empoisonner de leur bonheur, les haïr au point d'oublier sa souffrance, mais Maria et l'homme avaient disparu.

L'homme ! Roncerault gardait une image nette de son visage maigre et sombre. Sa silhouette, sa façon de marcher indiquaient une liberté qui le rajeunissait. Ce n'était certainement pas un épicier, encore moins un citadin. « J'ai été trop austère ! pensait-il. Maria est si jeune et je n'aime pas les distractions. Elle s'ennuyait et je n'ai rien vu. »

Il erra une grande partie de l'après-midi, puis, poussés par l'habitude, ses pas le conduisirent à son bureau au-dessus de l'épicerie. Il espérait vaguement y retrouver Maria en train de terminer ses commandes, mais le bureau était désert. De sa fenêtre, il voyait le vaste bâtiment préfabriqué du supermarché. Les ouvriers installaient les caisses et les rayonnages. Un va-et-vient incessant de camions faisait vibrer les vitres. « Tout ça est absurde ! » se dit Roncerault en se laissant tomber sur sa chaise. « Je ne suis plus de cette époque ! »

L'image de Maria au bras de l'inconnu s'imposait à chaque instant avec une force paralysante. Sa respiration se bloquait. Il avait besoin de faire passer sa colère sur quelqu'un, de frapper pour se libérer de la terrible tension, et ce quelqu'un ne pouvait être qu'Augustin.

Il arriva comme un fou place des Etats-Unis, entra dans l'épicerie, la traversa en bousculant les clients, passa dans la réserve où il renversa un tas de cageots ; oranges et ananas roulèrent sur le sol. Il entra enfin dans la pièce qu'Augustin s'était aménagée en bureau. Le jeune homme, qui préparait des commandes, n'eut pas le temps d'éviter la charge de son oncle.

– Tu le savais ! hurla Roncerault. Mais tu étais trop content ! Vous avez décidé, toi et ta tante, de me pousser hors de chez moi !

Augustin reçut le coup de poing en pleine mâchoire et tomba à la renverse. Roncerault se jeta sur lui, mais Augustin put se dégager et se redressa.

– Qu'est-ce qui te prend ?

– Salaud ! cria l'épicier en brandissant le poing. Je veux plus jamais vous voir, ni toi, ni elle ! C'est encore moi, le patron !

Tout à coup, il se détendit, son poing retomba en main inerte sur le bureau, ses épaules s'abaissèrent, et il sortit, la tête basse.

Augustin comprit qu'il venait de découvrir la trahison de Maria et courut pour le rattraper.

– Albert ! Arrête de faire le con ! Viens avec moi !

– Laisse-moi, je veux être seul.

Il s'éloigna. Augustin le suivit de loin et le vit entrer dans son magasin.

Roncerault passa dans son bureau sous les regards curieux des trois employés et des clients. Il s'enferma, prit son bloc-notes, voulut écrire, mais les pensées qui défilaient dans son esprit ne s'attachaient à aucun mot. Son dégoût ne pouvait pas s'exprimer, ce qui le rendait plus insupportable.

Il réfléchit un instant, ouvrit un tiroir et toucha du bout des doigts la crosse du pistolet qu'il gardait à portée de main pour se défendre en cas d'attaque puisque, chaque soir, il comptait la recette avant de la ranger dans le coffre-fort où l'argent passait la nuit. Il prit l'arme à pleine main et la regarda dans la lumière. Le soir tombait.

Les camions avaient cessé leur manège et l'immense bâtiment était désert. Sur le parking tout neuf du supermarché, quelques voitures étaient stationnées sous les lampadaires qui s'étaient allumés, probablement les véhicules de gens du quartier. En bas, les employés qui avaient rentré les cageots de légumes des étals sur le trottoir se préparaient à abaisser le lourd rideau. Dans quelques instants, Vallon, l'homme de confiance, apporterait la recette de la journée... Roncerault entendit le tiroir-caisse s'ouvrir et les pas de son employé résonner dans l'escalier. Le regard curieux de Vallon, qui entrait après avoir frappé, ne lui échappa pas.

– La recette, monsieur Roncerault. La journée a été bonne !

– Je fermerai la grille, répondit Roncerault. Vous pouvez partir, je vais rester encore un peu.

Vallon ne s'en allait pas. La main sur la poignée de la porte, il regardait toujours son patron avec curiosité.

– Quelque chose ne va pas, monsieur Roncerault ? Je peux vous aider ?

Il savait bien que le supermarché allait ruiner l'épicerie, mais cela ne le gênait pas puisque, dans deux mois, il y serait chef de rayon.

– Non, tout va bien. Ne vous en faites pas !

L'homme sortit et ferma la porte. Roncerault laissa tomber sa tête contre le bois froid du bureau. Que faisait Maria à cette heure ? L'amour, avant de rentrer comme si de rien n'était ? La pensée de sa femme nue dans les bras de son amant lui arracha une grimace. Avec Maria qui s'échappait, l'illusion de sa souveraineté, de son invincibilité, s'effaçait. Tout au long de sa vie, il s'était cru fort, et voilà qu'il sombrait dans la faiblesse de l'âge. Que lui restait-il ? « Elle s'est servie de moi ! La petite employée a épousé le patron, et maintenant que je ne vais plus servir à grand-chose, elle me jette et va chercher fortune ailleurs ! »

Il descendit dans l'arrière-boutique où se trouvait sa réserve de droguerie, qu'il ne mélangeait jamais avec les articles de l'épicerie. Ce qu'il cherchait était dans un carton où il l'avait lui-même rangé. Il avait été artificier en Algérie et avait appris à fabriquer des explosifs à partir de produits simples. Il se mettait au travail lorsqu'il entendit la clé de la porte d'entrée tourner dans la serrure. Il sursauta, rangea le carton et remonta rapidement à l'étage. Le cœur battant, il entendit le pas de Maria dans la boutique, puis sur les marches de bois. Il hésita brièvement, se demanda s'il ne devait pas se cacher. Puis il se ravisa et, faisant un effort considérable, sourit à sa femme qui vint l'embrasser, radieuse.

– Que se passe-t-il, chéri ? Je viens de voir Augustin qui est très inquiet à ton sujet...

– Je ne veux plus jamais le voir. Et toi non plus !

Il ne reconnaît pas sa voix, rauque, presque caverneuse. Il voudrait avoir un ton anodin, quelconque, mais la colère l'étreint. Il suffoque tout à coup, la bouche ouverte comme si son cœur venait de s'arrêter, pâlit, serre les lèvres. Sa tête dodeline. Maria se précipite :

– Mais qu'est-ce qui t'arrive, mon chéri ? Tu as un malaise ?

Il reprend son souffle, s'écarte de Maria, puis, enfin, lève les yeux sur la jeune femme :

– Pourquoi tu me fais autant de mal ?

Elle s'étonne, recule à son tour d'un pas :

– De quoi veux-tu parler ? Qu'est-ce qui ne va pas ?

– Je t'ai suivie, cet après-midi. Je t'ai vue entrer dans l'hôtel et en ressortir au bras d'un homme.

Maria blêmit, resta immobile sur un geste interrompu. Puis son visage s'anima, ses lèvres bougèrent, elle regarda autour d'elle comme pour chercher une échappatoire.

– Maintenant que la ruine me menace, tu te places ailleurs, ajouta Albert Roncerault d'une voix froide qui avait retrouvé son aplomb. Je ne veux plus jamais te voir, plus jamais !

Elle mesurait tout à coup la gravité de son acte. L'effroi marqua son visage. Elle fondit en larmes et voulut se serrer contre son mari, qui la repoussa.

– Albert, je t'en supplie. Ne me parle pas comme ça. Je te jure que...

– Surtout ne jure pas !

– C'est toi que j'aime, seulement toi.

Elle avait tout à coup conscience que son comportement de petite fille gâtée n'était qu'une manière de jouer, de se replonger dans son enfance. Pablo n'était qu'un rêve inachevé et impossible, un souvenir avec lequel elle retrouvait ses vingt ans, une liberté et un côté de sa personne que Roncerault ignorait.

– File ! répéta-t-il.

Elle pleurait sans retenue. Elle se mit à genoux devant son mari et tendit les mains vers lui.

– Je te jure que je ne reverrai jamais cet homme ! Je veux rester avec toi !

– Après celui-là, il y en aura un autre ! Une confiance cassée ne se recolle pas.

Devant tant de détermination, le refus de parlementer, Maria se redressa. La colère montait en elle. Coupable, elle savait d'instinct que l'attaque était la meilleure des défenses.

– Qu'est-ce que tu crois ? fit-elle sur un ton de défi.

Elle se tourna vivement et sortit la tête haute. Elle ralentit son pas dans l'escalier, espérant que Roncerault allait la rappeler. Dehors, la fraîcheur de la nuit la surprit. Elle hésitait sur la direction à prendre, fit quelques pas, s'arrêta. Roncerault la vit sortir son mouchoir de son sac et s'essuyer les yeux. Elle eut envie d'aller à leur maison, située deux rues plus loin, et d'attendre l'arrivée de son mari pour tenter encore de le faire céder... Maria découvrait aussi qu'une partie d'elle-même lui échappait et que ce qu'elle considérait comme de la frivolité prenait ses racines dans une boue soigneusement tenue à l'ombre.

Elle se dirigea vers la bouche de métro. Roncerault pensa qu'elle allait rejoindre son amant, mais il se trompait. Elle avait besoin d'être près de la seule personne en qui elle avait une confiance totale, et qui ne pouvait être Pablo. Aussi alla-t-elle sonner à la porte d'Augustin, qui l'attendait.

– Je suis une pauvre fille ! dit-elle en entrant.

– Je vais aller le trouver, décida Augustin, agacé par les larmes de sa tante. Je vais essayer d'arranger les choses.

Elle leva sur lui des yeux pleins de larmes.

Augustin embrassa Juliette, lui dit qu'il ne serait pas longtemps absent, prit sa veste et sortit. Juliette s'assit à côté de Maria et tenta de la consoler. Elle ne la condamnait pas, consciente que les torts étaient toujours partagés. Maria avait été faible, certes, mais Albert ne l'avait-il pas poussée lui-même vers la faute ?

Quelques instants plus tard, le téléphone sonna. Prise d'un pressentiment, Maria leva de grands yeux sur Juliette, qui alla répondre.

– Albert s'est tiré une balle dans la tête, annonça-t-elle en reposant le combiné. Il a été emmené à l'hôpital entre la vie et la mort !

Poussant un cri d'animal, Maria se laissa tomber sur le canapé, la face contre le tissu, immobile. Elle ne sanglotait plus.

Au même instant, une violente explosion retentit à l'intérieur du supermarché vide. Le souffle cassa les vitres de tout le quartier. Des tôles tordues, des poutres furent projetées à plusieurs mètres sur le parking et les maisons voisines. De hautes flammes passèrent au-dessus du toit éventré...

Albert Roncerault resta une semaine entière entre la vie et la mort. La balle avait été légèrement déviée par l'os de la tempe et avait effleuré les parties vitales. Malgré cela, le chirurgien laissait peu d'espoir, car même si le blessé survivait, il conserverait des séquelles graves et ne retrouverait jamais l'usage de ses jambes.

L'explosion du supermarché avait fait grand bruit. L'auteur de l'attentat ne s'était pas caché. Le commissariat de police reçut dès le lendemain une lettre d'un « petit épicier de quartier » expliquant son geste de désespoir. Il avait commis son acte, non parce que son épicerie était condamnée, mais pour attirer l'attention de la population sur les dangers à long terme de la grande distribution.

La police ne pouvait rien contre le coupable, toujours hospitalisé. Maria restait auprès de son mari aussi longtemps que les médecins le lui permettaient. Elle s'asseyait à côté du lit, prenait la main du blessé et lui soufflait des paroles encourageantes. Alors, Roncerault souriait et disait d'une voix éteinte : « Ça va s'arranger ! » L'énorme pansement qui entourait sa tête donnait une expression tragique et résignée à son regard. N'aurait-il pas mieux valu qu'il meure ? Une fois qu'il serait rétabli, la police ne manquerait pas de lui demander des comptes !

Tant pis. Maria voulait qu'il vive, qu'il s'arrache de l'enfer dans lequel il s'était enfermé. Elle pleurait sur sa propre culpabilité et en voulait à Pablo de l'avoir attirée dans son filet. Sans lui, sans son retour que personne ne souhaitait, rien ne serait arrivé.

Un soir, en rentrant dans sa maison trop vaste, la jeune femme passa devant l'épicerie où les scellés avaient été posés, puis poursuivit jusqu'à l'église... Son regard s'était arrêté sur le clocher, dont la flèche était dirigée vers l'ailleurs. Une vieille femme y entra, les mains jointes. Maria la suivit. La fraîcheur la surprit, elle se mit dans un coin sombre, comme honteuse d'être là. Depuis bien des années, elle ne pensait plus à Dieu, en qui elle croyait vaguement. La petite vieille s'était agenouillée au pied de l'autel et priait. Alors, Maria jura que si Albert se tirait d'affaire, elle lui consacrerait chaque instant de sa vie. Depuis le drame, elle n'avait pas revu Pablo et ne le reverrait jamais. Puis le doute obscurcit son esprit : un tel sacrifice lui était impossible. Sa faiblesse la condamnait, et elle se mit à pleurer. C'était sa manière la plus sincère d'exprimer ses contradictions. La vieille femme se leva, fit un dernier signe de croix et descendit dans l'allée. Elle vit Maria qui sanglotait, s'arrêta un instant et lui dit :

– Je vous offre ma prière. Que Dieu vous apporte le réconfort !

Elle repartit de son pas de souris et, lorsqu'elle ouvrit la porte, un flot de lumière éclaira l'allée. Maria ne pleurait plus.

Augustin attendit que son oncle fût hors de danger pour s'évader et retrouver sa chère solitude au bord de la Dordogne. Après ce qui s'était passé, il éprouvait une nouvelle fois le besoin viscéral de quitter Paris, de respirer, de fuir Pablo. Et puis, c'était la fin du mois de mai, l'explosion du printemps, période bénie pour la pêche et le braconnage. Le concert permanent de la nature l'appelait.

Juliette avait retrouvé la sérénité. Sa grossesse avait rapproché d'elle un Augustin plein de prévenances. Il sut lui présenter son désir de pêche :

– Je ne serai pas long ! Les magasins sont sous scellés, je n'ai rien à faire de la journée et il faut que je réfléchisse à l'avenir. Un peu de solitude au bord de la Dordogne m'est indispensable.

Juliette savait que tenter de retenir son mari était la meilleure manière de le perdre. Aussi, elle n'insista pas :

– Ne sois pas absent trop longtemps. Je m'ennuie sans toi.

– Deux ou trois jours, pas plus, c'est promis !

– A ton retour, nous ferons de longues promenades après dîner. Nous irons sur les quais. Paris est tellement beau en cette saison.

Il se sentait coupable. Pourtant, comment résister à l'appel de la Dordogne ? Comment rester à Paris quand les truites perdaient toute méfiance ? Comment oublier la lumière de l'aube, la fraîcheur du matin, la rosée sur les grandes herbes et tout ce qui faisait le spectacle du plus beau temps de l'année ?

Le lendemain, il partit de bonne heure. Il fuyait vers la liberté. A mesure qu'il s'éloignait de Paris, il se sentait redevenir lui-même. La candeur rurale lui était indispensable. Il voulait puiser aux sources mêmes de sa vie la force de ne pas céder au diable. Il voulait se convaincre que les collines de la Jeugie et la Dordogne suffisaient à son bonheur. Il était cependant au bord d'une falaise et éprouvait le vertige du vide, celui qui incite au grand saut. Il sourit en pensant à l'enfant que portait Juliette et qui naîtrait l'hiver prochain.

Augustin passa d'abord à Morsac embrasser sa mère qui refusait toujours d'aller avec lui à la Jeugie, puis il regagna sa maison natale qui se délabrait. La toiture avait été réparée, mais les plâtres à l'intérieur s'effritaient, les vieux papiers se décollaient. Le paysage aussi se délabrait : les prairies étaient progressivement remplacées par des taillis, les champs à l'abandon se recouvraient d'aubépines et de ronces. Les friches avançaient inexorablement ; les collines étaient malades du manque d'hommes. Elles leur avaient été soumises pendant des siècles, ils les avaient façonnées en taillant les pentes pour les adoucir, en construisant des murs pour retenir la terre. Ils avaient fait leur richesse et, une fois livrées à elles-mêmes, l'absence de maître les poussait à tous les excès, plantes et bêtes s'opposaient dans une âpre lutte d'où sortirait un nouvel ordre. « Dans le Grand Nord, pensait Augustin, la nature a toujours été souveraine. Les hommes qui y vivent ne peuvent pas la domestiquer, alors ils doivent la respecter, c'est son ordre à elle qui dicte la loi. Ici, elle était une bonne bête domestique ; là-bas, c'est un loup ! »

Le silence humide de la maison l'impressionnait. Des fantômes l'habitaient, Juliette avait raison. Augustin entendait encore la canne de sa grand-mère qui frappait les dalles. Il couchait dans l'ancienne chambre de Maria, celle de sa grand-mère et de son oncle étant des sanctuaires qu'il aurait eu l'impression de violer. Leur ordre immuable était celui des disparus et ne convenait plus aux vivants.

Le toit de la maison du bas s'était écroulé à la fin de l'hiver dernier. Le facteur l'avait signalé à sa mère, qui lui avait écrit. Mais Augustin n'avait pas les moyens de la faire reconstruire et il laissa la maison, où sa mère avait été brièvement heureuse et où elle avait souffert pendant douze années, sombrer sous les ronces.

La Dordogne l'appelait. Le matériel de pêche qu'il conservait ici l'attendait depuis la dernière séance, au mois de novembre. Il avait alors pêché le brochet et la grosse carpe. Chaque saison avait sa place au bord de la grande rivière, avec des pêches différentes qui rompaient la monotonie. Au début du mois de juin, la nature exultait, c'était l'époque de la mouche artificielle.

Il prit, posée à côté de la vieille canne que Pablo lui avait fabriquée, sa canne en bambou refendu de *Pezon et Michel*, achetée à Paris, légère et maniable, excellente pour pêcher dans les courants de la Dordogne. Il chaussa ses cuissardes avec délectation. « Sûr que je vais me garder un moment pour pêcher les ablettes ! » se dit-il en pensant à son adolescence, au petit séminariste qui délaissait ses études pour un après-midi de pêche.

Il couru dans le chemin qui n'était plus qu'un sentier. Chaque seconde passée loin de l'eau était une seconde perdue. Il imaginait des truites énormes, comme celle qu'il avait vue, un soir d'orage, l'été précédent. Le gros poisson sorti de sous la berge était monté jusqu'à la surface et avait ouvert sa large gueule sur la mouche d'Augustin puis, pris d'un soupçon, il avait de nouveau disparu dans les profondeurs sombres. Augustin l'adulte avait éprouvé alors les mêmes émotions qu'Augustin l'enfant : son cœur battait très fort et il était resté quelques instants les jambes coupées, le regard vague.

Tout était neuf sur les collines, les hautes herbes qui laissaient partir au vent leur pollen odorant, les grosses plantes à larges feuilles vertes. Les châtaigniers fleuris remplissaient l'air de leur parfum sirupeux, les insectes bourdonnaient. Dans les prairies proches de la rivière, l'herbe qui n'avait pas encore été fauchée crissait du bruit incessant des grillons. « Je pêche jusqu'à la nuit complète. C'est toujours sur le tard que sortent les gros poissons ! » songea Augustin. Il était bien loin de ses préoccupations parisiennes ; seul le pêcheur, le prédateur, avait sa place dans ce sentier creux. « Autrefois, tu aurais entendu les perdrix ! Le pays s'est déserté ! Faudra pourtant que je regarde s'il est resté un lièvre ! Ma mère m'en fera un civet ! »

Il était le plus heureux du monde, élément vivant à sa place dans l'édifice vivant. Il s'y insérait comme une pièce de puzzle et cela lui procurait le sentiment d'une utilité qui le dépassait, qui dépassait chaque plante et chaque animal, pour trouver sa raison d'être dans l'ensemble de l'univers.

Il arriva à la rivière et la contempla un moment. Cette période d'observation était déjà la pêche, déjà le plaisir. Ses yeux parcouraient les ronds de gobage des ablettes qui piochaient d'infimes insectes en surface. Il remarqua de grosses éphémères qui exécutaient leur parade nuptiale en montant en chandelle avant de se laisser tomber jusqu'à effleurer la surface, mais les truites ne perdaient pas leur temps à tenter de capturer ces proies difficiles : elles pourraient s'en goinfrer dans quelques heures, quand le soleil passerait derrière l'horizon et que les femelles se poseraient sur la surface pour pondre leurs œufs...

Il vit enfin un gobage de truite, en retrait d'un banc de chevesnes, dont le dos dépassait parfois de l'eau. Il attendit que le poisson gobe une petite mouche de pierre dont il choisit une imitation dans sa boîte. La pêche, le grand jeu de la nature, pouvait commencer. Il fixa son leurre et allongea la ligne en fouettant en cadence. La mouche se posa devant la truite, Augustin vit celle-ci monter, observer le piège et reprendre sa place. « J'ai dû faire une bêtise au lancer. Elle aura vu le fil, ou alors j'ai un peu frappé la surface. Mon poignet n'a pas encore retrouvé sa souplesse. Ça va venir, un peu de patience ! »

– Tu étais mal placé ! Ta ligne a fait un ventre dans le courant et a donné à ta mouche un comportement qui n'était pas naturel. Tu t'es comporté comme un débutant !

Augustin sursauta et se retourna. Sur la berge, l'homme qui venait de parler souriait. Lui aussi avait une canne à mouche moderne, même s'il avait commencé à pêcher avec des jets de roseau.

– Pablo ? Qu'est-ce que tu fais là ?

– Je suis venu te chercher. Je pars bientôt. Là-bas, la saison de l'or est commencée. Les premiers saumons vont arriver sur le Yukon, les plus gros, des poissons de vingt à trente kilos !...

La colère montait en Augustin, une colère de faible qui ne peut échapper à celui qui le domine qu'en l'éliminant.

– Va-t'en ! Tu n'as plus à venir ici, ni surtout à me parler !

– Qu'est-ce qui te prend ? La rivière est à tout le monde.

– Elle n'est pas à toi ! Tu apportes le malheur à ceux qui t'approchent ! La pauvre Maria...

Le sang battait aux tempes d'Augustin. Il sortit précipitamment de l'eau et se jeta sur Pablo qui, surpris, tomba à la renverse.

– Je vais te noyer !

Les deux hommes roulèrent dans l'herbe odorante. Pablo, bien qu'âgé de cinquante-six ans, était encore vigoureux et Augustin n'avait pas toujours le dessus. Ils glissèrent dans la pente jusqu'aux hauts roseaux qui longeaient le sentier des pêcheurs. Tout à coup, le sol se déroba sous eux, ils tombèrent dans la rivière.

– Je vais te noyer ! répéta Augustin. Après, on sera tranquilles !

Pablo réussit à se dégager et se dressa dans le courant, prêt à repousser un nouvel assaut d'Augustin. Le compte qu'ils réglaient était celui d'une rivalité nouvelle : l'un avait cherché un père, l'autre un élève, mais ils n'avaient jamais pensé qu'ils se retrouveraient un jour à égalité. En outre, les rancœurs des autres s'exprimaient par leur intermédiaire :

– Tu as revu Maria et son mari s'est tiré une balle dans la tête !

– Maria, ça te regarde pas. Tu n'es pas son gardien et elle sait ce qu'elle doit faire !

– Pourquoi tu es revenu ? Tout ça, c'est le passé !

– Je suis encore libre d'aller où je veux !

– Ce que tu cherches, c'est détruire ceux qui ont la faiblesse de t'écouter !

Augustin s'approcha dans un bouillonnement d'eau blanche et menaça Pablo de son poing qui décrivait des moulinets.

– C'est toi qui as tué Monsieur Victor ! Tu te souviens de ma mère ? Toujours à cause de toi !

– Ne parle pas de ce que tu ne connais pas !

Ils se ruèrent de nouveau l'un sur l'autre, tombèrent dans l'eau peu profonde, mais le courant était assez fort pour les emporter vers la fosse. Les coups pleuvaient ; Pablo n'attaquait pas, il se contentait d'éviter les poings d'Augustin. Les poissons, apeurés par le tapage, s'étaient réfugiés dans leur cachette.

Une fois de plus, le sol de galets libres se déroba sous eux. Ils roulèrent dans un trou de plus de deux mètres d'eau sombre. Ils pataugèrent, coulèrent dans leur étreinte de haine. Enfin, séparés, ils remontèrent à la surface en toussant et crachant. Augustin grimpa le premier sur la berge et n'empêcha pas Pablo d'en faire autant. Ils étaient épuisés et s'allongèrent dans l'herbe, mouillés, tremblants.

– Je savais que tu allais réagir comme ça, dit Pablo. Il le fallait.

Augustin se redressa, prêt à se jeter de nouveau sur son adversaire.

– Je ne suis plus un enfant. Je ne veux plus te voir !

– Ah ! tu n'es plus un enfant ? Alors, qu'est-ce que tu fais là, dans ce jardin pour pauvres hommes dénaturés ? Qu'est-ce que tu attends pour vivre ? Tu es donc un épicier !

– Et alors, ce n'est pas honteux d'être un épicier !

– C'est une prison. Libre à toi d'y rester, mais je sais que tu rêveras toujours d'autre chose, de la vraie vie, quoi !

– Quand tu mets ma tante dans ton lit, c'est la vraie vie aussi ?

– Ta tante est comme toi. Elle a choisi la sécurité et rêve de liberté. On ne peut concilier les deux !

– Tu peux parler ainsi, toi qui n'as jamais pensé aux autres. Moi, je suis marié, et je vais être père !

– Maria m'a parlé de ta femme. Elle n'est pas heureuse avec toi. Vous jouez la comédie, un jour tout cassera. Le plus tôt sera le moins pénible pour tout le monde.

Pablo se leva, s'ébroua comme un animal qui sort de l'eau et s'éloigna sans rien ajouter. Augustin se trouva seul, frigorifié, les côtes endolories des coups. La féerie du soir ne le touchait plus. Devant lui, dans la rivière redevenue calme, les poissons trouaient la surface pour capturer les insectes qui dérivaient. Augustin n'avait plus envie de pêcher, il prit sa canne et rentra à la Jeugie en proie à une infinie tristesse, le sentiment d'une solitude dont il ne sortirait jamais.

Le lendemain matin, de très bonne heure, il passa embrasser sa mère qui était déjà dans sa cuisine.

– Je repars !

Anaïs le regarda avec curiosité, elle comprenait le sens de tant de précipitation.

– Fais bien attention ! dit-elle sans cesser d'éplucher les pommes de terre. Le paradis ne peut pas exister sans l'enfer, mais l'enfer existe souvent sans le paradis !

Augustin rendit visite à Roncerault. Le blessé pouvait de nouveau s'exprimer, même si les médecins avaient refusé que les enquêteurs viennent l'interroger. Un pansement sur son crâne surmontait son visage fatigué, son regard triste. Il avait pris conscience de l'épreuve qui l'attendait : la paralysie des jambes et les ennuis judiciaires après son acte de folie.

Quand il vit Augustin, il éclata en sanglots. Voir pleurer cet homme jusque-là fort et déterminé troubla beaucoup le jeune homme. Maria pleurait aussi, en silence. Elle essuya le visage du blessé qui renifla et réussit à esquisser un sourire destiné à leur visiteur.

– On est bien peu de chose ! dit-il d'une voix rauque. Tout va bien et puis, tout à coup, patatras ! Tout te tombe dessus d'un coup !

Maria se moucha. Augustin, pour rassurer son oncle, dit sans conviction :

– T'en fais pas ! Tout va s'arranger. Après l'orage, le soleil revient toujours.

Roncerault secoua la tête :

– Non, rien ne s'arrangera. Pour moi, c'est fini. Je n'ai plus rien, et mes jambes ne marcheront plus jamais. C'est pire que si j'étais mort !

Augustin ne trouvait pas les mots à dire en pareille circonstance. Il se leva pour prendre congé.

– Je ne veux pas te fatiguer trop longtemps. Je reviendrai un de ces jours.

Il sortit. Maria l'accompagna dans le couloir.

– Viens, proposa-t-elle. Descendons prendre quelque chose au bar.

Ils sortirent de l'hôpital. Le soleil brillait, la journée serait belle et douce. Dans le bar, ils s'assirent à une table, sans un mot. Enfin, Maria se moucha, s'essuya le visage.

– Je n'en peux plus. Tout ceci est de ma faute et pourtant...

Elle pensait à Pablo.

– Je voudrais le tuer pour en être définitivement débarrassée !

– On s'est battus hier soir au bord de la Dordogne, raconta Augustin. C'est pour ça que je suis revenu aussi vite.

Ils commandèrent un café et restèrent un long moment silencieux. Tous deux pensaient la même chose.

– C'est le diable ! dit enfin Augustin.

Maria leva les yeux sur son neveu. Elle aurait voulu haïr Pablo parce qu'elle se savait incapable de lui résister.

– Je voudrais le tuer ! répéta-t-elle.

Elle vida sa tasse et se leva.

– Il faut que j'y retourne. Je me dois d'être avec Albert tout le temps.

Augustin la regarda s'éloigner en direction de l'hôpital, puis regagna sa voiture. Il démarra en pestant contre les embouteillages. Le temps semblait s'être figé en une seule image : celle de Pablo arrivant à la Jeugie dans sa grosse capote militaire, portant sa lourde musette qui lui sciait l'épaule et ses cannes à pêche pliées dans un tissu grossier.

Il rentra chez lui. Juliette était restée à la maison. Sa grossesse la fatiguait, mais la perspective des grandes vacances lui donnait du courage.

– Je ne t'attendais pas si tôt ! fit-elle. Comment va Maria ?

– Mal. Albert n'a pas le moral.

– A propos, un certain Pablo a téléphoné. Il a dit qu'il était à Paris et qu'il souhaitait te voir au plus vite. C'est un de tes anciens fournisseurs ?

– Oui, c'est ça !

Pablo avait osé téléphoner chez lui ! Il le poursuivait jusqu'à la Jeugie, le harcelait dans son appartement parisien, ce n'était plus supportable !

Juliette regardait son mari avec curiosité. Sous la lumière qui provenait de la fenêtre, elle lui découvrait un visage différent et pourtant plus réel que d'habitude. La lumière rasante creusait ses joues, grossissait la saillie des pommettes et des arcades sourcilières. Ses yeux semblaient regarder au-delà de la rue et des immeubles voisins.

– Tu ressembles à un chat ! dit-elle.

Il ne répondit pas. Une pensée insupportable se précisait dans son esprit. Il prit sa veste. Juliette voulut le retenir :

– Où vas-tu ? Tu me fais peur !

– Maria a raison. Il faut le tuer !

– Augustin, tu te rends compte de ce que tu dis ? s'écria Juliette.

Non, il ne se rendait pas compte. Il écarta du bras la jeune femme et sortit, dévala l'escalier et courut à sa voiture, incapable de mesurer la portée de son projet. Il roula un long moment sans but, d'une rue à l'autre, d'un carrefour au suivant. Il passa plusieurs fois devant l'hôtel de Pablo sans s'arrêter. Soudain il aperçut celui-ci dans une rue adjacente. Une boule de feu éclata dans sa tête. Il gara sa voiture en double file et courut derrière la silhouette qui marchait toujours de son pas souple de félin.

Pablo le vit arriver en courant et s'étonna :

– Tu es déjà revenu ?

Augustin s'était arrêté à quelques pas de lui. Tout à coup, il se trouvait ridicule devant un Pablo égal à lui-même et pour qui les règles communes ne comptaient pas. Son magnétisme opérait. Pablo, c'était le vent, c'était la liberté, ce que tout être désire mais fuit en s'enfermant dans une prison d'habitudes et de liens car le détachement demande du courage et ne conduit pas forcément à la félicité.

– Je pars, reprit Pablo. Là-bas, la fête de l'été commence. Si tu veux, on appelle un taxi. T'en fais pas, on trouvera tout ce qu'il faut à Anchorage, la dernière ville avant l'infini.

Augustin se tourna et vit sa voiture briller dans la lumière diffuse du ciel brumeux. Une passante qui tenait un enfant par la main tourna vers lui un regard absent. Le vent froid du Grand Nord soufflait déjà dans sa tête. Il n'avait jamais voulu autre chose que cela. Il se réveillait après de longues années d'attente. Le séminariste avait cru vaincre le petit braconnier de la Jeugie, mais les armes lui manquaient.

– Mais c'est les Etats-Unis ! Il faut un visa !

C'était sa dernière défense, qui ne tint pas longtemps.

– On va passer à l'ambassade, je connais quelqu'un, ça ne prendra pas longtemps.

La pensée de Juliette traversa l'esprit d'Augustin comme un éclair. Le soir même, à Roissy, il voulut lui écrire, mais ne trouva pas les mots. Il était ivre, déjà un autre. Le charme de Pablo gommait la monstruosité de son acte, effaçait de sa mémoire sa vie de citadin. Il redevenait enfin sauvage.

Le lendemain, Juliette reçut une lettre de son mari. Trois mots écrits sur la feuille blanche : « Pardon pour tout. » C'était l'annonce d'une rupture...

Troisième période

L'enfer blanc d'Augustin

Augustin se massa les côtes et se tourna vers l'avion qui flambait. A quelques mètres de lui, Pablo gisait, inerte parmi les aulnes nains. Par chance, les deux hommes avaient été éjectés avant que leur avion ne prenne feu.

Augustin se dressa. Une violente douleur à la hanche lui fit craindre quelque fracture, mais non, il put se mettre debout et s'approcher de Pablo, toujours étendu sur le sol. Sa joue droite était égratignée, sa veste déchirée à la hauteur de l'épaule. Augustin le secoua. Le blessé ouvrit les yeux, regarda autour de lui, étonné d'être couché sur ce promontoire rocailleux couvert d'une courte végétation. Il se souvint enfin de la panne du moteur de l'avion et de l'atterrissage forcé. Il s'essuya la joue.

– L'avion, nom de Dieu ! L'avion... cria-t-il. Vite ! Il faut récupérer la tente et le matériel de survie.

Augustin courut vers l'avion. Les flammes, qui sortaient du moteur, n'avaient pas encore atteint les réservoirs d'essence, situés dans les ailes, ni l'arrière du fuselage, où se trouvaient la cale et les caisses de survie. Il redoutait une explosion mais savait que sans fusil, sans tentes et couvertures chaudes, sans aucun moyen de faire du feu, c'était la mort assurée en quelques jours.

Augustin tenta d'ouvrir la trappe arrière. La poignée était coincée. Pablo arriva en boitillant ; ils tirèrent de toutes leurs forces et, enfin, la trappe céda. Ils en sortirent un fagot de cannes à pêche, deux carabines et plusieurs caisses, qu'ils portèrent à l'écart. Peu après, l'avion s'embrasa d'un coup. Augustin regarda les flammes dévorer la toile et découvrir le squelette de bois et de fer. La colère grondait toujours en lui.

– On a eu de la chance ! fit Pablo. On aurait pu rester coincés et griller tous les deux !

Le soleil était bas sur l'horizon, un soleil d'automne. A l'aube, les premières gelées blanchiraient les berges du lac qui scintillait. Le mois de septembre s'achevait et l'Alaska s'apprêtait à entrer dans l'hiver. Des lagopèdes, attirés par les flammes, s'étaient approchés sans la moindre peur des hommes. Entre leurs plumes marron pointaient les premières plumes blanches de leur livrée hivernale.

– Tu devrais être content ! cria alors Augustin, conscient de la gravité de la situation. On est au bout du monde, sans le moindre secours ! Nous voilà au pied du mur pour une confrontation radicale avec la nature, plus démunis que l'était Cro-Magnon !

– Je te ferai remarquer que c'est de ta faute. Tu étais tellement pressé de rejoindre ta Wanda que tu as insisté pour qu'on ne perde pas deux jours à faire réviser le moteur, selon toi en parfait état de marche !

C'était vrai. La négligence et la précipitation d'Augustin étaient à l'origine de l'accident. Pourtant, il ne se sentait pas vraiment coupable. Combien de fois les deux hommes avaient-ils fait la même impasse, et il ne s'était jamais rien produit !

– Il suffit d'une fois ! rétorqua Pablo qui avait deviné les pensées d'Augustin.

– On ne sait même pas exactement où on est, constata Augustin. On n'a aucun moyen de faire connaître notre position aux sauveteurs. Et l'hiver arrive !

– L'hiver d'Alaska qui ne cède devant personne ! Même les Indiens ne peuvent le vaincre. C'est le maître absolu. Tu le sais, quelqu'un de perdu dans la taïga en cette saison ne revient jamais à son village.

Augustin soupira en portant un regard circulaire aux collines pelées qui les entouraient.

– Et la balise de détresse qui ne s'est pas déclenchée ! s'exclama-t-il.

– Nous ne sommes pas en Europe, fit Pablo, sombre. Ici, les choses ne fonctionnent pas toujours comme on le voudrait.

Désespéré, Augustin s'assit à côté de Pablo.

– Et Wanda qui m'attend à Nulato ! Tu sais bien qu'elle a peur. Kill est dangereux quand il a bu. Le pasteur Willy peut la protéger, mais il n'est pas partout à la fois.

– Espérons que la chance sera de notre côté et que nous allons pouvoir rentrer bien vite !

Augustin cueillit une touffe de myrtilles chargée de petites baies noires et luisantes. Pablo, qui réfléchissait, demanda soudain :

– Pourquoi, à ton avis, des hommes risquent-ils leur vie pour grimper au sommet de l'Everest ? Et ceux qui ont atteint le pôle Nord, ou traversé l'Afrique à pied ? Ils seraient plus tranquilles chez eux, mais ils le font. Pourquoi ?

– Je ne sais pas, dit Augustin, vaincu. Je sais que je n'ai pas l'âme d'un héros et que je donnerais cher pour trouver un village indien derrière cette colline. Tout à coup, je découvre le véritable visage de l'Alaska qui me fait regretter la Dordogne !

– Je vais te le dire, ils le font parce qu'ils veulent aller au bout d'eux-mêmes. En se connaissant, c'est la vérité de l'univers qu'ils approchent. Médite ça, toi, le séminariste !

Pablo n'avait jamais parlé à Augustin de sa jeunesse, de ses études. Il était resté comme il était apparu la première fois à la Jeugie, vagabond libre et insaisissable. Il avait pourtant une certaine facilité de parole et des expressions qui témoignaient de son instruction.

– Réponds-moi franchement. Tu as fait des études ?

– Je t'ai déjà dit, mon père était alsacien et ma mère espagnole. Un mélange impossible ! Oui, j'ai fait des études. Mon père avait une petite usine de vêtements en Alsace. A dix-sept ans, après le deuxième bac, j'ai fait mon baluchon et laissé tout le monde en plan. Mon père m'a menacé, mais c'était fini. Je ne prendrais pas sa succession dans la confection. Les routes m'appelaient, toutes les routes, les forêts, les rivières et les lacs. Alors j'ai fait la connaissance d'une femme, Vicenta, une brune pleine de feu. C'était une gitane qui allait avec sa tribu au gré des chemins. Excellents braconniers, pêcheurs magnifiques, les gitans avaient une complicité avec la nature qui me rappelle celle des Indiens d'ici. Je suis resté avec eux jusqu'à la guerre et puis...

Pablo regardait autour de lui les collines et, tout au fond, le lac d'où s'échappait un torrent, il se repaissait de cette nature toute neuve.

– Et puis voilà ! conclut-il. Tu te rends compte que c'est probablement la première fois que deux hommes s'assoient à cette place, sur cette pierre plate. La première fois depuis le commencement du monde. J'aurais voulu être Robinson Crusoé.

Ils se mirent à faire l'inventaire des caisses sauvées de l'incendie. Une abondante provision de balles et de cartouches pour les carabines, des hameçons, des leurres, du fil de pêche. Deux briquets, des allumettes, une bombe à ours, des paquets de biscuits secs, des médicaments, dont les fameuses pastilles à mettre dans l'eau de boisson, et des pansements. Une tente avec ses piquets, des couvertures fourrées, des pardessus en loup, des mitaines, des sacs de couchage, un réchaud.

– On a de quoi survivre dans l'immédiat.

– Certes ! dit Augustin, toujours de mauvaise humeur car il pensait à Wanda. N'oublie pas qu'on est au nord du soixantième parallèle, dans la région la moins peuplée du monde et où l'hiver va arriver dans peu de temps.

– J'ai enfin trouvé une boussole ! s'exclama Pablo en brandissant l'objet. Aujourd'hui, on n'en a pas besoin, le soleil indique le sud, mais demain, s'il fait gris... Ici, tout se ressemble !

– Faisons le point, précisa Augustin. Le sud est en face de moi, l'est, sur ma gauche. Le premier village indien, Healy, doit se trouver dans cette direction ! ajouta-t-il en tendant le bras. Quand nous verrons le sommet du McKinley, nous serons sauvés.

– Dans ce cas, la rivière en bas de la colline, c'est probablement la Tanana ou un de ses nombreux affluents.

– Sûrement. Quand le moteur a commencé à hoqueter et à perdre des tours, on était en vue de la Tanana. Mais ensuite, on a pu dériver pas mal !

– Pour l'instant, pas de panique. L'hiver arrive brutalement, mais nous avons encore une dizaine de jours avant les premières neiges. Survivre dans ce pays, c'est prévoir l'arrivée du froid. Nous allons chercher et tuer un ours.

Depuis six années qu'il était en Alaska, Augustin connaissait tous les animaux qui vivaient dans ce pays et avait été confronté plusieurs fois aux deux espèces d'ours, le noir et l'impressionnant grizzli. Debout, cet animal dépassait trois mètres de haut, et ses cinq cents kilos ne l'empêchaient pas de courir plus vite qu'un homme. Maître incontesté de la taïga, il était généralement placide, mais ses réactions étaient imprévisibles et sa vivacité redoutable. Les vieux mâles, extrêmement dangereux, étaient systématiquement abattus par les trappeurs. Les Esquimaux et les Indiens, qui lui prêtaient une âme semblable à la leur, le vénéraient. En effet, sous sa fourrure épaisse se trouvait un corps de géant, semblable à celui d'un homme. Les grizzlis se tenaient à l'écart des villages, sauf quand les hommes actionnaient les roues à saumons, en juillet et août. Chaque nuit, ils venaient dévorer les abats de poisson que les pêcheurs laissaient pour eux sur les berges. Ils pêchaient aussi dans les petites rivières où abondaient les poissons remontés frayer. Très maladroits, ils en capturaient peu, et se contentaient souvent de manger les œufs et la laitance. Sur les berges, les renards attendaient les restes. A la fin de l'été, ils parcouraient les vastes étendues d'arbustes pour se goinfrer d'airelles et de camarines, petites baies amères, puis rejoignaient les fleuves que traversaient les caribous en route vers le sud, espérant quelque animal fatigué et facile à capturer lorsque le troupeau, serré, hésitait à entrer dans l'eau.

Pablo chercha les balles dans la caisse et vérifia le chargeur de la carabine.

– Il doit y avoir de grands sacs à dos quelque part dans les caisses. On va se partager le matériel à emporter, et suivre la rivière vers l'aval. On tombera forcément sur un village d'Indiens.

– Si l'estimation de notre position est bonne, nous sommes au moins à cinq cents kilomètres du premier village. Il nous faut plus d'un mois pour l'atteindre et, dans un mois, il fera moins vingt !

– Tu as raison. Nous devons tuer un ours.

Il faisait encore doux. Au bord de la rivière, des lagopèdes picoraient des baies rouges. Des saumons sautaient par-dessus la cascade.

– Des cohos ! Ils traversent le lac et fraient dans les petits ruisseaux au-dessus. C'est là qu'il faut chercher notre ours.

Pablo rassembla les caisses et les couvrit d'une bâche. L'avion était entièrement consumé, il n'en restait que l'ossature métallique qui fumait. L'explosion des réservoirs ne s'était pas produite, l'essence ayant coulé lentement par une fissure de la pompe. Le silence avait remplacé le crépitement des flammes – ce silence universel, infini.

Ils se faufilèrent dans les hautes herbes en suivant des sentiers ouverts par les ours et arrivèrent au bord du lac grouillant de saumons. L'eau était basse, dégageant des berges de galets où un aigle pêcheur, rassasié, les regarda passer sans s'envoler. Au sommet du lac, deux ruisseaux partaient entre les roseaux. Dans les eaux claires, des milliers de saumons s'ébattaient et tentaient de remonter le plus haut possible en soulevant des gerbes d'eau. Les ours se plaçaient généralement aux endroits les moins profonds. Augustin et Pablo suivirent le torrent sur quelques centaines de mètres, sans trouver aucun grizzli ni ours noir. Par contre, les renards tentaient depuis la rive de crocheter des poissons en plongeant leur gueule ouverte dans le courant.

– Pas d'ours ! Tant pis, constata Pablo. On va manger du saumon nous aussi. Mais ce sera plus amusant de les prendre dans le lac, à la ligne.

Ils revinrent près de l'épave de l'avion. Augustin se mit à monter la tente ; Pablo coupait à la hache des branches sèches d'épicéas renversés par la débâcle du printemps dernier. Quand ils eurent fini, ils retournèrent près du lac, chacun avec une canne à pêche.

– Je parie que le premier sera pour moi ! dit Pablo, renouant avec la vieille habitude du défi.

Son vœu ne fut pas exaucé. Augustin, au deuxième lancer, ferra un saumon amplement suffisant pour leur repas du soir, mais la tentation de la pêche était la plus forte. Pablo, qui n'avait pas réussi à accrocher un seul poisson, se piquait au jeu.

– On va voir qui calera le premier !

Ils pêchèrent ainsi jusqu'à la tombée de la nuit. Un porc-épic passa près d'eux de son pas lourd. C'était une proie facile, à la chair succulente, mais Pablo le laissa s'en aller. Il cherchait à comprendre pourquoi aucun saumon n'avait attaqué son leurre. A côté de lui, Augustin luttait contre un énorme coho.

– Je suis maudit !

Il dut se résigner à la bredouille, perdant la face devant son élève qui avait pris huit gros saumons en moins de deux heures.

– J'avais le même leurre que toi, je pêchais de la même manière au même endroit. Alors ? C'est un signe ! dit-il, d'un air sombre.

– Qu'est-ce que tu racontes ? protesta Augustin. C'est pas ton jour, voilà tout ! Tu sais bien qu'à la pêche, comme à la chasse d'ailleurs, la condition mentale compte autant que tout le reste. Demain, tu prendras ta revanche !

– C'est un signe, je te répète.

Il alluma le feu. Augustin prépara les filets de saumon et emporta les têtes et les arêtes au bord du lac, pour éviter la visite d'un ours pendant la nuit. Ils mangèrent en silence près du feu que Pablo entretenait. Il faisait sombre et les étincelles du brasier se perdaient parmi les étoiles du ciel. Seuls êtres humains à des centaines de kilomètres à la ronde, ils se sentaient minuscules, fragiles. L'un et l'autre avaient le fusil à portée de main.

– Ça commence mal, remarqua Pablo.

– Je pense à Wanda, fit Augustin, mélancolique. Kill va en profiter. Il a tellement envie de se venger. Le père de Wanda sera avec lui. Je t'assure, ils vont lui faire du mal.

Il pensa aussi à Juliette restée à Paris, sur une autre planète. Depuis les trois mots griffonnés sur un coin de table à Roissy, six ans plus tôt, Augustin ne lui avait pas donné de ses nouvelles, et ce soir il s'en voulait. Que devenait-elle ? Leur enfant devait avoir cinq ans et, comme Augustin avant lui, grandissait sans son père. Son égoïsme lui apparut dans toute sa monstruosité.

A Nulato, Pablo vivait seul. Il avait une maîtresse, mais n'avait jamais pu se décider à se mettre en ménage.

– Les Indiens disent que ce pays n'a pas été créé par Dieu, dit-il après un long silence. Ce pays, c'est Dieu lui-même, et l'hiver est son meilleur allié. Un Dieu qui semble placide, mais terriblement dur !

– Si on dormait ? proposa Augustin. Demain, il faudra se mettre en route. Avec un peu de chance, on trouvera une pourvoirie, une cabane de trappeur, et peut-être des Indiens venus pêcher !

Le hurlement d'un loup les fit se dresser sur les coudes. L'animal n'était pas seul. Une meute invisible se tenait à proximité de la tente, mais Pablo et Augustin savaient qu'ils ne risquaient rien.

– Les caribous ne doivent pas être loin. Ils ont dû s'arrêter pour la nuit au bord du lac. Les loups attendent qu'ils se remettent en route au lever du jour pour isoler un jeune...

Ils écoutèrent un moment les modulations aiguës de l'animal dont ils se demandaient ce qu'elles pouvaient signifier.

– Les loups parlent la langue originelle du monde, qui les comprend et leur répond ! nota Pablo. Quand on a connu ça, les collines de la Dordogne n'ont plus grand attrait !

– Lorsque tu es au bord de la Dordogne ou dans les collines autour, tu n'es jamais à cinq cents kilomètres du premier village...

De nouveau le silence, tendu par la mélopée de l'animal qui montait jusqu'aux étoiles.

– Demain, il nous faut absolument trouver un ours, dit Augustin en s'allongeant. Maintenant, bonne nuit.

Depuis huit jours, Augustin et Pablo suivaient le cours sinueux du fleuve vers l'aval, dans l'espoir de trouver une cabane de pêcheur, une présence humaine. Des monceaux de saumons en décomposition dérivaient dans le courant. Les beaux poissons, argentés à leur entrée en eau douce, puis rouge vif au moment de la fraie, après avoir parcouru des milliers de kilomètres, pondu leurs œufs soigneusement enfouis dans les graviers, étaient morts en quelques jours. Ainsi s'appliquait la loi d'une nature sans concession.

– Ils ne meurent pas tout à fait, constata Pablo. Leur chair en se décomposant enrichit la rivière qui nourrira leurs petits...

Ils n'avaient pas trouvé l'ours tant espéré. Ils avaient suivi de nombreux sentiers sans jamais réussir à débusquer un grizzli. Sentant arriver le froid, les grands plantigrades avaient déserté les bords du fleuve pour se réfugier dans les montagnes.

Pablo voyait dans cet échec un autre mauvais signe. Il se sentait de plus en plus fatigué et comprenait que ce défi, qu'il avait parfois désiré sans oser le relever, tournerait en sa défaveur. Un matin, au réveil, Augustin constata que la lumière à l'intérieur de la tente n'était pas aussi vive que d'habitude. Il se dressa sur les coudes, ouvrit la fermeture Eclair et constata qu'il avait neigé pendant la nuit. Le ciel gris, plombé, était déjà hivernal.

– Ce n'est rien, dit Pablo. Seulement cinq ou six centimètres qui auront fondu à midi, mais c'est un premier avertissement de la grande saison. On va voir beaucoup de caribous aujourd'hui.

Ils plièrent leur campement, rangèrent soigneusement leurs ustensiles de cuisine dans les sacs et se mirent en route. La neige fondait. Le sol, gelé en permanence au-delà de quarante centimètres de profondeur, fut vite gorgé d'eau et une multitude de petits ruisseaux couraient vers le fleuve. Pourtant, les deux hommes étaient vigilants. Ils connaissaient les pièges de la taïga, les fissures invisibles entre deux rochers, les plaques de tourbe, superficiellement gelées, qui cédaient brusquement, s'ouvrant sur un bras souterrain du fleuve. Ils devaient aussi éviter de se trouver nez à nez avec un orignal en rut, dont les premiers froids décuplaient l'agressivité. Pablo portait sa carabine chargée et armée, prête à une défense soudaine.

Ils n'avaient aucune difficulté à s'approvisionner en nourriture. Les lagopèdes, les lièvres arctiques, les porcs-épics, les castors n'avaient pas encore fui devant l'hiver et constituaient l'essentiel de leur nourriture avec les airelles, les mûres arctiques. Ils piégeaient les animaux avec facilité et, pour quelques instants seulement, Augustin redevenait le braconnier de la Jeugie. Pour le plaisir, ils pêchaient truites et ombles, nombreux dans le fleuve. Ils s'étaient refusés à tirer un caribou : la masse de viande était trop importante, et le froid pas encore assez vif pour la congeler.

– Tiens, qu'est-ce que je disais !

Ils se tenaient au sommet d'une colline que la rivière contournait. Un immense troupeau de caribous, descendu du coteau voisin, se dirigeait vers le fleuve. Les animaux marchaient sans prendre garde aux herbes plus vertes et plus abondantes sur la berge qu'entre les cailloux de la colline. Ils entrèrent dans l'eau, et la multitude de ramures nagea vers l'autre rive...

– Voilà des milliers d'années qu'ils empruntent ce chemin, remarqua Pablo. Rien ne peut les arrêter...

– L'Alaska nous montre ce qu'il a de plus beau avant de sortir ses crocs ! avertit Augustin.

Il était fasciné par ces grands animaux dont les bois s'entrechoquaient. Serrés les uns contre les autres, ils ne craignaient ni les loups ni les ours. Le glouton restait à l'écart et suivait le troupeau de loin. Il fallait si peu de chose pour qu'un jeune, curieux de goûter une touffe de succulents lichens blancs, perde toute prudence et s'éloigne de quelques pas, ce qui aurait suffi à le voler à la vigilance des adultes...

Le troupeau sortit de l'eau et poursuivit son chemin en ligne droite, poussé par l'instinct, ce lien profond de tout être vivant avec le monde qui l'entoure. Pablo et Augustin en déduisirent que l'hiver était imminent.

Ils marchaient toujours vers l'aval du fleuve, c'était le moyen le plus sûr de trouver un village indien. Les petites communautés reculées, qui avaient peu de contacts avec le reste du monde, étaient hostiles aux Blancs, mais Pablo s'était familiarisé avec les dialectes locaux et il connaissait les coutumes, ce qui favorisait les premiers contacts.

La fatigue alourdissait leurs pas et, chaque jour, la progression était plus difficile. La plupart du temps, ils empruntaient les chemins des ours entre les hautes herbes mortes ; quand les chemins faisaient défaut, ils devaient s'éloigner de la berge et marcher sur les collines, où la végétation était moins dense. Entre les sapins épars et filiformes, surtout présents dans les vallées près des fleuves, poussaient des touffes d'arbustes, aulnes, bouleaux et saules nains. Le temps était sec ; le gel des nuits ne les atteignait pas sous leurs couvertures en loup.

– On a de la chance, constata Augustin, il ne pleut pas.

– Ce qui n'est pas bon signe, ajouta Pablo. Le froid et la neige vont nous tomber dessus d'un jour à l'autre.

Ils atteignirent un gros torrent qui se jetait dans le fleuve. Jusque-là, ils avaient réussi à traverser à gué les ruisseaux descendus des collines, mais le flot puissant, large d'une trentaine de mètres, leur interdisait toute imprudence. Ils ne devaient surtout pas mouiller leur fusil, les allumettes ni tout ce qui assurait leur survie. Deux solutions s'offraient à eux : soit construire un radeau avec des troncs de sapin, au risque d'être chavirés par le flot impétueux, soit remonter vers l'amont jusqu'à trouver un gué et perdre ainsi de précieuses journées. Ce fut cette solution qu'ils choisirent, la plus coûteuse en temps, mais la moins périlleuse.

– Plus haut, le lit se resserre entre deux hautes berges, nota Augustin. On peut peut-être fabriquer un pont en coupant un arbre...

Les outils dont ils disposaient n'étaient pas d'une grande efficacité pour ce travail. En plus de leur couteau de trappeur, dont ils ne se séparaient jamais, leur trousse de survie contenait une hache à manche court, une scie destinée à couper le bois du feu mais pas de grands arbres, un ouvre-boîtes dont ils se demandaient ce qu'ils pouvaient bien en faire, un marteau, une tenaille et des clous.

Ils se remirent en chemin avec peu de conviction. Pablo traînait la patte : les quinze à vingt kilomètres journaliers dans de dures conditions l'avaient épuisé.

– Tout ça arrive trop tard. Je suis trop vieux pour cette aventure qui m'a tenté toute ma vie, le corps à corps avec la nature !

Augustin pestait :

– Ce n'est pas le moment de se dégonfler ! Pense que dans quelques jours tu seras chez toi, bien au chaud...

– Je le voudrais bien, mais ça n'en prend pas le chemin. Tu sais, j'ai eu une vie pleine d'agréments. Je ne me suis jamais soucié des autres, c'est plus facile pour ne pas souffrir. J'ai eu des femmes qui aimaient en moi ma liberté qui n'était que l'expression d'un désespoir face à la vacuité du monde.

Augustin se planta en face de son ami.

– Comment peux-tu parler ainsi en ce moment ? L'heure n'est pas à philosopher ni à pleurnicher sur la nature humaine. On repart !

Ils gravirent une pente raide où les cailloux roulaient sous les pieds. Ils surplombèrent la vallée, qui leur apparut dans toute son étendue : le fleuve se perdait à l'horizon, et les deux naufragés avaient beau écarquiller les yeux, ils ne voyaient pas la moindre fumée, la moindre trace humaine.

Ils montèrent leur tente dans un repli de terrain abrité du vent du nord glacé. En dessous d'eux, le torrent taillait dans la roche un lit escarpé qu'il était impossible de franchir. Au sud, le soleil restait bas sur l'horizon. Des bandes de nuages rouges, annonciatrices d'un changement de temps, inquiétaient Pablo.

– Pourvu que ce ne soit pas la neige !

Augustin regardait la carte qu'il avait dénichée dans la trousse de secours au milieu des pansements. Il l'avait dépliée devant lui et scrutait la forme du fleuve, semblable à un serpent qui rampe entre des rochers. Les cartes de navigation à vue, très précises, avaient brûlé avec l'avion et celle-ci ne comportait pas suffisamment de détails pour qu'on puisse se repérer. Des points rouges indiquaient des hameaux isolés, des cabanes de trappeur, des campements de pêche ou de chasse.

– Le fleuve, c'est la Tanana, j'en suis maintenant convaincu, et voici le torrent. Son nom est là, mais endommagé par la pliure, et je ne peux pas le lire. Regarde, il existe un campement de chasse tout près, en amont. Demain, nous devrions l'atteindre.

Pablo hocha la tête. Il avait mal aux jambes et aux bras et tardait à aller couper le bois pour faire griller le porc-épic tué cet après-midi et découpé en deux.

– Nous sommes entre les mains du dieu Alaska qui aime jouer avec ses victimes. Ce que tu dis est logique puisque nous sommes partis à huit heures de Whitehorse en direction de Fairbanks, mais le dieu Alaska n'a pas de logique. Tous les fleuves, toutes les montagnes se ressemblent !

Le lendemain, ils se mirent en marche bien avant le lever du jour, qui ne durait que quelques heures. Le ciel s'était couvert, des flocons papillonnaient dans l'air. Ils rêvaient tous deux du campement de pêche, déjà abandonné, mais où la coutume voulait que les derniers habitants laissent des provisions dans des boîtes en fer, du riz, du café, du thé, des pâtes, remplissent la réserve de bois et, sur la table, déposent un mot de bienvenue pour les naufragés de la nature.

Ils marchèrent jusqu'au soir. La neige s'était mise à tomber dru et ils durent déchanter : le torrent n'était pas celui qu'Augustin espérait, puisqu'ils ne trouvèrent pas le campement de pêche. Ils balayèrent la neige qui commençait à prendre pour monter leur tente et étaler le tapis de sol.

– C'est maintenant qu'une bonne peau d'ours nous serait utile ! grommela Pablo.

Il ne mangea pas et se plaignit de frissons. Depuis le matin, il avait mal aux reins et envie de vomir. Vers minuit, il se mit à délirer. Augustin toucha son front brûlant.

– Il ne manquait plus que ça ! dit-il à haute voix en allumant la lampe à pétrole dont, jusque-là, ils avaient économisé le combustible.

La maladie était le pire ennemi du naufragé, qu'elle clouait sur place. Le froid et l'humidité, l'impossibilité de se soigner correctement affaiblissaient rapidement le malade. Dehors, il neigeait toujours. L'hiver noyait dans sa poudreuse toutes les formes du relief ; d'un instant à l'autre, le paysage changeait, rendant impossible tout repérage.

Augustin, en fouillant dans la trousse à pharmacie trouva de l'aspirine et un antibiotique avec les prescriptions inscrites à la main. Il fit chauffer de l'eau sur le réchaud et y dissolut deux comprimés d'aspirine. Au bout d'une heure, le médicament fit son effet, la fièvre tomba un peu. Alors, Pablo ouvrit les yeux. Il était en nage, mais ne pouvait pas se changer, la température à l'intérieur de la tente étant à peine supérieure à zéro. Il claquait des dents.

– Je tiendrai pas le coup. Tu sais que je vais avoir soixante et un ans...

– Arrête tes conneries ! cria Augustin, excédé. Demain, tu seras sur pied. Et puis, même s'il faut rester deux jours ici, qu'est-ce que ça peut faire ? Le gibier ne manque pas.

– Avec la neige, il sera de plus en plus rare. Le gel est là. Si tu trouves un caribou demain, tue-le. On peut fabriquer un petit traîneau qui glissera sur la neige. La viande gelée se conserve plusieurs jours.

La fièvre remonta à la fin de la nuit. Une lumière blanche et crue éclairait les montagnes au loin. La neige avait cessé, mais le vent en soulevait des nuages et formait d'énormes congères extrêmement dangereuses. Augustin le savait et se tenait sur ses gardes. Il s'éloigna de la tente, tout en restant à proximité du torrent, seul fil d'Ariane qui lui permettait, dans cet océan blanc aux lourdes vagues, de retrouver son chemin.

Des lagopèdes qui n'avaient pas fini de muer s'enfuirent devant lui. Leurs plumes ocre, derniers vestiges de la parure d'été, les faisaient repérer facilement par les renards et les rendaient très méfiants. Augustin poserait quelques pièges à son retour. La carabine sur l'épaule, il poursuivit en vain sa marche à la recherche d'un caribou, car les troupeaux avaient fui le froid vers le sud. Le vent effaçait instantanément toutes les traces et il ne put constater la présence d'aucun gros animal. Un lièvre, lui aussi encore en livrée estivale, sortit de la touffe d'aulnes sous laquelle il s'abritait. Augustin ne le tira pas et s'approcha du torrent qui roulait un flot noir et puissant. Les deux naufragés devaient-ils attendre qu'il soit pris par les glaces avant de poursuivre leur route vers l'aval ? Augustin espérait surtout que Pablo allait vite se rétablir.

Il revint au campement bredouille, rassembla du bois pour allumer du feu. Pablo claquait des dents, Augustin étala sur lui son sac de couchage.

– Tu n'as pas trouvé de caribou ? C'est le signe que les premiers froids sont là. Ce ne sont pas les pires, mais quand même...

Augustin fit chauffer de l'eau et y versa le fond du paquet de café soluble. Il remplit un gobelet de ce breuvage aigre et y versa une rasade de gnôle.

– Il en reste pour deux ou trois fois. Bois, ça va te redonner des forces.

Pablo s'assit et porta le gobelet à ses lèvres.

– Quand je suis revenu à Paris, il y a six ans, j'avais vraiment l'intention de t'emmener avec moi, dit-il. Un acte est déposé chez le notaire McWell, à Anchorage, qui te fait héritier de mes concessions de chasse et de mes mines d'or. Je te le dois bien. Depuis que je t'ai vu, la première fois à la Jeugie, j'ai toujours pensé que tu aurais pu être mon fils. Mais je suis aussi revenu pour Maria !

Augustin était au courant du testament de Pablo et, à Nulato, beaucoup pensaient qu'il était son véritable fils. En revanche, ce qu'il entendait à propos de Maria l'étonnait.

– Qu'est-ce que tu racontes ?

– La vérité. Maria serait probablement avec nous si les événements n'avaient pas mal tourné. Maria, c'est la seule femme avec qui je me suis vraiment entendu. Qu'on ait seize ans de différence n'y change rien !

Quand Augustin eut allumé le feu, Pablo, emmitouflé dans sa peau de loup, sortit se chauffer, mais son corps était toujours parcouru de frissons. Après l'averse, le ciel s'était découvert et le soleil, juste au-dessus de l'horizon, faisait courir de longues ombres sur la neige étincelante. La température était montée au-dessus de zéro et l'on entendait gargouiller une multitude de petits ruisseaux. Augustin alimentait le feu et Pablo, en début d'après-midi, put se dégourdir les jambes. L'aspirine avait eu raison de sa fièvre ; il décida de pêcher les truites du dîner. Les poissons, qui n'avaient jamais eu affaire au moindre pêcheur, se méfiaient des aigles mais se jetaient sur le premier leurre qui passait à leur portée. Au bout d'une heure de pêche, Pablo revint, épuisé. Il avait de nouveau froid et le café chaud, agrémenté d'un peu de gnôle, ne calma pas ses frissons. La nuit suivante, il délira de nouveau. Augustin, qui hésitait à lui administrer l'antibiotique dont les effets néfastes pouvaient être pires que la fièvre, lui fit reprendre de l'aspirine.

Le malade s'assoupit. Longtemps, Augustin écouta le silence ponctué des craquements de la neige qui s'était remise à tomber. Il se retrouvait perdu dans l'immensité déserte. Au cours de ces six belles années, l'Alaska lui avait tout donné : du gibier en abondance et surtout de nombreux saumons. Il avait vécu comme il en avait rêvé à Paris, dans un jaillissement de vie, une jeunesse qui n'avait pas le temps d'atteindre la maturité. Durant le long hiver, les hommes, chaleureux et fraternels, prenaient le temps de se retrouver, de vivre ensemble. Pendant que les pièges travaillaient pour eux, ils se rendaient visite, buvaient du thé près d'un poêle chauffé à blanc et se racontaient des histoires de chasses fabuleuses, de pêches exceptionnelles. Augustin était fait pour cette vie tribale qui conditionnait la survie de chacun et où les véritables liens avec la nature n'étaient pas rompus. Non, il ne regrettait pas d'être venu ici, même si la pensée de Juliette réveillait en lui un pincement douloureux. Leur mariage avait été une erreur de jeunesse, mais il avait commis la faute de l'abandonner. L'épreuve qu'il subissait pouvait lui apporter le pardon de Dieu, ce Dieu qu'il avait oublié depuis le séminaire et qui lui avait donné rendez-vous ici. Depuis quelques jours, il sentait sa présence réconfortante.

Le lendemain, la fièvre de Pablo était tombée ; il put plier seul la tente.

– J'ai fait un rêve curieux ! dit Augustin. Wanda me disait qu'au bout du fleuve, à quelques jours de marche, se trouvait la concession d'un vieil Indien...

– Espérons qu'elle a raison. Pour l'instant, il faut absolument qu'on trouve le moyen de franchir ce maudit ruisseau. Plus haut, la colline s'aplanit en plateau, le courant sera moins fort. Avec un peu de chance, le torrent s'étalera en plusieurs bras faciles à passer à pied.

Et ils se mirent en marche en longeant la ligne sombre du torrent dans l'immensité blanche, cette ligne contre laquelle ils se heurtaient depuis plusieurs jours...

Depuis vingt jours, Wanda ne vivait plus. La jeune Indienne passait des heures sur le seuil de la porte et écoutait le silence pour y déceler le bruit d'un moteur d'avion, mais elle n'entendait que la rumeur des collines et, parfois, le lointain brame d'un orignal. Alors, elle faisait le tour de sa maison, construite à côté de celle de Pablo sur la colline, au-dessus de Nulato dont elle voyait les toits blancs, les tas de bois couverts de neige, les roues de pêche hissées sur les berges du Yukon qui scintillait sous le soleil, immense fleuve que bientôt les glaces figeraient pour plusieurs mois. Malgré elle, les yeux de la jeune femme se portèrent sur les croix du cimetière en contrebas, où se succédaient les noms russes, anglo-saxons ou français, puis sur le clocher de l'église Notre-Dame-des-Neiges. Où étaient Augustin et Pablo ? Pourquoi leur avion n'avait-il pas encore atterri sur la piste de Nulato ?

Wanda avait peur. L'absence prolongée d'Augustin la mettait en danger. Elle décida pourtant de traverser le village pour se rendre à la poste, prête à affronter les injures des badauds, les boules de neige des enfants. Elle redoutait surtout de se trouver confrontée à Kill...

Dans la rue principale, la neige avait fondu. Sur la gauche se dressait le bâtiment bleu de Ted Sommer, un magasin où l'on trouvait à peu près tout ce qui était nécessaire au quotidien. Quand l'approvisionnement ne pouvait se faire en avion, Ted partait en traîneau à moteur à Grayling, parfois jusqu'à Anchorage. Il rapportait des provisions pour la semaine, légumes, fruits, riz, pâtes, farine, et surtout des bouteilles d'alcool dont les gens de Nulato, et essentiellement les Indiens, faisaient une grande consommation. De nombreuses noyades, des rixes mortelles étaient dues à ce fléau que combattait sans grande efficacité le pasteur William Cardy.

Wanda venait du village indien de Koyukuk, situé au confluent des fleuves Koyukuk et Yukon. Indiens et Esquimaux y vivaient dans un brassage que les Européens et en particulier les missionnaires avaient perverti. Là aussi, l'alcool faisait des ravages. Plus ou moins forcés à se faire chrétiens, les Alaskans avaient perdu leur âme sans pour autant trouver la félicité dans la foi nouvelle.

Wanda s'arrêta dans le chemin, hésita avant de passer devant le magasin pour aller à la poste qui se trouvait au bout de la piste en herbe où se posaient les deux avions de la localité, celui de Pablo et celui de Ted Sommer. Enfin, elle reprit un pas rapide, en baissant la tête. Pourvu que personne n'ait l'idée d'avertir Kill de sa présence !

Des images terribles défilaient dans son esprit. Six années avaient passé, six longues années pendant lesquelles elle avait dû se cacher dans la maison d'Augustin. Au village, nul n'avait oublié cette journée de juillet 1976, surtout pas Kill Kalgot qui, après avoir bu, montrait fièrement le moignon de sa jambe coupée au-dessus du genou.

C'était en plein été boréal, cette saison si courte où tout étincelle, brille, vit dans la lumière intense de journées immenses, brièvement entrecoupées de crépuscules et d'aubes. Des hommes, parmi lesquels le père et un frère de Wanda, actionnaient les roues à saumons sur le bord du Yukon, les femmes préparaient les poissons pour les faire sécher. Wanda les rejoignit en suivant le petit sentier entre les grandes herbes. L'énorme grizzli, un vieux mâle de trois mètres de haut, avait été attiré par les effluves de poisson. Kill Kalgot vit le premier l'animal à quelques mètres de Wanda et comprit le danger. Il courut à toutes jambes au-devant de la jeune fille qu'il courtisait. L'ours chargea en poussant un rugissement qui paralysa Wanda. Kill se précipita, poussa Wanda hors de l'étreinte mortelle, attirant sur lui la colère du fauve. Un coup de fusil tiré par un pêcheur immobilisa l'animal, mais il était trop tard : Kill avait une jambe déchiquetée et de nombreuses blessures sur tout le corps. Ted Sommer l'emmena en avion jusqu'à Fairbanks où il put recevoir les premiers soins, puis à Anchorage où il fut hospitalisé et opéré. Sa jambe droite ne put être sauvée.

Le courage de Kill fut beaucoup admiré à Koyukuk, puis à Nulato et dans tous les autres hameaux indiens. Wanatho, le père de Wanda, attaché à la tradition des Indiens Kyion, dit à la jeune fille :

– Ta vie appartient à ton sauveur. Tu l'épouseras dès son retour puisqu'il t'aime, quels que soient tes sentiments. C'est ton devoir.

Mais le destin en avait décidé autrement pour Wanda. Kill était encore à l'hôpital quand Pablo revint d'Europe en compagnie de celui qu'il disait être son fils. Pablo et ses célèbres lignes à pièges, Pablo le *Frenchie*, aussi habile que les Indiens ou les Esquimaux. Ici, tout le monde l'aimait : il ne refusait jamais son avion pour conduire un blessé à l'hôpital ou aller chercher du ravitaillement. Il était toujours prêt à rendre service et faisait profiter de ses pièges des trappeurs moins habiles que lui. L'été, il faisait travailler de nombreux Indiens dans ses mines d'or et payait largement. Oui, tout le monde l'aimait parce qu'il avait un avantage sur tous les autres Européens : il comprenait les indigènes comme s'il avait été des leurs, il parlait leur langue et surtout ne se mêlait jamais de leurs affaires.

Ainsi, tout le monde fêta son retour de France et le félicita d'avoir arraché son fils à la grande ville dont pas un ne pouvait imaginer ce qu'elle était. Wanda croisa le regard d'Augustin et sut qu'elle n'épouserait pas son sauveur. C'était l'étranger qu'elle aimait, avec lui seul qu'elle voulait partager sa vie.

Quand Kill revint de l'hôpital, quelques mois plus tard, il s'apprêtait à recevoir la récompense pour son courage et marchait fièrement dans l'unique rue de Koyukuk, en s'appuyant sur une canne. La prothèse qu'on lui avait fixée lui permettait de se déplacer seul, de conduire une motoneige, mais il ne pourrait plus jamais pratiquer ce qui est l'essentiel de la vie d'un Indien : la chasse et la pêche. Retraité avant l'heure, il était condamné à rester avec les femmes et à attendre le retour des trappeurs. Il ne pourrait plus actionner la roue à saumons et devrait se contenter de nettoyer et de découper les poissons, un travail réservé aux femmes et aux vieillards. Pourtant, il acceptait cela pour l'amour de Wanda.

Lorsqu'il apprit que la jeune fille avait quitté la maison de ses parents pour aller vivre avec le Français, sa colère fut telle qu'il fallut l'enfermer pour l'empêcher de tuer Augustin et Wanda. Wanatho vint le trouver et lui expliqua qu'il avait banni sa fille, qu'il souhaitait chaque matin sa mort et qu'il priait pour que le malheur s'abatte à jamais sur l'étranger.

Augustin et Pablo craignaient pour leur sécurité et se tenaient sur leurs gardes, interdisant à Wanda de sortir de la maison. Ils savaient que la fuite, sauf pour une grande ville, ne servirait à rien : dans cette immense région déserte, les nouvelles allaient plus vite que partout ailleurs. Piert Mollhow, qui représentait l'autorité centrale et faisait office de shérif, de juge, et surtout luttait contre l'importation illégale d'alcool frelaté, finit par être excédé par tout ce bruit. Il menaça Kill de l'envoyer croupir quelques années dans une prison d'Anchorage. L'avertissement valait pour tous. Chacun savait que Piert ne parlait jamais dans le vide et qu'il était le meilleur fusil du village. Cela suffit pour que Wanda ne soit plus directement menacée, mais elle devait essuyer les regards réprobateurs et les remarques des hommes à qui l'alcool donnait de meurtrières audaces...

Wanda passa devant le magasin des Sommer. Des enfants qui jouaient dans la neige lui crièrent des injures, une boule la toucha à la tête. Elle n'y fit pas attention et poursuivit son chemin. Elle passa devant l'église Notre-Dame-des-Neiges où le pasteur William Cardy, qu'on appelait Willy, disait chaque jour un office spécial pour la sauvegarde des trappeurs que l'hiver retenait dans ses tentacules. Elle arriva enfin à la poste, une maison de bois peinte en rouge. Sur le fleuve, d'énormes blocs de glace dérivaient, se heurtaient, rognaient la berge encore molle.

Wanda savait, à ce détail, que la glace allait figer le Yukon dans moins de dix jours. Alors commencerait l'attente minérale d'un monde immobile.

La petite maison de rondins montée sur pilotis était le point central du village. D'elle partaient toutes les communications, et c'était ici qu'arrivait le courrier. Wanda frappa à la porte rouge. Greg Witton, métis d'un Esquimau et d'une Canadienne, qui remontait la rue en titubant, lui lança une insulte. Pitt Cartner vint ouvrir et s'étonna de la présence de Wanda. Chauve, le regard franc et toujours souriant, il vivait ici depuis plusieurs années. Fonctionnaire de l'Administration centrale, il avait épousé une Indienne qui lui avait donné trois beaux garçons. « Je viens de l'Etat du Maine, avait-il coutume de dire, mais ce diable de pays ne rend jamais ceux qu'il prend. Et je crois bien que je ne repartirai jamais ! Ma tombe sera dans le petit cimetière au-dessus du fleuve. » Tout le monde l'aimait bien car il était serviable et toujours prêt à défendre les intérêts locaux, en particulier les concessions d'or que trop souvent des Américains fortunés voulaient arracher aux Indiens. Il avait été d'un grand secours à Pablo, lors de son arrivée, pour se faire restituer ce qui lui appartenait par héritage.

Au visage de Wanda, à ses yeux pleins de larmes, Pitt Cartner comprit qu'elle venait chercher un peu de réconfort.

– Entre ! Ici, tu ne risques rien !

Au centre de la pièce, un poêle tout en hauteur répandait une fumée bleuâtre qui piquait les yeux. La chaleur était pourtant agréable. A droite se dressait le bureau du postier, couvert de papiers. L'avion qui desservait les villages de la région passait une fois par semaine, si le temps le permettait. Souvent, le courrier attendait tout un mois avant d'être distribué et dans ce courrier se trouvaient les soldes des fonctionnaires et les allocations des Indiens. Quand la capricieuse radio de Pitt voulait bien fonctionner, les messages se transmettaient par la voie des ondes.

– Cela fait vingt jours qu'ils sont partis ! dit la jeune femme.

Pitt souleva le couvercle du poêle et ajouta une bûche de sapin.

– Ne te fais pas de soucis, la météo est mauvaise. Ils attendent de pouvoir passer. La glace va arriver dans quelques jours et le temps sera plus calme.

– Ce n'est pas dans leurs habitudes. Ils auraient envoyé un message. Et puis, je sais qu'ils sont en difficulté...

Le don de pressentir des événements ou les malheurs des gens qu'elle connaissait, Wanda l'avait acquis lors de la grande peur qu'elle avait éprouvée quand l'ours avait failli la broyer. En effet, ce privilège, réservé aux vieux Indiens arrivés au stade ultime de la sagesse, pouvait aussi être la conséquence d'un sentiment ou d'une émotion extrême.

– Il s'est passé quelque chose, répéta Wanda en s'essuyant les yeux. Faudrait alerter les secours.

Pitt se passa la main sur son crâne lisse. Un seul avion était disponible ici, celui de Sommer qui ne refusait jamais son aide, mais où chercher les deux disparus ? L'avion pourrait patrouiller pendant des heures, des jours, des semaines sans rien trouver.

– Même en connaissant leur route, on peut passer à côté d'eux sans les voir. En supposant qu'ils aient eu une panne, l'avion est désormais recouvert de neige. Et Ted Sommer va refuser parce que rien n'est plus dangereux que de voler en période d'embâcle. Le temps n'est pas sûr, il peut changer d'un instant à l'autre. Pablo et Augustin connaissent tout ça mieux quc quiconque. Ils se sont posés près d'un village où ils attendent patiemment que les grands froids apportent une acalmie. Alors, ils reviendront !

– Mais ils vous auraient averti ! Ils ont la radio à bord !

Tout cela, Pitt Cartner le savait. Il voulait cependant redonner espoir à la jeune Indienne.

– Elle est peut-être en panne. C'est ça, leur radio est en panne, ils avaient déjà quelques problèmes quand ils sont partis d'ici !

Refusant de croire à cette éventualité rassurante, Wanda dit :

– Non, leur radio n'est pas en panne. Il faut avertir les secours de Fairbanks.

– Je veux bien, Wanda, mais à Fairbanks comme ici, les gens ne veulent pas mourir ! Il faut attendre quelques jours.

– Alors, il n'y a plus aucun espoir ! fit Wanda en s'écroulant en sanglots.

Pitt aimait bien la belle Indienne qui avait su braver la coutume pour vivre avec l'homme qu'elle avait choisi. Il l'attira près de lui.

– Je vais appeler Fairbanks. Ils vont envoyer des traîneaux à moteur. T'en fais pas, ils vont les trouver...

Elle leva ses yeux à peine bridés vers Pitt qui ne croyait pas un mot de ce qu'il venait de dire.

– J'ai peur ! avoua-t-elle en baissant de nouveau la tête. Kill rêve tant de se venger ! Il est capable de tout quand il a bu.

C'était la première fois qu'elle était seule aussi longtemps. Jusque-là, elle avait toujours suivi Augustin et Pablo, l'été à la mine, l'hiver à la pose et au relevage des pièges. Quand les deux hommes partaient livrer leurs fourrures ou vendre leur or, ils n'étaient jamais absents plus de deux jours. Et Kill savait, comme tous ici, que lorsque arrivait l'hiver, qui ne revenait pas à l'heure prévue risquait de ne pas revenir du tout. Il pouvait sans péril reprendre celle qui lui était promise par la coutume.

Pitt Cartner partageait le pessimisme de Wanda et ne protestait que pour la forme. Chez ces hommes confrontés à une nature souveraine, accepter la fatalité était une vertu.

– Tu devrais faire la paix avec ta famille...

Wanda sursauta. Ce conseil lui montrait une réalité crue qui la terrorisait. Elle n'ajouta rien, renifla et sortit. Elle remonta la rue principale en marchant très vite, la tête basse, sans prendre garde aux injures des enfants ni aux regards lourds des adultes. Elle se barricada chez elle, alla s'allonger sur son lit avec l'intention de se laisser mourir.

Elle sombra dans une torpeur douloureuse. Des images défilaient devant ses yeux. Augustin était seul, il marchait dans la neige, épuisé, à la recherche d'une nourriture de plus en plus rare. Où était Pablo ? Un homme seul dans l'hiver alaskan était condamné. Augustin allait donc mourir de froid et de fatigue. Wanda poussa un cri quand elle le vit tomber, rouler dans la neige et rester longtemps immobile avant de pouvoir se relever...

Elle se redressa sur son lit. La nuit ne laissait filtrer que le bruit feutré des flocons. Elle eut envie de partir dans la direction que lui indiquait sa prémonition, puis elle mesura combien une telle tentative était insensée.

La jeune femme se leva, transie de froid. Le générateur électrique s'était arrêté par manque de fuel et Wanda n'avait pas su remettre le moteur en marche. Les forces lui manquaient pour aller chercher du bois et allumer le poêle. Le faisceau d'une lampe qui se promenait sur la neige devant sa fenêtre lui fit dresser la tête. Qui pouvait lui rendre visite à cette heure ? Kill, qui venait lui demander des comptes ? Tremblante, elle s'approcha de la vitre et vit une silhouette faire le tour de la maison. Elle fut vite rassurée : cette silhouette ne boitait pas. Une voix de femme l'appela dans la langue athapascane. Wanda sourit en reconnaissant sa mère et alla ouvrir. Les deux femmes, qui ne s'étaient pas vues depuis longtemps, s'étreignirent. La vieille Indienne avait certes condamné sa fille pour avoir désobéi à la coutume, mais elle ne lui avait jamais retiré son amour.

– J'ai appris..., dit-elle dans cette langue aux intonations susurrées qui donnaient aux mots une force contraignante. Il faut que tu reviennes à la maison.

Wanda se sépara de sa mère et prit un air horrifié. Ce retour était celui du désespoir, qu'elle refusait encore.

– L'hiver ne rend jamais ceux qu'il prend ! poursuivit Parindha. Je souffre pour toi, mais il faut que tu reviennes à la maison. Tout le monde te pardonnera.

– Mon père ?

– Il veut la paix, rien que la paix.

Wanda comprit ce qui se cachait derrière ces mots. Les Indiens ne menaçaient jamais, ils avaient une manière détournée de dire le fond de leur pensée et dévoilaient leurs pires intentions de façon feutrée. Le message était net : Dieu punissait Wanda en lui prenant Augustin et rétablissait l'ordre des choses. La jeune femme devrait demander pardon à Kill et accepter de devenir sa femme.

– Je ne veux pas ! dit Wanda.

– Mais enfin, tu ne pourras jamais vivre ici, seule, montrée du doigt par tous. Kill n'est pas un mauvais garçon. Il boit, c'est vrai, mais il a dit qu'il arrêterait le jour où tu accepterais de vivre avec lui.

Wanda s'écroula en larmes, vaincue. Elle avait été heureuse pendant six courtes années, un bonheur sans ombre, n'était de n'avoir pas donné d'enfant à Augustin.

– Je vais chercher du bois et allumer le feu ! dit Parindha. Ensuite, nous mangerons toutes les deux. J'ai apporté des côtelettes de caribou et de la confiture d'airelles. Nous partirons demain matin.

Wanda se mit à espérer, avec la déraison de ceux qui n'ont plus rien à perdre, qu'un événement surviendrait dans les prochaines heures pour contrarier les desseins de sa mère.

– Nous ne passerons jamais ce maudit torrent ! s'exclama Pablo, rétabli mais à bout de forces.

Augustin aussi était épuisé. Il tirait le traîneau confectionné avec du bois de sapin et se chargeait de toutes les corvées. Avec la couche de neige qui épaississait de jour en jour, il était toujours plus difficile de se procurer de la nourriture : le gibier fuyait l'hiver, se faisait un nid sous la neige, devenait introuvable. La veille, Augustin avait pu piéger trois castors. Les animaux, dépecés, congelés naturellement, mettaient les deux hommes à l'abri du besoin pour quelques jours, mais bientôt tout serait à refaire. Augustin rêvait de croissants français, de croissants croustillants et chauds qu'il tremperait dans du café au lait. C'était devenu une obsession qui lui faisait trouver la viande de castor écœurante. Il pensait beaucoup à Wanda, condamnée s'il ne rentrait pas au plus vite au village. Cela lui donnait la force de marcher encore, d'aller au bout de lui-même. Le séminariste venait au secours du trappeur perdu en lui faisant découvrir, dans les moments les plus durs, le véritable sens de la prière.

Les deux égarés commençaient à souffrir du froid et de l'humidité. La nuit, la température descendait à moins vingt degrés, pour ne jamais dépasser zéro en pleine journée.

– On ne tiendra pas longtemps. Si on avait pu tuer un ours, on aurait eu une chance de s'en tirer, mais sans ça, notre tente de survie est trop légère...

Pablo parlait comme un homme que l'hiver a déjà vaincu. Un ressort s'était cassé en lui, il ne se battait pas avec la force de celui qui veut gagner.

– Ton ennemi le plus farouche, dit-il, conscient de sa propre défaillance, ce n'est pas l'hiver, c'est toi-même !

– Moi, j'ai retrouvé Dieu ! répliqua Augustin. Et partout où se trouve Dieu, ce ne peut être l'enfer !

– De belles paroles pour pas grand-chose, conclut Pablo, hermétique aux bienfaits de la foi.

Sur le torrent, d'énormes blocs de glace se heurtaient et se soudaient dans une confusion de crêtes et de failles que la neige aurait tôt fait d'effacer. Avec un bruit énorme qui occupait tout l'espace minéral et immobile, l'eau boueuse coulait par-dessous ce pont encore trop chaotique pour que les deux rescapés puissent l'utiliser.

– Tu sais ce que disent les Indiens ? demanda Pablo. Ils disent que le froid et l'isolement dans la taïga agissent sur les égarés de deux manières totalement opposées, mais toujours fatales. Une euphorie destructrice s'empare des malheureux qui, tout à coup, ont chaud et posent leurs habits, ou bien c'est l'envie d'en finir au plus vite qui coupe toutes les forces, ôte toute méfiance, alors que la moindre négligence est toujours lourde de conséquences. Nous n'en sommes pas encore là, heureusement !

Ils atteignaient une cuvette que le vent avait dégagée de sa neige par endroits ; des touffes d'aulnes griffaient la blancheur de la lande. Augustin, d'un geste, fit signe à Pablo de s'arrêter. Un orignal broutait paisiblement. Le gros animal ne craignait ni les loups ni le glouton, aussi ne prenait-il aucune précaution. Dans l'immensité de son territoire, il n'avait probablement jamais vu d'hommes et ignorait le danger qu'ils représentaient pour lui.

– C'est notre chance ! souffla Pablo. Sa peau ne vaut pas celle d'un ours, mais elle doublera notre tente.

– Tu ne pourras rien en faire. Elle va geler instantanément.

– J'ai mon idée.

Il arma la carabine. Au bruit sec, l'animal leva la tête, regarda les hommes et, ne flairant aucun danger, se remit à brouter.

– Vise le haut de l'épaule ! dit Augustin, le regard brillant de convoitise.

Pablo leva le canon de sa carabine, visa tranquillement et tira. Une énorme détonation brisa le silence de glace. La bête fit un écart et partit en courant.

– Je l'ai raté ! C'est pas possible, je l'ai raté ! s'écria Pablo en jetant la carabine par terre.

– Mais non ! Faut le suivre, il va tomber d'un instant à l'autre.

– On ne peut pas laisser le traîneau, hurla encore Pablo en prenant la corde qui servait à le tirer.

Ils partirent dans la direction prise par l'animal et virent, à côté des empreintes, des taches de sang.

– Je ne sais pas comment j'ai pu le rater !

– C'est ainsi, répondit Augustin. Nous ne sommes pas des spécialistes du fusil.

Augustin redoutait que l'animal ne puisse franchir une grande distance avant de mourir. Quand ils le retrouveraient, le gel aurait durci le corps, et la peau serait impossible à prélever. Cette peau, qui ne risquait pas de pourrir, pouvait faire un formidable coupe-vent. Un morceau placé dans la tente, entre la neige et le tapis de sol, aurait constitué l'un des meilleurs isolants du froid qui soit.

Les deux hommes suivaient les traces restées nettes, mais l'animal était déjà loin. La neige qui leur montait jusqu'aux genoux gênait leur progression. Après une crête, la descente soulagea Pablo qui avait mal aux jambes.

– Il nous faudrait cette bête, mais jusqu'où va-t-elle nous entraîner ?

Les traces de sang longeaient le torrent. L'animal, fatigué, avait dû s'arrêter pour boire. Les pas se poursuivaient, franchissaient une nouvelle colline, s'éloignaient du torrent. Un orignal mortellement touché n'aurait pu parcourir une aussi longue distance. Les chances de le retrouver étaient de plus en plus faibles.

– Je l'ai raté, répéta Pablo. C'est aussi un signe !

Il pensait à sa bredouille au bord du lac, le jour de l'accident, à son incapacité à prendre le moindre saumon...

Ils arrivèrent dans une vallée où coulait un petit tributaire du torrent, déjà gelé et recouvert par la neige. Le vent qui soufflait dans l'axe de la dépression avait effacé les traces de pas et les taches de sang.

– Cette fois, c'est foutu ! On va s'arrêter là pour dormir.

Pablo, épuisé, trébuchait et dut s'asseoir sur le traîneau, malgré le froid qui s'insinuait sous ses habits. Augustin monta la tente, rassembla du bois, alluma un grand feu et mit à cuire des morceaux de castor. Pour retrouver des forces, Pablo devait manger, c'était une question de survie immédiate.

Le lendemain, la température était un peu remontée, la neige tombait à gros flocons. Ils plièrent la tente dans une prison blanche qui ne laissait rien voir. Seul le bruit souterrain du torrent leur parvenait.

– Il est assez gelé pour qu'on le passe, constata Augustin. Nous allons chercher un endroit peu escarpé et plat pour que la glace soit régulière. Mais il faut attendre que la neige cesse.

– Elle peut durer des jours, fit Pablo qui massait ses jambes endolories. Et dire que nous n'avions pas prévu de raquettes dans nos caisses de survie !

– La neige va très vite se tasser et nous pourrons marcher facilement. Espérons surtout que l'averse va s'arrêter !

Elle s'arrêta quelques heures plus tard. Les jours ternes étaient de plus en plus courts, les nuits peu sombres, si bien que les naufragés n'avaient que leur montre pour ne pas perdre tout repère dans le temps.

– J'ai fait toutes mes études chez les jésuites, raconta Pablo. Ils m'ont dégoûté à jamais de la religion. Mais dis-moi, ton Dieu de séminariste, tu le vois comment ? C'est toujours un vieil homme à la barbe blanche ?

Augustin sourit.

– Dieu ne peut pas se représenter. Il est d'une autre nature, dans une autre dimension que celles de l'univers sensible. C'est une force que la physique ne peut pas explorer.

– Oui, mais le Père, le Fils, le Saint-Esprit, tout cela fait beaucoup de monde !

Cette fois, Augustin éclata de rire.

– Il faut comprendre ce qui se trouve derrière des mots simples, destinés à des gens simples. Le Père, c'est le principe de base, une force à l'origine de tout et que nous ne pouvons pas analyser avec nos moyens. Le Fils, c'est le prophète, celui qui a apporté les paroles et l'amour qui permettent d'accéder à la notion du premier. Le Saint-Esprit, c'est la conscience universelle, la nature profonde de l'esprit qui nous permet d'atteindre le Père et nous échappe parce qu'elle est aussi d'une autre dimension. Maintenant, nous avons assez parlé. Le temps se dégage, il faut essayer de traverser ce maudit torrent.

Ils grimpèrent une pente et se retrouvèrent sur un vaste plateau. Le cours du torrent disparaissait sous la neige qui gelait. Ils pouvaient traverser, mais devaient rester très vigilants. Sur le bord du plateau, une fracture du terrain montrait nettement la gorge creusée par l'eau. Ils décidèrent de passer là afin de pouvoir suivre le cours d'eau sur l'autre rive, vers l'aval.

– On a encore de la chance ! dit Augustin. La couche de neige n'est pas très importante. Certains hivers, il en tombe tellement qu'on ne peut même plus retrouver le cours des fleuves et qu'il est impossible de se repérer.

Il avançait prudemment, redoutant quelque piège, un endroit où la neige, moins épaisse, aurait caché une crevasse. Mais ils passèrent sans difficulté. Une fois sur l'autre berge, ils retrouvèrent un peu de confiance en eux.

– On l'a eu, dit Pablo, gonflé par cette victoire. Maintenant, on revient au fleuve et on atteint le premier village indien en quelques jours !

– Puisses-tu dire vrai !

Ils repartirent d'un bon pas dans la descente. Le retour au fleuve ne leur prendrait pas plus d'une journée, la voie était désormais libre jusqu'au prochain village. Pablo ne parlait plus de ses douleurs de jambes, Augustin était presque joyeux.

Ils atteignirent la berge dont les arbustes émergeaient de la neige que le vent avait balayée et les guidaient. Le torrent gelé suivant ne pourrait pas les arrêter. Ils avaient encore quelques jours avant les très grands froids, plus qu'il n'en fallait pour trouver un abri.

Ils allumèrent un feu et mangèrent leur ration de castor. Les réserves s'épuisaient, il faudrait les renouveler dans les prochains jours.

– Il y a des touffes d'herbe qui dépassent. Avec un peu de chance on pourra piéger des lièvres et, si ton Dieu le veut, ajouta Pablo, un caribou oublié par le troupeau et par les loups. Les Indiens disent que les caribous malades sont abandonnés pendant la migration et que certains survivent si les loups ne les trouvent pas. Ils deviennent alors solitaires et ne regagnent jamais un troupeau.

Ils s'endormirent non sans avoir posé à portée de main leur carabine chargée. Le lendemain, vers midi, un pâle soleil au ras de l'horizon montrait que le solstice d'hiver était proche. Après, seulement, viendraient les grands froids... Ils rangèrent leur matériel avec enthousiasme. Pablo avait l'intuition que leur calvaire touchait à sa fin :

– Tu ne sens pas cette odeur de fumée qu'apporte le vent ? Il y a un village à proximité.

Augustin ne sentait rien et se demanda si Pablo n'était pas en train de sombrer dans le mal de la taïga. Ils marchèrent d'un bon pas vers l'aval pendant plusieurs heures. Pablo prétendait sentir l'odeur persistante de la fumée de bois. Ses forces en étaient décuplées.

Ils arrivèrent dans une petite vallée entre deux collines, probablement creusée par un torrent enfoui sous la glace et la neige. Le passage était délicat : des crêtes rocheuses dépassaient et Augustin n'avait pas confiance dans la dureté de la glace, car il se formait souvent une poche d'air entre l'eau, qui coulait toujours, et la chape de glace, parfois fine et cassante.

Pablo était déçu de ne pas avoir atteint « son » village, mais il savait que la précipitation était souvent accompagnée d'imprudence, qui se payait cher. Augustin remarqua qu'il était plus loquace que d'habitude, plus expansif, comme légèrement ivre, ce qui l'inquiéta.

Ils s'aventurèrent entre les rochers du torrent en sondant la neige avec un bâton. La traversée se fit sans difficulté.

– On s'est fait du souci pour rien ! s'exclama Pablo.

Ils remontaient la pente lorsque Pablo dérapa, tomba à la renverse et poussa un cri en roulant jusqu'aux rochers. Augustin se précipita vers son ami, qui se tortillait sur la neige et faisait une grimace atroce.

– Nom de Dieu ! Qu'est-ce que j'ai mal !

Augustin le prit à bras-le-corps. Pablo réussit à se relever, mais quand il posa la jambe droite, il poussa de nouveau un cri :

– J'ai trop mal ! J'ai quelque chose de cassé !

Augustin l'aida à remonter sur la berge.

– Tu vas pas me dire que tu t'es cassé une jambe !

C'était la pire des catastrophes, qui le condamnait à tirer le traîneau portant Pablo. Si aucun village n'était à proximité, ils étaient perdus...

– Laisse-moi là ! Mourir du froid n'est pas douloureux. Au moins, toi, tu auras une chance de t'en tirer.

– Tu vas te taire !

Depuis combien de jours Augustin marchait-il le long du fleuve ? Depuis combien de jours tirait-il ce maudit traîneau chargé du matériel et d'un Pablo que sa jambe cassée faisait terriblement souffrir ? Augustin avait immobilisé le membre avec deux attelles de bois. Il devait assister le blessé jusque dans ses besoins les plus intimes. « Le comble de l'humiliation ! » maugréait Pablo. Augustin était à bout de forces ; il n'en disait rien au blessé, qui avait perdu tout espoir. L'enthousiasme était tombé, le silence minéral bourdonnait à leurs oreilles jusque dans leur sommeil. Augustin avançait tel un automate, dans cette immensité blanche seulement rayée par la cime des sapins, d'un pas de vaincu. La dépression du fleuve le guidait. L'espoir de trouver un abri avant les grands froids de janvier s'amenuisait.

Il parvenait encore à se procurer du bois mort sur les nombreux barrages des castors que les animaux avaient désertés pour se terrer dans leurs abris. Jusque-là, il avait pu piéger des lièvres et des lagopèdes, mais qu'en serait-il dans quelques jours ? Alors, pourquoi marcher encore et toujours ? La terre était vide. L'humanité avait sombré dans cet univers de neige et de rochers gelés.

– La tache d'encre sur la feuille blanche ! grommelait Pablo.

Toute sa vie, il avait été fier et orgueilleux. Toujours vainqueur, il ne s'était pas soucié de ceux qu'il écartait de son chemin. Une jambe cassée le réduisait à l'état de bête captive et le poussait en enfer.

A chaque halte, Augustin, malgré son épuisement, devait couper du bois, allumer le feu, monter la tente avec précaution et assister Pablo. En dépit du froid, il sombrait dans un sommeil profond, inquiétant dans sa situation où ne dormir que d'un œil était souvent salutaire. Une nuit, il fut réveillé en sursaut par un brusque sentiment d'absence. Il n'avait rien entendu, mais son esprit au repos s'était soudain figé sur une réflexion faite à son insu, une évidence qu'il n'avait pas voulu prendre en compte. Il se dressa sur ses coudes, tendit la main pour découvrir la place voisine vide. Où était Pablo ?

Il se leva brusquement, sortit de la tente. Le vent gelé lui fouetta la figure. Devant lui, à quelques mètres, dans la demi-obscurité, la tache sombre sur la neige lui arracha un cri strident qui alla se perdre dans le dédale de collines désertes. Pablo gisait, roulé en boule. Augustin le secoua, le tourna et vit qu'il respirait.

– Mais qu'est-ce qui t'a pris ? Tu es fou ou quoi ?

Il l'assit en le calant avec son sac et alla chercher la petite bouteille de gnôle qu'ils gardaient en réserve.

– Bois ! Je t'en prie, bois !

Pablo ouvrit les yeux et regarda Augustin. Il était en état d'hypothermie grave et irréversible.

– C'est l'heure ! murmura-t-il d'une voix à peine audible. Qu'est-ce qu'on peut faire quand c'est l'heure ? Avec ma jambe cassée...

– Bois, je te dis. Il faut que tu te réchauffes.

– Pense à toi. Si tu ne le fais pas tout de suite, après ce sera trop tard.

– Je vais allumer du feu, tu vas te réchauffer.

– C'est moi qui t'ai fait venir dans ce pays sans pitié. Seul, tu as une chance. Tu prendras mes habits, les grands froids arrivent. Et puis tu me laisseras dans la neige, pour les loups. Ainsi, je deviendrai loup !

– Arrête de dire des conneries !

Augustin ne l'écoutait pas. Il avait installé sa tente à côté d'un vieil épicéa abattu par la foudre qui constituait une bonne réserve de bois. Il alla couper un gros fagot qu'il posa sur les cendres de la veille au soir. Le conifère avait l'avantage de brûler facilement et il n'eut pas de mal à allumer un brasier dont les flammes montaient comme une protestation dans cette immensité sans vie.

– Tu vas manger un morceau ! dit-il à Pablo. Ça te redonnera des forces.

Il entra dans la tente chercher un morceau de viande congelée pour le faire griller sur la flamme. Quand il revint, l'immobilité de Pablo le figea sur place. Son visage rigide, ses yeux fixes qu'éclairaient les flammes n'avaient plus de vie. Il s'approcha, posa sa main sur l'épaule. La tête ne bougea pas. Le corps, déjà dur, se renversa sur la neige. Pablo était mort. Augustin se releva. Le silence des étoiles pesait sur ses épaules. Pablo s'était laissé mourir pour le sauver et il n'avait rien fait pour l'en empêcher !

Augustin pleurait. Les larmes se formaient au coin de ses yeux, roulaient sur moins d'un centimètre et gelaient. Il s'approcha du feu et rajouta du bois. Ainsi s'achevait la vie de Pablo. Celui qui n'avait pensé qu'à lui, celui qui s'était tant servi des autres et n'avait obéi qu'à sa fantaisie, à sa liberté, venait de faire le don suprême de sa personne. « C'est moi qui t'ai fait venir dans ce pays sans pitié. Seul, tu as une chance. Tu prendras mes habits, les grands froids arrivent ! » Les dernières phrases du mort s'imposèrent enfin à l'esprit d'Augustin : « Tu me laisseras dans la neige pour les loups ! Ainsi, je deviendrai loup. »

Augustin ajouta du bois sur les braises. Seul, il avait sûrement des chances de survivre un peu plus longtemps, mais pas tout un hiver. Résisterait-il au mal de la taïga, à la folie qu'engendre la solitude ? Il s'agenouilla et regarda le ciel en joignant les mains. Une aurore boréale déployait ses tentures aux couleurs blanc et ocre. Une meute de loups se mit à hurler sur la colline. Il fut rasséréné par cette compagnie qui lui indiquait que d'autres êtres vivants habitaient cette planète. Et il sentit l'âme de Pablo, qui avait retrouvé son éternité d'eau et de vent, lui souffler de reprendre courage.

Il devait se décider à dépouiller de ses vêtements celui qui était mort pour lui. Il souleva le cadavre pétrifié, ôta la grosse pelisse en loup des membres durcis, puis les chaussettes et les moufles. Tout son corps était agité de puissants tremblements, il claquait des dents, mais ce n'était pas de froid.

– Pablo est mort ! dit-il encore.

Augustin s'étonnait de pouvoir ainsi prendre les vêtements de son ami sans regrets. Peut-être avait-il souhaité cette mort ? Blessé, Pablo le condamnait. Il avait aussi conscience d'être libéré d'une partie sournoise de sa personne, celle qui s'était battue avec Pablo au bord de la Dordogne. Il était attaché à Pablo d'une manière qui l'effaçait, l'obligeait à le suivre, à épouser ses idées et ses désirs. Le nuage permanent devant le soleil s'estompait, désormais Augustin pourrait regarder l'horizon avec ses propres yeux. Il était enfin adulte.

Il plia sa tente, rangea le matériel. Le feu s'éteignit, vaincu par le froid et la nuit. Augustin avait hâte de fuir ce lieu, hâte de ne plus voir le pauvre cadavre presque nu que, selon la volonté du mourant, il allait abandonner. Cela ne le choquait pas, Augustin aussi voulait devenir loup.

Il tirait son traîneau allégé comme un condamné enchaîné à son boulet. Et il marchait vers l'aval, toujours vide de ce hameau tant espéré, vide du moindre abri de pêcheur. Il ne sentait plus ses pieds ; ses jambes, dures comme du bois, avançaient machinalement. Son esprit ne s'accrochait plus à aucune pensée, aucun espoir. Il répétait inlassablement les mêmes gestes mécaniques, montait sa tente dans un endroit abrité, près d'un arbre mort, allumait son feu, faisait cuire l'horrible viande de castor et sombrait dans le sommeil, enroulé dans d'épaisses fourrures. Il ne prenait plus la précaution de garder une carabine chargée à portée de sa main.

« J'ai voulu voir ce qu'il y avait derrière l'horizon, j'ai suivi l'insatisfaction permanente de Pablo, et voilà où j'en suis ! Que ne suis-je resté sur les rivages verdoyants de la Dordogne ! Ma mère avait raison : il n'y a pas de paradis sans l'enfer ! »

Il avait perdu la notion du temps et des heures. Le soleil n'éclairait faiblement la neige qu'à midi, dans un crépuscule sans aube qui passait inaperçu. La nuit régnait sans partage, écrasant le naufragé sur la neige infinie.

Augustin allait, pourtant, fantôme dans un monde irréel d'ombres. Espérait-il encore trouver un village indien ? Non, il n'espérait plus rien, il marchait en automate, parce qu'il fallait marcher. La viande allait lui manquer, il se rationnait : depuis longtemps, les castors ne sortaient plus de leurs abris pour inspecter leurs barrages que la glace figeait. Les lièvres et les lagopèdes attirés par les herbes et les épis qui dépassaient de la neige au bord du fleuve étaient de plus en plus rares.

Un soir, peut-être un matin, mais pour lui c'était le soir parce qu'il était éreinté, Augustin avait monté sa tente entre deux vagues de neige et rassemblait du bois quand il entendit des aboiements. Des chiens ! Une meute tirant un traîneau ! Il courut au sommet de la crête.

La meute qui courait vers lui dans un nuage de neige ne tirait aucun traîneau. Il arma son fusil, conscient du terrible danger que représentaient ces chiens retournés à l'état sauvage. Si les loups épargnaient toujours un homme debout, les chiens attaquaient toutes les proies. Les Indiens les redoutaient et leur faisaient une chasse active. Augustin arma sa carabine et tira. Le bruit de la détonation couvrit les aboiements. Le premier animal, celui qui devait être le chef de la meute, mordit l'air et tomba. Un deuxième coup de fusil stoppa net le second. Les autres s'arrêtèrent à distance. Augustin cessa de tirer car il ne lui restait que trois balles, ce qui était insuffisant pour arrêter la meute.

Les animaux se regardaient et s'encourageaient en jappant. Augustin avait visé juste en abattant le couple dominant, mais la meute se remettait en mouvement. Un mâle fit un pas en avant, puis se mit à courir en décrivant un large cercle autour d'Augustin. Les autres l'imitèrent en un manège infernal ponctué d'aboiements. Les cercles se resserraient ; Augustin savait qu'il allait mourir, broyé par les terribles mâchoires. Avait-il tant lutté, tant souffert pour en arriver là ? Pour être pardonné ?

Venus du bord du fleuve, une mère caribou et son petit qui boitait passaient dans le val, à côté de la tente d'Augustin. Au moment de la migration, le faon devait être blessé et ne pouvait pas suivre le troupeau – la mère l'avait attendu, un dévouement insensé qui la condamnait avec lui. Découvrant ces proies faciles, les chiens cessèrent leur ronde infernale pour courir après les deux caribous. Augustin, momentanément sauvé, regagna sa tente et se munit de suffisamment de balles pour détruire la meute entière si elle revenait.

Un miracle l'avait sauvé une fois de plus. Il vit dans la présence rarissime des caribous en cette saison l'intervention d'un monde auquel il n'avait pas accès mais bien réel, qu'il résumait sous l'appellation usuelle de Dieu rédempteur. Il se coucha avec cette pensée réconfortante. Ses deux carabines chargées à portée de main, il ne redoutait plus les chiens. Mais il ne fut pas inquiété : les animaux, repus, étaient partis vers d'autres contrées.

Après quelques heures de sommeil, le jeune homme démonta sa tente, chargea son traîneau et reprit sa route avec la certitude que la fin de son cauchemar approchait.

Mais non, le fleuve se déployait dans un monde désert, de collines, de plaines infinies, de petites montagnes. Les forces d'Augustin s'épuisaient et il devait s'arrêter de plus en plus souvent. Son corps était trop meurtri pour avoir mal. Une lourdeur minérale le submergeait. Alors, le doute reprenait le dessus et il avait envie de se coucher dans la neige et de dormir une éternité.

Il redoutait la faim. Les seuls animaux qu'il rencontrait encore étaient d'énormes corbeaux, si méfiants qu'ils ne se laissaient jamais approcher.

Et le pire ne manquerait pas de se produire. Même avec deux épaisseurs de fourrure de loup, Augustin ne résisterait pas longtemps. La seule solution pour se protéger du terrible froid du mois de janvier consistait à creuser un abri sous la neige, à y rassembler des réserves de nourriture et à attendre des jours meilleurs. Mais où trouver de la nourriture ?

– Et les anguilles ?

Il avait parlé à voix haute en regardant le ciel, car il s'adressait désormais à la seule présence qu'il ressentait en lui, Dieu, devenu un compagnon de route idéal, qui savait souffler de l'espoir quand il le fallait. Chaque année, avant le grand hiver, d'immenses bancs de poissons en forme de serpent, que les Indiens appelaient « anguilles » mais qui étaient des lamproies, descendaient vers la mer. Les indigènes les appréciaient parce que leur chair riche en graisse était excellente pour lutter contre le froid.

Augustin dégagea la neige qui recouvrait une glace blanchâtre. Au moyen d'une branche fourchue, il transforma le filet de pêche contenu dans son matériel de survie en une grande épuisette. Ce travail lui redonna un peu de cœur au ventre. Il cassa la glace avec sa hache sur une largeur d'un mètre et enfonça l'épuisette dans le courant glacé. Au bout d'une heure, frigorifié, il dut déchanter : les anguilles étaient passées ou n'étaient pas encore arrivées. Découragé, il déplia une ligne munie d'un leurre qu'il laissa descendre au fond de l'eau en l'animant de soubresauts. Une brusque secousse lui indiqua qu'un poisson avait mordu. Il le hissa en douceur afin de ne pas couper le fil sur l'arête de la glace et eut la surprise de sortir un magnifique brochet de deux ou trois kilos. Le poisson, posé sur la neige, s'agita un instant puis s'immobilisa, congelé. Augustin voulut profiter de l'aubaine et remit la ligne à l'eau. Les brochets se rassemblaient ainsi en hiver dans les anses profondes et ils devaient être très nombreux en dessous. Seulement, après quelques prises, les autres avaient flairé le piège. Ainsi, il sortit quatre brochets puis plus rien. Cela suffisait pour quelques jours de subsistance. Ce succès le rassura. Il monta sa tente, construisit un mur de neige en coupe-vent, déblaya des rochers pour allumer un grand feu.

Il fit griller un filet de brochet et resta un moment à se rôtir la figure au brasier qu'il avait abondamment alimenté et dont le tapis de braises rougeoyait. Les tentures colorées des aurores boréales se balançaient dans le vent, disparaissaient pour se reformer un peu plus loin, prenaient de l'épaisseur ou rétrécissaient à n'être que des lambeaux épars. Un bruit le fit saisir sa carabine, et il discerna nettement les aboiements d'une meute de chiens. « Encore ! » pensa-t-il. Les chiens sauvages n'étaient donc pas aussi rares que le disaient les vieux trappeurs ! Il pointa sa carabine dans la direction de la meute et crut percevoir le son aigrelet de clochettes. Un traîneau avec son attelage ! Il sauta de joie et se mit à courir aussi vite que ses jambes fatiguées le lui permettaient. Le traîneau passait sur la crête à deux cents mètres de lui. Augustin cria, agita les bras et tira en l'air pour attirer l'attention de l'homme qu'il apercevait nettement. Mais les chiens, lancés, poursuivirent leur route en ligne droite, sans se préoccuper des dénivellations du terrain. Déjà les aboiements s'éloignaient et la silhouette de l'homme assis sur son traîneau se noyait dans la grisaille. Augustin eut envie de se laisser tomber sur la neige et de mourir. Sa seule chance d'échapper à l'enfer venait de s'évanouir dans le clair-obscur boréal.

Le froid s'infiltrait sous ses habits. Augustin rentra dans sa tente, la tête basse. Tout à coup, il doutait. N'avait-il pas été victime d'un mirage ? Son imagination, son désir ne l'avaient-ils pas égaré dans cette nuit blanche qui n'en finissait pas et masquait tous les repères ? Cela le tracassait tellement qu'il s'enveloppa dans la seconde fourrure, arma son fusil, car il n'était pas à l'abri d'un glouton posté dans les parages, et sortit. La lune éclairait la neige ; il n'eut pas de mal à trouver les traces rectilignes du traîneau. Il n'avait donc pas rêvé et se reprenait à espérer : l'homme qui était passé là était un trappeur qui revenait de ses pièges et se rendait à son village ou à une cabane assez proche, compte tenu de l'heure tardive et du froid intense. Il repasserait forcément un jour prochain.

La proximité possible des secours lui donna envie de partir en se délestant de tout ce qui était superflu pour marcher plus vite, puis il se ravisa. Dans la taïga, rien ne se passait comme ailleurs : la prudence était la première des vertus et la réflexion s'imposait toujours avant qu'on fasse quoi que ce soit. Il décida de dormir un peu.

Le grand froid tomba d'un coup, en plein milieu de la nuit, véritable coup de massue pour ce qui vivait encore. L'homme passé en traîneau l'avait prévu et était allé poser ses pièges à martres dont la fourrure se vendait encore très bien. Grelottant, la barbe blanche de givre, Augustin fit chauffer de l'eau sur son réchaud à gaz. Depuis longtemps, la provision de biscuits était épuisée, et il songea, une fois de plus, à des croissants chauds dégustés avec du café au lait très sucré à la terrasse ensoleillée d'un bistrot. Comment n'avait-il pas eu conscience du bonheur que procuraient ces petites choses de la vie ? Et que n'avait-il su, en leur temps, les savourer à leur juste valeur !

A la pensée des croissants chauds, Augustin se laissa aller à une douce euphorie, des mirages plaisants dont il ne perçut pas tout de suite le danger. Le jeune homme se ressaisit à temps, s'obligea à plier méthodiquement sa tente et à ranger tout son matériel sur son traîneau de fortune, alors qu'au fond de lui une voix joyeuse, celle du froid, lui disait que ce n'était pas la peine, que le traîneau aperçu la veille renviendrait bientôt. En grimpant sur la crête, il fut une fois de plus tenté de se délester de son fardeau pour marcher plus vite. Il avait chaud et l'impression que la sueur collait ses vêtements à sa peau.

Le temps avait été calme et il retrouva, nettes, les traces du traîneau. C'était une chance : au retour, les chiens ne dévieraient pas de leur route, car ils aimaient passer là où la neige avait été tassée par un premier passage. Augustin marchait, son esprit conservait encore assez de lucidité pour résister à la tentation de se dévêtir pour aller plus vite, mais cela ne durerait pas. Le doute s'insinuait en lui : cette douceur de l'air serait-elle l'annonce du printemps ? Il avait perdu la notion du temps, et plusieurs mois s'étaient peut-être écoulés depuis l'accident, depuis la mort de Pablo.

Marcher ! Ne penser qu'à ça. Son instinct de survie lui soufflait qu'il ne devait écouter aucune de ses sensations, que l'hiver ouvrait sa large gueule pour l'engloutir. Marcher encore, l'esprit bloqué sur cette nécessité, sans détacher le moindre lacet, le moindre bouton de sa grosse pelisse qui lui pesait. Le doute n'avait pas sa place dans ce combat singulier qui opposait ce qui lui restait de bon sens à la démence que tout son corps appelait comme une délivrance. Marcher toujours, mettre un pied devant l'autre dans le sillage du traîneau, preuve d'une présence humaine, la première depuis tant de jours et de nuits. Marcher pour voir à l'horizon fumer les cheminées d'un village ! Balancer le poids de son corps d'une jambe sur l'autre en rejetant toutes les tentations, toutes les folies. Une phrase d'un des pères du séminaire occupa son esprit et lui fut salutaire un instant : « Dieu n'impose rien aux hommes, mais il sait soutenir leur volonté quand ils doivent se surpasser ! »

Se surpasser ! Et pour quoi faire ? A quoi bon marcher encore quand le traîneau va arriver ? Pourquoi ne pas céder à cette énorme fatigue ? Augustin pourrait monter sa tente et s'y abriter. Il pourrait dormir un peu, reprendre des forces. Allumer du feu ! Mais il n'y avait pas de bois. De toute façon, le traîneau serait là dans moins d'une heure : le vent lui apporterait les aboiements des chiens.

Ses pas butaient contre les mottes dures de neige. Il chancela. Non, il ne devait pas céder ! On meurt en quelques minutes par moins quarante, il ne devait penser qu'à cela !

La plaine scintillait dans la pénombre et pas le moindre traîneau en vue. Il n'avait plus la force de lutter. Il s'accrochait toujours à la phrase du séminaire, qui perdait sa consistance, devenait branche pourrie, prête à casser. Il tomba, roula dans la neige avec l'impression de se coucher dans un lit moelleux, mais se reprit aussitôt : la neige n'était pas un lit moelleux et il devait se lever sous peine de mourir dans quelques minutes. Ce qu'il fit au prix d'un effort considérable. Il reprit sa marche titubante, se lança dans la traversée de la plaine, océan gris et vide.

Cette fois, c'était sûr, Augustin entendait les aboiements des chiens et le tintement des clochettes. Il leva les bras au ciel, croyant discerner au loin un équipage qui se rapprochait. Il accéléra, mais ce qu'il avait pris pour un traîneau n'était que plusieurs rochers que le vent avait nettoyés de leur neige. Les traces se déroulaient, rectilignes devant lui. Où diable avait pu aller ce maudit traîneau ? Il tomba encore et sombra presque aussitôt dans un rêve de paradis. La Dordogne miroitait sous les aulnes des berges. Augustin pêchait les ablettes avec la canne à mouche de Pablo... Un effort sur lui-même le ramena à la réalité : il était en train de mourir et Wanda lui demandait de vivre. Il réussit enfin à se remettre sur ses jambes. « Ce que j'ai fait, aucune bête ne l'aurait fait ! » Cette phrase d'Henri Guillaumet perdu dans la neige de la cordillère des Andes remplaça un temps la branche pourrie pour se putréfier à son tour.

Augustin comprenait sa monumentale erreur : pourquoi n'avait-il pas attendu le traîneau au bord du fleuve qui regorgeait de bois sec ? Qu'est-ce qui l'avait poussé à partir ainsi au-devant de ses sauveteurs dans une plaine vide du moindre combustible ? Cette nuit serait donc la dernière ! « Ce que j'ai fait, aucune bête ne l'aurait fait ! » Il poursuivit en répétant cette phrase pour ne pas penser à autre chose.

Maudit traîneau ! Le trappeur avait donné du saumon fumé à ses chiens et se trouvait bien au chaud, parmi les siens. Il ne se pressait pas. Une journée de plus ou de moins n'avait pas d'importance. En hiver, on laisse fuir le temps en buvant du thé bouillant et en racontant des histoires de chasse et de pêche.

La pensée du thé bouillant ramena celle des croissants. C'était le coup de grâce du grand hiver, maître de l'Alaska ! Augustin ne tomba pas déséquilibré par un faux pas, non, il se laissa rouler dans la neige avec la sensation d'un plaisir profond. Une fois de plus, il entendait nettement les aboiements et les clochettes des chiens. Il entendait même la voix de l'homme qui commandait les bêtes. Etait-ce la réalité ou un mirage, dernière manifestation d'un cerveau en déroute avant le grand saut ?

Augustin quitta l'hôpital d'Anchorage au milieu du mois de février, après un mois et demi de soins intensifs. Son pied droit, gelé, avait été amputé de ses orteils, un genou gravement endommagé par le gel n'avait pu retrouver sa souplesse première. C'était désormais un boiteux qui s'aidait d'une canne. L'enfer blanc en avait fait aussi un autre homme.

Quand il s'était laissé tomber sur la neige, en proie au délire du froid, les aboiements et les clochettes de chiens qu'il avait entendus comme à travers un mur de brume étaient bien réels. Hanks, un vieil Indien de Healy, allait relever ses lignes de pièges. Il crut d'abord que l'homme étendu sur ses traces de la veille était bien mort ; on ne survit pas au-delà de quelques minutes par un froid aussi intense. Il s'arrêta cependant pour charger le corps afin d'éviter qu'il soit dévoré par les loups. L'homme respirait ! Alors, il le plaça dans le fond du traîneau, le couvrit d'une épaisse couverture d'ours et lui fit avaler une gorgée d'alcool. Augustin ouvrit les yeux, bredouilla quelque chose et se laissa aller à un sommeil qui était une fuite. Hanks fit faire demi-tour à sa meute qui s'impatientait et ramena le blessé à Healy, chez le pasteur Speedy, qui lui donna les premiers soins en le frictionnant près d'un grand poêle. Quand Speedy vit l'état de ses membres, les marbrures bleues de la peau, les pieds devenus insensibles, il fit porter Augustin sur son traîneau à moteur, demanda des accompagnateurs pour conduire le blessé à Fairbanks, village situé à près de cent kilomètres de là, où se trouvait un petit hôpital. Augustin y fut examiné et soigné, mais son état nécessitait plusieurs opérations et il fut envoyé à Anchorage par avion sanitaire.

Durant les longues journées d'oisiveté, Augustin avait eu le temps de prendre conscience de l'extraordinaire chance qu'il avait eue. Médecins et infirmières l'appelaient souvent « le miraculé », et c'était vrai.

Il n'avait qu'une hâte, rejoindre Wanda à Nulato. Qu'était-elle devenue ? Le vieux Wanatho, persuadé que les deux *Frenchies* étaient morts – comment aurait-il pu en être autrement ? –, l'avait sûrement obligée à vivre avec Kill, et Wanda avait dû se résigner. Pablo et Augustin n'étaient pas les premiers et ne seraient pas les derniers étrangers anéantis par le mirage du froid.

L'avion terrorisait Augustin. Il avait appris à piloter dès son arrivée en Alaska et avait parcouru les airs de la taïga en tout sens pour aller chercher du ravitaillement, livrer des peaux ou vendre de l'or extrait des mines de Pablo. Il avait beau se dire que l'accident qui avait failli lui coûter la vie était dû à une négligence, la seule pensée de voler lui glaçait le sang. Aussi loua-t-il les services de trois Esquimaux pour qu'ils l'accompagnent en motoneige jusqu'à Nulato, situé à environ cinq cents kilomètres. Ils contourneraient le mont McKinley par l'est et s'arrêteraient le premier soir à Healy pour remercier le vieux Hanks.

Cette fois, Augustin s'enfonça dans l'hiver avec un certain plaisir. Il revenait en spectateur sur les lieux de son martyre. Les trois Esquimaux Honto, le père et ses deux fils, Margha et Distjo, étaient de bons compagnons dotés de ce sens particulier de l'orientation des gens du Grand Nord et parlant cet anglais propre aux indigènes, où les mots de plusieurs langues se mêlaient à des intonations gutturales souvent inattendues. Ils restèrent deux jours chez Hanks, un vieil original qui vivait seul depuis la mort de sa femme et s'ennuyait sans le dire. Augustin lui promit de revenir le voir de temps en temps. « J'ai pas de famille, dit l'Indien. Comme je t'ai sauvé la vie, nous sommes frères désormais ! » Cela n'était pas dit pour rappeler la dette d'Augustin, il n'y avait pas de dette, c'était l'aveu d'une amitié nouvelle.

En deux jours, ils parcoururent les quatre cents kilomètres qui restaient par le nord du McKinley pour rejoindre Nulato. A mesure qu'ils se rapprochaient, Augustin se sentait oppressé. Il avait l'impression de revenir là où personne ne l'attendait plus et de déranger une communauté où il n'avait plus sa place. Les motoneiges suivirent la rue principale, passèrent devant le magasin éclairé de Ted Sommer et s'arrêtèrent à l'église Notre-Dame-des-Neiges dont le clocher était séparé de la nef pour éviter que les vibrations de l'unique cloche ne déstabilisent les billots sur lesquels elle était construite. Le père Willy vit s'arrêter ces trois véhicules qu'il ne connaissait pas et ouvrit sa porte. Sa surprise fut énorme quand il vit Augustin, qu'il serra dans ses bras avec une émotion sincère.

– On vous croyait morts, vous et votre père...

– Nous avons eu un accident d'avion. Lui est mort, moi j'ai pu survivre grâce à un vieil Indien pour qui je prierai chaque jour.

Le père Willy était un homme généreux. Il savait qu'en Alaska la loi de Dieu était celle de la nature. Lorsque Wanda avait refusé d'épouser Kill, il avait défendu la jeune Indienne. Profondément honnête, il avait adapté ses croyances aux exigences locales. Il acceptait les superstitions, les dieux du froid dont on parlait quand le gel pétrifiait la nature. Ces croyances rapprochaient les hommes dans la chaleur douillette de leurs maisons de bois, soudaient les communautés où Indiens et Esquimaux pouvaient cohabiter avec des Européens. « Il faut être un peu fêlé pour vivre ici ! disait-il souvent sans en croire un mot. Mais c'est aussi parce que nous sommes tous fêlés que nous nous entendons bien. » Merveilleux Willy, venu lui aussi des douces contrées du Sud et qui pour rien au monde n'aurait quitté son rude pays de glaces ! « L'Alaska, c'est tellement grand que ça vous remplit tout le cœur et ne vous laisse qu'un peu de place pour Dieu. » Et il ajoutait aussitôt : « Même si vous n'avez plus de place pour Dieu, priez ! Les prières n'ont pas besoin de Dieu pour être efficaces ! »

La soirée se prolongea tard. Willy avait sorti sa bouteille de schnaps et les petits verres défilaient. Il fallut pourtant aller se coucher. Comme la maison d'Augustin n'avait pas été chauffée depuis longtemps, Willy lui proposa de loger au presbytère. Avant de passer dans sa chambre, il dit :

– A propos, Wanda est repartie chez son père à Koyukuk. Kill l'a rejointe.

Augustin le regarda, interrogateur. Willy comprit sa question.

– Il faut réfléchir. Nous verrons demain. J'ai peur que ce soit une source de gros tracas...

Ils n'eurent pas beaucoup de temps pour réfléchir. Dans ce pays où le moindre hameau était séparé du monde par des distances considérables, les nouvelles se répandaient très vite. Communiquer, pour les petites communautés indiennes et esquimaudes, conditionnait souvent la survie. Le soir même de l'arrivée d'Augustin à Nulato, des gens qui avaient vu le survivant entrer chez le pasteur annoncèrent la nouvelle à tout le village. Elle était tellement extraordinaire, cette nouvelle, qu'une motoneige l'emporta à Koyukuk. Là, elle passa la nuit dans quelques foyers car l'heure était tardive et le froid vif. Le lendemain, la journée commença comme d'habitude. Le vieux Wanatho et Kill n'empêchèrent pas Wanda d'aller à l'école où elle aidait l'institutrice à s'occuper des plus petits élèves. La jeune femme apprit le retour d'Augustin en marchant dans la rue où des hommes dégageaient la neige tombée la nuit. Ils parlaient du miraculé de Nulato. « Le plus jeune des deux *Frenchies* ! dit l'un d'eux. C'est dire que c'est un miracle ! » Les hommes auraient accepté plus facilement qu'un Indien ou un Esquimau réussisse à s'extirper des griffes de l'hiver, mais un étranger venu d'un pays où il gèle si peu, c'était impensable !

Wanda s'arrêta au milieu de la rue, le cœur battant. Elle regardait autour d'elle, mais ne voyait rien. Un espoir fou grossissait dans sa poitrine. Celui qu'elle avait cru mort serait-il de retour ? Sa place n'était plus ici.

Les hommes l'avaient vue et avaient baissé le ton. L'un d'eux cria : « Wanda, retourne chez toi, Kill te cherche ! » Elle n'entendit pas. Elle se mit à courir, sauta sur une motoneige arrêtée devant l'unique magasin et s'éloigna à toute vitesse. La surprise fut telle que personne ne pensa à la poursuivre. Kill apprit en même temps le retour d'Augustin et la fuite de sa femme. L'abus quotidien d'alcool le rendait brutal et toujours imprévisible ; ses colères violentes éclataient pour un rien. Il frappait Wanda à qui il reprochait la perte de sa jambe droite et allait jusqu'à menacer Wanatho, qui regrettait chaque jour davantage de l'avoir laissé s'installer chez lui.

Kill, sombre, prit son manteau fourré, ses moufles, laça ses grosses bottes en loup.

– Je vais les tuer tous les deux ! dit-il froidement.

Il sortit, suivi par Wanatho qui l'incitait à la modération. Les chiens, attachés devant la maison, se mirent à hurler en voyant les hommes. Ils réclamaient leur ration de *dog fish*, variété de saumon dont les mâles ont des dents proéminentes comme des crocs à l'approche du frai ; moins appréciés que les autres espèces, ces poissons étaient réservés à l'alimentation des meutes.

– Kill, raisonne-toi ! cria Wanatho. Tu sais bien que les chiens ne t'obéissent pas !

– Ils m'obéiront à coups de fouet !

– Tu n'y arriveras pas, je te dis. Et puis, tu vas faire des bêtises !

Kill s'approcha de Moh, le chef de la meute, qui lui montra les crocs, menaçant. L'homme voulut le faire taire d'un coup de crosse de son fusil. L'animal se dressa, prêt à attaquer.

– Moh, au pied ! hurla Wanatho.

Le chien se coucha de nouveau. Kill, fou de rage, leva de nouveau la crosse de son fusil pour le frapper mais Wanatho s'interposa :

– Si tu frappes ce chien, je ne dis plus un mot et la meute va te dévorer ! Les chiens en colère sont plus dangereux qu'un ours, rappelle-toi ce que disaient les anciens !

Les voisins étaient allés avertir le pasteur et le shérif, qui arrivèrent très vite, engoncés dans leurs vêtements d'hiver. Le pasteur Morin, dont le grand-père était français, utilisait avec les ivrognes un procédé qui avait fait ses preuves depuis longtemps. Il commençait par raisonner l'homme, lui parlait de Dieu et de la rédemption, puis, comme généralement ses bonnes paroles n'avaient aucun effet, bombait son torse de lutteur et montrait ses poings. Cela suffisait souvent pour ramener tout fauteur de troubles à la raison, le père Morin ayant la réputation d'un fameux bagarreur. Pourtant, cette fois, il s'y prit d'une autre manière :

– Kill ! dit-il de sa voix qui portait à une lieue. Si on te laisse faire, on va voir un homme déjà mis à mal par un ours achevé par des chiens ! C'est moins glorieux ! Alors, écoute. Je vais t'accompagner à Nulato. On verra Wanda tous les deux. Mais ce matin, ce n'est pas possible, tu sais que j'ai le catéchisme et l'école. Cet après-midi, c'est la *wolverine party*. Tu ne veux quand même pas la manquer ! Nous partirons demain matin, après mon office.

Kill se laissa convaincre. Il ne lui serait pas venu à l'idée de ne pas assister à la *wolverine party*, cette fête indienne donnée en l'honneur des animaux prédateurs comme le loup, l'ours, le glouton tués par les chasseurs, afin de se réconcilier avec leurs âmes et de s'assurer de bonnes chasses futures. On y mangeait des pâtisseries et, bien sûr, on y buvait beaucoup. Kill, qui ne pouvait plus chasser, conservait la réputation de ceux qui avaient osé affronter un ours. Pour quelques heures, héros dans l'ivresse générale, il retrouvait sa place parmi les chasseurs.

Le lendemain, comme le père Morin l'avait promis, ils allèrent à Nulato. Le père Willy leur apprit que le *Frenchie* et la belle Wanda étaient partis la veille sans laisser d'adresse. C'était exactement ce que souhaitait Morin, qui dut hausser le ton et menacer de ses gros poings lorsque Kill comprit qu'il s'était fait rouler.

– Ils sont partis très loin ! s'écria le père Willy en tendant le bras vers l'horizon blanc. De l'autre côté de l'océan, chez le *Frenchie*, en Europe ! Tu peux aller les chercher si tu veux !

Ils étaient à Anchorage. Wanda avait bien compris que, sans Pablo, Augustin était un autre. L'Alaska perdait son âme, l'immense terre gelée enfermait le Français dans une solitude désespérée. Il pensait alors au printemps à la Jeugie, à la période de la pêche à la mouche, à la passée des palombes. Il pensait à Juliette et à son enfant, qui devait avoir près de six ans. Wanda savait tout cela. Au premier regard porté sur celui que l'hiver avait rendu, elle avait compris qu'il ne revenait pas pour elle. L'amour de la jeune femme, ses prières l'avaient certainement aidé à vaincre le froid, mais désormais Augustin était ailleurs. Son don de voyance l'avait toujours avertie qu'elle ne serait pas heureuse bien longtemps avec l'étranger. Wanda l'avait compris avec cette résignation des Indiens qui acceptent leur destin, quel qu'il soit.

– J'ai été heureuse avec toi. Tu m'as sauvée des griffes de Kill. Je t'en suis reconnaissante.

Augustin n'était déjà plus d'ici, mais elle ne lui en voulait pas. Wanda savait qu'on pouvait garder un caribou à l'attache pendant plusieurs années mais que, dès qu'on le libérait de ses liens, il repartait avec les siens ; il refusait la nourriture abondante et la chaleur d'une étable pour retrouver sa vie errante et tous les risques des grandes migrations de printemps et d'automne. L'Alaska avait aussi appris à la jeune femme qu'après un bref été revenait toujours un très long hiver. Augustin tenta de la rassurer :

– J'ai besoin d'y aller pour régler mes affaires. Viens avec moi !

La jeune Indienne secouait la tête. Pourquoi aller en Europe où elle serait étrangère comme Augustin était étranger en Alaska ? L'hiver, qu'elle avait maudit, lui manquerait très vite. Elle était fille du froid, comme Augustin était fils de la Dordogne, cette rivière mythique dont il lui parlait si souvent. C'était ainsi !

– Alors, je reviendrai. Quand j'aurai réparé mes torts là-bas, je reviendrai et nous serons heureux...

– Non, tu ne reviendras pas. Tu es déjà là-bas, et moi, je ne peux que rester ici. T'en fais pas, je m'en tirerai.

Le lendemain, Augustin et Wanda se rendirent chez le notaire de Pablo. Augustin laissait à Wanda, pendant son absence d'une durée indéterminée, la jouissance des mines d'or et des concessions de chasse. Si, par malchance, quelque chose lui arrivait entre-temps et qu'il ne soit pas revenu au bout de deux ans, la totalité du bien appartiendrait à Wanda, ce qui lui permettrait de vivre décemment.

Il partit deux jours plus tard. Wanda l'accompagna à l'aéroport. Elle ne pleurait pas. Le seul homme qu'elle aimait s'en allait : pour lui, elle s'était brouillée avec les siens, mais elle ne regrettait rien. Ils allèrent tous les deux à l'enregistrement des bagages et, comme c'était l'heure d'embarquer, Augustin se tourna pour embrasser la jeune femme et lui jurer qu'il reviendrait vite. Wanda n'était plus là, elle s'était noyée dans la foule, le privant d'une dernière étreinte et d'une promesse qui aurait été le premier mensonge entre eux...

La bille de l'Anaïs

Anaïs attendait...

Cela faisait vingt et un ans qu'elle avait quitté la Jeugie et qu'elle avait cessé de boire. A soixante-trois ans, elle inspirait le respect. Les épreuves avaient donné de la gravité et du mystère à sa silhouette. Son visage avait perdu les boursouflures de l'alcool pour reprendre sa forme naturelle, et les rides lui donnaient une beauté tragique. Enfants et adultes l'aimaient. Les uns étaient séduits, mais restaient à distance tant ils la savaient secrète, les autres l'aimaient comme une seconde mère qui, chaque midi, savait si bien essuyer une larme, caresser une joue ou faire le sourire attendu. Les élèves étaient sa nouvelle famille. Les anciens revenaient la voir régulièrement. Ainsi s'était-elle trouvé une raison de vivre, même si celle-ci n'avait pas comblé le vide que laissaient les absents.

Anaïs attendait. Quand elle avait fini son travail, la vieille femme sortait du grand bâtiment, traversait la cour, longeait l'école jusqu'au croisement de la route de Brive. Elle s'asseyait sur une bille de chêne oubliée dans le fossé et regardait le bout de la route par lequel devaient revenir Henri et Augustin. Elle passait ainsi de longs après-midi en été, des journées glaciales en hiver. Toute autre personne aurait été considérée comme dérangée, pas l'Anaïs. Chacun connaissait son histoire et respectait son attente. Elle était devenue un symbole dans ce village rural, celui de la fidélité et de l'espérance. On la citait en exemple ; les voisins la soutenaient du mieux qu'ils pouvaient, mais elle ne demandait jamais rien et préférait rester seule sur sa bille de chêne, qu'on appelait la bille de l'Anaïs.

Chaque dimanche, dans la petite église de Morsac, elle priait Dieu de garder Henri en bonne santé, où qu'il soit, et de le libérer des chaînes qui le retenaient loin d'elle. Le dernier dimanche de février 1983, à la fin de la messe, l'esprit d'Anaïs fut éclairé par une puissante lumière qui ne pouvait venir que de Dieu, car elle était d'une douceur infinie et d'un grand réconfort. Alors, Anaïs sut à ce signe qu'un événement heureux se préparait pour elle. La semaine qui suivit, sitôt son travail terminé à l'école, elle montait s'asseoir sur sa bille de chêne, persuadée qu'Henri allait arriver. Elle attendait jusqu'à la nuit complète, puis rentrait, consciente d'avoir commis un péché d'impatience que Dieu lui ferait payer d'une journée d'attente supplémentaire.

Elle se préparait à partir au croisement des routes quand elle vit la grosse voiture s'arrêter devant le portail de l'école. Elle fut prise d'un étrange pressentiment, mélange de peur et d'espérance. C'était ainsi chaque fois qu'un véhicule inconnu s'arrêtait à cet endroit, car elle espérait voir en descendre Henri ou quelqu'un qui lui apportait de ses nouvelles. Mais, cette fois, le sentiment se doublait d'une prémonition qui l'oppressait.

Elle retint sa respiration quand la portière s'ouvrit. L'homme qui sortit alors mit un moment avant de se caler sur ses jambes et prit une béquille qui se trouvait à côté de lui dans le véhicule. Il parcourut d'un regard circulaire le bâtiment de l'école, puis les collines voisines. Le gris hivernal virant au roux annonçait le printemps. Dans le fossé, les herbes vertes poussaient entre les herbes sèches de l'année passée. Dans la Dordogne, les truites sortaient de leurs abris à la recherche des premières larves.

Anaïs vit le visiteur franchir le portail en boitant, marcher lentement dans l'allée gravillonnée. Partagée entre la joie et l'angoisse, elle retrouvait un Augustin anormalement vieilli et handicapé. Elle lui en avait tant voulu quand il était parti, laissant Juliette enceinte, mais elle n'avait pas eu la force de le rejeter. Et elle souriait en entendant la béquille frapper les marches de bois. Le cœur battant, elle courut ouvrir la porte et, lorsque Augustin, essoufflé, arriva sur le palier, elle lui tendit les bras. Anaïs ne savait pas faire des reproches ; chaque fois qu'elle avait voulu mordre, elle s'était blessée.

– C'est toi ?

Cette parole anodine cachait l'émotion qui l'étreignait. Tant de fois, elle s'était dit que quand Augustin reviendrait, son père ne tarderait pas. Cette certitude ne reposait que sur son espérance, mais elle y croyait, âme pure pour qui Dieu ne peut pas faire souffrir toujours les mêmes.

– Je suis bien contente ! ajouta-t-elle.

Ils s'embrassèrent et Anaïs sentit la retenue de son fils. Ce n'était plus le même être qu'elle avait connu enfant, ni le séminariste sérieux, ni enfin l'épicier parisien. Il avait acquis de la hauteur et le mystère de ceux qui reviennent de l'inconnu.

– Entre donc. Mais qu'est-ce qui t'est arrivé ?

Il regarda longuement sa mère comme pour retrouver dans ce visage les traces d'un passé qui l'avait soutenu dans l'épreuve. Il comprenait à son tour combien son absence l'avait changé.

– Rien ! Le froid m'a pris quelques morceaux de pied. C'est un moindre mal.

– Assieds-toi ! ajouta Anaïs en lui présentant une chaise. Tu vas bien prendre quelque chose ?

Elle ne lui parlait pas comme à son fils, mais comme à une personne du pays, partie depuis longtemps et qu'on ne reconnaît plus.

– Je suis contente de te voir ! Avec toi, ce sont les beaux jours qui reviennent. Tu es passé à Paris ?

Augustin s'assit lourdement, allongea ses jambes devant lui et regarda la cour par la fenêtre. Le soleil était déjà haut dans le ciel ; une tourterelle s'envola avec une brindille de paille dans le bec. Augustin frémit en pensant à la nuit inerte de l'hiver arctique.

– Tu es la première personne que je vois.

– Qu'est-ce que tu as fait pendant ces années ?

Il haussa les épaules. Tout se brouillait en lui, les paysages se superposaient. Il avait cru trouver enfin le bout de sa route en Alaska, et là, devant cette fenêtre qui parlait de la Dordogne, il ne savait plus. La pensée de Wanda lui fit mal.

– Rien de bien intéressant. On croit toujours pouvoir atteindre l'impossible.

– Ce qui est fait est fait ! On n'efface pas le passé. Considère qu'il est mort, conseilla-t-elle.

Augustin pensait à Juliette et à l'enfant qu'elle avait mis au monde après son départ. Il ignorait si c'était un fils ou une fille et il n'osait pas le demander à sa mère.

– J'ai attendu ton père toute ma vie, dit-elle enfin, le visage grave. Je l'attendrai encore chaque jour, mais ce n'est pas ce qui le fera revenir !

La force d'Anaïs qui avait su, sans l'aide de personne, sortir de l'alcoolisme, sa fidélité absolue mettaient Augustin en face de sa propre médiocrité. Comme son père, il avait fui sa femme enceinte, mais il n'avait pas, contrairement à lui, la bonne raison d'échapper à une injustice. Seuls son égoïsme, son envie de nouveaux plaisirs, son aveuglement devant Pablo l'avaient poussé.

– Je vais te dire quelque chose qui pourra te servir, poursuivit-elle. Si ton père n'est pas encore revenu, c'est que le bon Dieu me fait payer une faute que j'ai commise il y a bien longtemps.

Augustin se méprit :

– Tu buvais parce que personne ne t'aidait. Moi, le premier, je te laissais dans ton coin. Tu buvais parce que tu avais perdu tout espoir !

– Dieu ne m'en veut pas d'avoir bu. Il sait que j'étais en enfer. Ma faute, je l'ai commise la tête froide, à jeun. Quelques heures avant la mort de ton oncle Antoine. Je suis allée le voir à l'hôpital, comme il me l'avait demandé. J'avais envie de le tuer pour tout le mal qu'il m'avait fait. Il voulait m'épouser et m'a fait beaucoup souffrir de lui avoir préféré ton père. Antoine m'a demandé pardon, comme quelqu'un qui doit se mettre en règle...

Anaïs s'assit à son tour et s'accouda sur la table. Elle sortit son mouchoir, s'essuya les yeux.

– Et ce pardon, je le lui ai refusé. Dieu m'offrait une chance, m'ouvrait une porte pour espérer à juste raison. Je ne l'ai compris que plus tard. Je prie sur sa tombe chaque fois que je le peux.

Augustin se tourna de nouveau vers la fenêtre. Les collines l'appelaient. Sa mère le comprit et dit :

– Je suis heureuse que tu aies pensé à moi en premier. La maison de la Jeugie est encore debout. Comme je ne voulais pas qu'elle soit ouverte à tous les vents, j'ai fait changer la serrure. La clé est là, sur le buffet. Je ne sais pas si tu pourras y coucher. Viens manger avec moi, ce soir.

Il se leva et sortit de son pas lourd de handicapé. Elle le suivit jusqu'à la porte.

– Les parents d'un élève m'ont apporté un poulet. A croire qu'ils avaient prévu l'événement. Je vais le faire cuire tout de suite.

Volontairement, Anaïs n'avait pas parlé de Juliette, de son enfant ni de ce qu'était devenue Maria. D'ailleurs, elle n'avait pas de nouvelles, Juliette ne lui ayant donné aucun signe de vie depuis le départ d'Augustin, et Maria, dans ses lettres, ne lui en avait parlé qu'une seule fois, au tout début : la jeune femme voulait rompre toute relation avec la famille du fugitif et refusait son aide.

A la Jeugie, Augustin arrêta sa voiture dans la cour de ferme, désormais envahie de grandes herbes. La vieille maison où il dormait avec sa mère et où avait habité Pablo une courte semaine s'était écroulée. Il n'en restait que des pans de murs ocre, mangés par le lierre et bousculés par des arbres déjà hauts. Des machines rouillaient au milieu des ronces. La porte de l'étable était tombée. Seule la maison d'habitation était solide. Il sortit de sa poche la clé que lui avait donnée sa mère, sésame de son enfance. A l'intérieur le froid le surprit. Une forte odeur de renfermé, de rat, de bois moisi le prit à la gorge. Une lèpre blanche rongeait les poutres du plafond. Il monta à l'étage, ouvrit en grand toutes les fenêtres. L'air, la lumière, la vie devaient revenir dans ce caveau. Malgré l'inconfort, il décida d'y dormir. Lui qui avait supporté les rigueurs de l'hiver alaskan ne craignait pas quelques mauvaises odeurs et un peu d'humidité. Ses cannes à pêche, ses bottes étaient toujours au même endroit, dans la remise où il les avait abandonnées avant son départ, sept ans plus tôt. Il prit sa musette et passa la bandoulière sur son épaule. Tout au fond de lui, et ternissant son plaisir, Wanda pleurait l'inconséquence d'un homme qui ne savait que partir...

Il descendit lentement l'escalier. La crasse de sa maison le salissait tout entier. Dehors, le soleil doux, les oiseaux qui chantaient sur le grand tilleul épargné par les tempêtes, les fleurs de pissenlit qui tapissaient la cour le ravirent. Près du mur, une touffe de jonquilles épanouissait son bouquet de corolles jaunes. Sur la colline voisine, l'austère château de Monsieur Victor s'écroulait. La tour n'avait plus de toiture, la belle charpente pourrissait. Les arbres prenaient d'assaut le parc autrefois si bien tenu.

Augustin se dirigea vers la vallée par le chemin devenu un sentier herbeux entre les ronces. Il s'arrêta quand le bruit de la rivière lui parvint, ce bruit resté au fond de lui, qui ne changeait pas au fil des ans. Après le tournant, la Dordogne se montra, dévoila pour lui sa nudité de femme plantureuse, de mère de l'humanité, si différente des rivières adolescentes d'Alaska. Ces fleuves puissants, ces milliers de torrents ignorés des cartes et des hommes, ces eaux restées dans la pureté d'un monde tout neuf n'avaient pas la majesté et le mystère de la Dordogne. Il se rendit à l'endroit où il avait pêché les ablettes à la mouche pour la première fois. L'eau lente et profonde s'étalait en un léger courant. Les ablettes étaient toujours là par milliers, trouant la surface. Augustin s'assit, car son pied amputé lui faisait mal après une longue marche. Il resta ainsi très longtemps, traversé par le bruit de l'eau et l'odeur de la mousse. Son esprit flottait au gré du courant, des poissons qui se manifestaient en surface, des merisiers en fleur. Le printemps ici n'avait pas la soudaineté du printemps alaskan. Moins juvénile, moins impétueux, il prenait tout son temps ; généreux, il racontait l'histoire de chaque plante et de chaque animal.

Augustin ouvrit sa boîte à mouches et regarda ses minuscules moucherons à ablettes. « Le fil est sûrement pourri, pensa-t-il en passant sa ligne dans les anneaux, mais ce ne sont que des ablettes ! » Il retrouvait ses émotions d'enfant. Lui qui avait pêché les gros saumons chinooks de plus de vingt kilos jubilait à l'idée de ferrer une ablette argentée de dix grammes. « On va voir si j'ai perdu la main ! »

Les premiers lancers furent un peu hésitants. Augustin n'arrivait pas à s'appuyer sur son pied blessé, ce qui gênait son équilibre. Pourtant, la petite mouche artificielle se posa au milieu du banc d'ablettes et fut prise aussitôt. Augustin ramena à lui et posa dans sa main ce petit poisson de la Dordogne qui lui procurait un plaisir intense. « Demain, je pêche toute la journée ! »

Il ne put s'empêcher de recommencer et attrapa ainsi une dizaine d'ablettes avec l'émotion de quelqu'un qui découvre combien ces gestes simples lui avaient manqué. Il remonta en claudiquant, de très bonne humeur : le braconnage dans les collines lui serait désormais interdit, mais il pourrait encore pêcher sur la Dordogne et cela suffisait à son bonheur. Il n'était plus de nulle part.

Un vent frais lui rappela que le printemps n'en était qu'à ses balbutiements et que la saison de pêche n'était pas véritablement commencée. Il se souvint qu'il devait dîner avec sa mère.

De retour à la Jeugie, il constata que les courants d'air avaient chassé les mauvaises odeurs. Il dormit, comme autrefois, dans la chambre de Maria. Sa mère lui avait donné une paire de draps, il put faire un lit acceptable. Il se réveilla très tôt. Le jour qui se levait l'appelait. Le ciel était clair, un peu de vent doux coulait vers l'est. L'humidité de la nuit amplifiait les odeurs de moisissure, de poussière, de vieilles choses que personne ne regardait plus. Il traversa la cour en face du soleil qui sortait de l'horizon sombre, ce soleil généreux retrouvé depuis la nuit blanche d'Alaska. Les oiseaux faisaient un vacarme assourdissant. La vie du jour remplaçait celle de l'ombre. C'était l'heure où le hibou et la chouette vont se cacher dans les arbres creux. Déjà le faucon affamé surveillait les souris. Sans perdre de temps, Augustin prit sa canne à mouche et descendit à la rivière qui semblait arrondir le dos, comme une bête qui s'éveille. Des fumerolles, signe de pluie, se promenaient sur la surface. Augustin ne sentait plus son pied : la rivière lui faisait signe, lui racontait l'histoire de truites que personne n'avait pu prendre depuis qu'il était parti ; devenues énormes, elles l'attendaient... C'était pourtant un peu tôt pour pêcher en des eaux à peine sorties de l'hiver. Il s'assit sur un rocher, bercé par le bruit aérien, guettant les sauts des grands poissons qui n'aimaient pas la lumière. Le temps s'était arrêté, même si le soleil continuait sa course dans le ciel. Une voix de femme lui dit : « Je sais que tu ne reviendras pas. Je t'attendrai quand même ! » Une carpe qui marsouinait la fit taire. Cette attente de Wanda l'avait dérangé près de sa mère, mais ce matin, la Dordogne ne laissait aucune place aux remords. « Je suis sûrement un salaud ! pensa-t-il en souriant. Je mérite de mourir comme Pablo, dans le froid, avec une jambe cassée. »

Le temps doux annonçait l'orage. Le vent s'était arrêté et il n'y avait pas un souffle. Les conditions étaient parfaites pour prendre les premières truites de la saison, poissons encore engourdis qui n'avaient pas la pugnacité des truites de juin, mais qui indiquaient que le cycle des saisons se reproduisait invariablement, et c'était rassurant. Ce temps d'orage, qui ne valait rien en été, était excellent au mois de mai. En Alaska, c'était encore l'hiver. La glace emprisonnait encore les rivières qui ne se libéreraient pas avant le mois de juin. Augustin frissonna. La seule pensée du gel réveillait les douleurs de ses membres.

Il descendit vers l'aval jusqu'au pont et décida de pêcher. « Si j'avais des vers, pensa-t-il, j'aurais pêché au toc. C'est la meilleure manière de prendre une grosse truite en ce début de saison. En mouche noyée, c'est moins facile, mais tellement plus amusant ! » Son pied ne lui permettait pas de s'aventurer comme il le voulait dans le lit de la rivière et il eut du mal à se placer correctement. Enfin, la soie siffla dans l'air ; la mouche, tout au bout de la ligne, tomba sur l'eau, coula et commença sa dérive dans le courant. « Attention au ferrage ! se dit-il. En cette saison, les truites ne mordent que du bout de la gueule et elles sont difficiles à accrocher ! » La touche ne se fit pas attendre, une secousse dans le poignet du pêcheur bloqua son mouvement. Augustin ramena à lui la truite ferrée et la prit dans sa main. La beauté du poisson l'étonna, comme si c'était la première truite qu'il voyait. Le saumon d'Alaska était tellement plus nombreux, tellement plus facile à prendre, mais pas une de ses cinq espèces n'avait ces couleurs rares, cette irisation de la peau, cette nacre sur l'abdomen, ces nageoires délicates frangées d'un liséré blanc. Le miracle de la Dordogne résidait dans cette truite. Augustin la laissa glisser dans l'eau avec ravissement : impossible de tuer un tel joyau qui, sitôt mort, serait devenu terne et sans reflets.

Le visage de la rivière changeait à chaque instant, à chaque pas. Et quelle richesse ! Augustin bouscula un banc de chevesnes qui s'enfuirent lourdement, puis il vit, collés sur le fond, les grands fuseaux des barbeaux... L'heure tournait, mais il n'y pensait pas. Il pêchait ! Sa mouche, minuscule touffe de poils que l'eau faisait vivre, attira de magnifiques truites, d'énormes vandoises, des chevesnes fougueux. Cette diversité le comblait.

Le soleil avait passé le zénith depuis longtemps. Englué dans une ouate nuageuse, il déversait sa douceur printanière. « Encore une truite et je m'en vais ! » se dit Augustin, qui avait faim. Mais la truite se faisait attendre, il pestait contre les vandoises qui se précipitaient sur sa mouche. Il dut renoncer à cet ultime poisson et remonta à la Jeugie fatigué, presque heureux.

Il prit sa voiture et s'en alla à Morsac pour s'acheter à manger. Avant d'arriver au village, au croisement de la route de Brive, il s'arrêta. Sa mère était là, assise sur sa bille de chêne. Elle avait pris son chapeau à larges bords.

– Mais qu'est-ce que tu fais là ?

– Tu le vois bien, j'attends !

Il ne lui demanda pas qui elle attendait. Cette petite vieille assise sur son tronc de chêne le mettait en face de ses contradictions, de sa laideur profonde. Il repensa à ce Dieu qu'il avait tant prié au cœur de l'enfer blanc. N'était-il pas en train de l'oublier un peu vite ?

La saison laissait à Augustin encore un peu de temps avant la grande fête des mois de mai et juin. Le lendemain, de très bonne heure, il repartit à Paris où il arriva vers onze heures. Il arrêta sa voiture au bas de l'immeuble où il habitait avec Juliette et attendit, les mains posées sur le volant. Des gens entraient, d'autres sortaient. Il reconnut plusieurs anciens voisins qui ne le virent pas. Le temps gris se mettait à la pluie. Quelques gouttes serpentaient sur le pare-brise.

Vers onze heures et demie, il vit enfin celle qu'il attendait. Juliette sortait du porche. Un imperméable beige, serré à la taille, moulait son corps. Elle n'avait pas changé. Augustin eut envie de se montrer, mais la jeune femme ne lui en donna pas le temps. Elle ouvrit son parapluie et partit en marchant très vite, comme si elle était en retard à quelque rendez-vous. Un quart d'heure plus tard, elle revint en donnant la main à un petit garçon. Augustin retint son souffle. C'était donc son fils ! Juliette et l'enfant entrèrent dans l'immeuble. Augustin pensa que le garçonnet venait déjeuner avant de retourner à l'école.

Il décida d'attendre, le corps parcouru de tremblements gelés. L'appel de Wanda était de plus en plus aigre. Juliette et lui étaient unis par cet enfant, un lien que rien ne pouvait casser. Cela pouvait-il se concilier avec la belle Indienne laissée à Anchorage ?

Enfin, la jeune femme ressortit en donnant la main au petit garçon. Il ne pleuvait plus, un rayon de soleil mettait un peu de couleur sur les murs et la rue. Après avoir quitté l'enfant à l'école, Juliette allait-elle rentrer chez elle ou partir à son lycée ?

Quand il la vit de loin, marchant de ce pas pressé des Parisiens, il ouvrit la portière et sortit. Juliette s'arrêta, les yeux rivés sur cet homme qui s'appuyait sur une béquille. Tout à coup blême, elle s'anima enfin.

– Augustin ? demanda-t-elle d'une voix à peine audible.

Il fit un pas vers elle et baissa les yeux.

– Oui, tu vois ce que je suis devenu !

Juliette retrouva vite son aplomb. L'épreuve qu'Augustin lui avait fait endurer en la quittant avait forgé son caractère. Désormais, tout était clair en elle, sans la moindre hésitation.

– Va-t'en ! dit-elle. Je ne veux plus jamais te voir.

Il crut déceler dans la voix de Juliette une émotion qui cachait une fêlure par laquelle il pouvait se glisser.

– Juliette, c'est pour notre fils... Je voudrais tant que tu me pardonnes.

– Quel fils ? Nicolas a un père, présent, lui, et qui sait l'aimer et lui donner ce dont il a besoin. Ta place n'est plus ici.

– Un père ? Tu veux dire que...

– Les enfants sont à ceux qui les élèvent, qui les aiment chaque jour !

Elle s'éloigna sans se retourner et entra dans son immeuble. Augustin soupira et retourna s'asseoir dans sa voiture, il ne pouvait se tenir debout trop longtemps. Le soir, quand la jeune femme sortit de nouveau pour aller chercher son fils à l'école, la voiture bleue était toujours là. Augustin l'attendait sur le trottoir.

– Je ne veux plus te voir ! répéta-t-elle sèchement.

– Donne-moi au moins des nouvelles de ma tante et de son mari.

– On ne se voit plus. Ta tante te ressemble par bien des travers. Elle habite rue Dombasle, au 12. C'est tout ce que je sais et cela me suffit. Maintenant, si tu m'importunes encore, j'appelle la police.

Il se rendit aussitôt rue Dombasle. Le numéro 12 était posé au-dessus de la porte d'un immeuble ancien au crépi délavé. Il entra dans un couloir sombre et humide, regarda les noms sur les boîtes aux lettres en bois. Il accéda difficilement au deuxième étage par un escalier étroit, dont la rampe branlait sous la main. Il frappa et attendit. La porte s'ouvrit et il se trouva en face de Maria qui poussa un petit cri et resta médusée, comme Juliette quelques heures plus tôt.

– Toi ! dit-elle.

Maria avait beaucoup changé, même si son visage conservait cette harmonie dans le dessin des joues, du front, et ses beaux yeux marron. Ses épaules s'étaient affaissées, sa taille épaissie et, dans son tablier à carreaux, elle ressemblait à une vieille paysanne.

– Entre !

Augustin pénétra dans un petit appartement aux meubles simples, bien différent de la belle maison que le couple occupait autrefois. Un homme, assis sur un fauteuil roulant, le regardait avec curiosité. Il était ridé, chauve et vêtu avec cette négligence de ceux qui ne peuvent pas se débrouiller seuls. Albert Roncerault, après son suicide raté, était resté grabataire, et il n'avait même plus le charme des gens aisés. Il végétait de son fauteuil au lit. Maria s'occupait de lui ; Augustin lut sur son visage une grande lassitude.

Après un long silence pendant lequel il regarda Augustin, Roncerault sourit et tendit la main :

– On savait pas ce que tu étais devenu !

– Je ne vaux guère plus cher que toi. L'hiver de l'Alaska m'a pris quelques morceaux de pied.

– Toi, tu marches. C'est déjà beaucoup. Tandis que moi...

Ce n'était plus la voix du patron qu'avait connu Augustin, mais une voix cassée de vieillard. Son visage avait la blancheur maladive des êtres qui ne sortent jamais. Ses joues molles, son menton tremblant, son regard de chien battu le reléguaient au rang d'assisté condamné à végéter.

– Tu es quand même revenu ! reprit-il pour meubler le silence.

Maria lança à son neveu un regard plein de lassitude. Sa résignation étonnait Augustin. Comment sa tante acceptait-elle de passer sa vie dans cet appartement crasseux avec un infirme terne ?

– Tu vas bien rester dîner avec nous ? fit-elle, insistante, tant cette visite inopinée lui faisait du bien.

Il accepta et, pendant que Maria préparait le repas, il bavarda avec Albert qui ne s'intéressait qu'à sa propre situation.

– Mes fils ont tout pris. Je le leur devais bien ! Et puis il y a eu le procès. Je m'en suis assez bien tiré, mais mes économies y sont passées. Alors, il ne nous reste pas grand-chose pour vivre.

Ensuite, il aborda le long chapitre de ses douleurs et de ses difficultés à affronter sa petite vie. Il s'en prenait à Maria à chaque instant. L'amour-passion qu'il avait éprouvé pour la jeune provinciale, la haine brutale quand il avait appris qu'elle le trompait s'étaient transformés en jérémiades constantes, en reproches aigres et injustifiés. Maria supportait mais, au fond d'elle, un ressentiment profond lui soufflait de terribles pensées. Au bout d'un moment, elle fit signe à Augustin et l'attira dans la pièce voisine sous prétexte de lui montrer des photos.

– J'en peux plus ! souffla-t-elle. J'étouffe, je meurs lentement.

Augustin ressentait toujours la même affection pour sa tante, qui était un peu aussi sa grande sœur.

– Mais tu comprends bien que je peux pas le laisser !

– Ecoute, je vais faire restaurer la maison de la Jeugie. Tu pourras y vivre avec Albert. Là-bas, tu auras plus de place, plus de liberté !

– Qu'est-ce que tu veux que j'aille faire là-bas ? Y rechercher des fantômes ? Non, ma place est ici, dans cette ville, mais il faut que je m'évade un peu !

Quand elle reçut la lettre du ministère de la Défense, Anaïs resta sonnée, la feuille à la main, incapable de faire le moindre mouvement. Quelques minutes lui furent nécessaires pour se reprendre. Enfin, son bras droit tomba le long de son corps, elle s'assit sur une chaise.

Depuis plus de trente ans, chaque jour, elle attendait un signe de son mari, la preuve qu'il allait revenir. Depuis qu'elle le savait innocent, seul l'espoir de leurs retrouvailles la tenait en vie. Toutes les démarches qu'elle avait faites auprès de différents organismes étaient restées sans suite. Chaque fois, les fonctionnaires lui disaient qu'elle n'était pas la seule dans ce cas et qu'il n'y avait aucun moyen de retrouver une personne disparue depuis si longtemps en une période extrêmement troublée. Et cette lettre officielle venait de lui apprendre que le prisonnier Lapierre, Henri, était mort avant d'arriver à Auschwitz à la fin de janvier 1944 ! C'était par hasard qu'un chercheur était tombé sur une liasse de papiers ayant échappé jusque-là aux investigations des fonctionnaires, et dans laquelle figurait une liste de militants communistes morts durant leur transport au camp de concentration. Anaïs était fixée. Le fil qui l'avait retenue en vie jusque-là venait de se rompre.

Comme il n'y avait pas d'école ce jour-là, Anaïs devait en profiter pour nettoyer les salles de classe, les couloirs, ce qui lui aurait laissé assez de temps pour passer quelques heures sur sa bille. Mais elle ne pensait pas à son travail, elle ne pensait à rien. Elle flottait dans un air nauséabond, sans poids, sans chair. Elle n'était plus qu'un paquet de douleur comprimée sur le point d'exploser. Henri était donc mort ! Et dans les pires conditions ! Anaïs venait de mourir à son tour. La lettre posée sur la table avait tranché dans son corps les dernières forces qui maintenaient sa tête haute. Désormais, tout pouvait s'écrouler puisqu'elle ne verrait plus Henri ! La douleur qui l'habitait lui laissait les yeux secs, tant il est vrai que pleurer reste le meilleur moyen de vaincre le désespoir. Elle ne cherchait pas à lui échapper, elle s'y laissait couler, s'enfonçait dans les profondeurs sombres de son être. Pourquoi avoir tant lutté, fait tant d'efforts pour résister à la tentation du vin ? Comme elle était bien autrefois, à la Jeugie, au fond de son ivresse comme au fond d'une prison où la réalité ne l'atteignait pas !

Du vin ! Qu'on lui donne du vin pour allumer le feu dans son âme gelée ! Du vin pour mourir plus vite, pour rejoindre celui qu'elle aimait encore comme au premier jour. Car Henri avait vécu jusque-là ; il venait de mourir entre ses bras, à l'instant où elle avait lu cette maudite lettre.

Elle s'approcha de la fenêtre. Le soleil brillait dans un ciel nettoyé par les giboulées de la nuit. Anaïs avait eu une année de bonheur, si courte, si vite évaporée. Une année à la Jeugie, en 1942, même si sa belle-mère et son beau-frère ne cessaient de la harceler. Une année avec Henri, et puis, l'attente. Infinie, jusqu'à ce jour. Elle ouvrit la porte du placard et vit les bouteilles d'huile, de vinaigre, mais pas de vin. Elle n'en achetait pas, de crainte de céder à la tentation, mais ce matin, elle voulait se soûler, sombrer dans la torpeur béate de l'ivresse, ne plus rien voir ni entendre du monde ou d'elle-même.

Elle pensa à Augustin qui devait revenir bientôt. Quelle serait sa réaction en découvrant que sa mère avait rechuté ? La commune comptait d'autres veuves et aucune n'avait sombré dans l'alcoolisme, mais elles n'avaient pas été privées de leur mari comme Anaïs avait été privée du sien. Leurs sentiments restaient à taille humaine, capables de s'endormir au creux de la mémoire, alors que le sien était l'univers même.

Elle prit son grand cabas et sortit. Rien ne dénotait dans son attitude la terrible douleur qui l'étreignait. A peine sa démarche était-elle un peu raide, son visage un peu plus pâle que d'habitude. Elle entra dans l'épicerie et acheta quatre bouteilles de vin. Mme Chassaut, qui tenait le magasin, s'étonna :

– Voilà que vous recevez du monde, madame Lapierre ? demanda-t-elle.

Anaïs ne se démonta pas. Depuis longtemps, elle avait appris à tricher pour son vice.

– Oui, mon fils vient de Paris avec un architecte... Il souhaite reconstruire sa propriété de la Jeugie.

– Serait-ce qu'il veut s'installer au pays ?

– Il ne m'en a rien dit, madame Chassaut, mais je pense en effet qu'il en a envie.

Elle empila les bouteilles dans son cabas et sortit. Mme Chassaut la regarda marcher dans la rue d'un pas pressé. Ce n'était pas l'Anaïs qui venait acheter son vermicelle ou qui allait chercher des légumes chez le père Blanqui. Quelque chose alourdissait sa silhouette, rendait mécaniques les mouvements de ses jambes.

Anaïs s'enferma chez elle, posa les bouteilles sur la table de cuisine, s'assit devant et les regarda longuement, comme une délivrance. Depuis le temps qu'elle en avait envie ! La lettre de l'administration venait de l'autoriser à s'offrir le plaisir du néant, de la chute vertigineuse vers la bête immonde qui se cachait derrière ses bonnes résolutions. Elle approcha une main de la bouteille, promena le bout de ses doigts sur le verre lisse et froid. Le tire-bouchon était rangé dans le tiroir, à côté des fourchettes. Anaïs ne l'avait pas jeté car il lui servait à ouvrir les bouteilles d'huile de noix que lui apportait le meunier de Fonfroide. En s'ouvrant, le tiroir fit un bruit qui la surprit, comme une protestation. Elle hésita. A quoi bon avoir enduré tant de tortures pour se sevrer d'alcool si c'était pour se laisser glisser de nouveau ? Etait-elle certaine de trouver la paix et l'oubli au fond du verre ? La douleur qui rongeait son corps allait-elle s'éteindre dans les brumes de l'esprit ?

Non, le vin ne la sortirait pas du désespoir. Rien ne pouvait l'en sortir, pas même Augustin dont la présence lui réchauffait pourtant le cœur. Elle voulait boire pour accélérer le temps, échapper à l'immobilité de l'interrogation. La lettre était là sur la table, légère comme une plume, nette comme un couperet de guillotine.

Anaïs prit le tire-bouchon, le fit tourner entre ses doigts et enfonça la pointe d'acier dans le liège. Elle coinça la bouteille entre ses genoux et tira. Un bruit sec, le vin libéré de sa prison coula dans le verre avec un bruit de cascade agréable à entendre.

Elle porta le verre à ses lèvres puis hésita. Enfin, elle le but d'un trait, sans réfléchir, se donnant à l'aigreur du liquide, fermant les yeux pour mieux se laisser aller à ce qui ressemblait à du plaisir. Ce n'était pas bon, elle avait perdu le goût du vin. Pourtant, un immense vide se creusait dans son estomac et la bouteille entière ne suffirait pas à le combler. Les années de sevrage réclamaient leur dû. Elle but un deuxième verre, puis un troisième. Déjà, les murs se gondolaient, elle tanguait sur sa chaise. Mais la mort d'Henri ne s'effaçait pas dans l'ivresse : elle résistait, rocher planté au milieu du courant.

La première bouteille vide, Anaïs voulut en ouvrir une autre, mais ses gestes imprécis échappaient à sa volonté.

Après plusieurs essais, elle réussit à arracher le bouchon et put boire de nouveau tandis que le brouillard s'épaississait autour d'elle, avalait les murs, la table, le buffet, toute la cuisine. Seule restait nette la feuille blanche qui avait tué Henri.

La deuxième bouteille vide, Anaïs voulut aller jusqu'à son lit. Elle parvint à se lever en s'appuyant sur la table, fit quelques pas hésitants, puis elle s'écroula entre les chaises. Sa tête heurta violemment le coin du placard.

Le lendemain, M. Lombart, directeur de l'école primaire, s'étonna de ne pas voir Mme Lapierre dans la cuisine en train de préparer le déjeuner. Ce n'était pas dans les habitudes de cette femme sérieuse d'être en retard et, inquiet, il alla frapper à la porte de l'appartement situé au-dessus de la classe des petits. Un gémissement lui répondit ; il appela, le gémissement se reproduisit. Il tourna la poignée, la porte était fermée à clé.

– Madame Lapierre, ouvrez ! C'est M. Lombart. Que se passe-t-il ?

Il tendit l'oreille et entendit une chaise racler le plancher, puis quelqu'un se déplacer difficilement, et toujours ces gémissements. La clé tourna dans la serrure. Il ouvrit prestement et vit, appuyée contre le mur, Anaïs, qui grimaçait. Sur la table, les bouteilles vides montraient ce qui s'était passé.

– Ma tête ! gémit-elle. J'ai mal.

Elle avait honte. Il lui semblait qu'elle était nue et d'une laideur repoussante.

– Qu'est-ce qui s'est passé encore ? Je croyais que tout ça c'était bien fini ! s'étonna M. Lombart.

L'instituteur vit la lettre à côté des bouteilles et la lut.

– J'ai mal ! se plaignit de nouveau Anaïs. Ma tête...

– Restez assise un moment. Après, ça ira mieux !

Anaïs avait pu nettoyer sa tempe tuméfiée, mais Lombart découvrit un filet de sang séché dans l'oreille droite.

– Comment vous êtes-vous fait ça ?

– Je suis tombée et ma tête a cogné le coin du placard.

– Alors, venez, il faut voir un médecin.

Ils eurent de la chance. Le Dr Laplanche n'était pas encore parti en visite. Il examina rapidement Anaïs et conclut :

– Je ne peux rien. Faut l'hospitaliser et faire une radio du crâne. Ce sang ne me dit rien de bon, car c'est souvent le signe d'une fracture...

Une ambulance fut aussitôt demandée. A l'hôpital, la radio montra, en effet, une fracture du pariétal droit nécessitant une hospitalisation. Anaïs ne pourrait pas tenir sa cantine jusqu'aux vacances de Pâques. M. Lombart lui trouva vite une remplaçante, Adèle Leroux, une veuve à la forte corpulence, qui avait autrefois travaillé dans un restaurant, mais sa cuisine était moins fine que celle d'Anaïs dont tout le monde espérait le retour rapide.

Anaïs vivait avec une lame dans le ventre qui ne cessait de trancher sa chair, et la douleur la torturait sans répit. Après les vacances de Pâques, elle avait tenu à reprendre son travail le plus vite possible. Dans sa cuisine, elle pensait trouver un peu de calme, mais la terrible réalité ne la laissait jamais en paix. Henri était mort pendant son transfert au camp de concentration ! Henri qu'elle n'attendrait plus... Au fil des jours, son dos s'était voûté. La fière Anaïs n'était plus qu'une vieille femme qui oubliait de saler le potage des enfants, ou se trompait dans l'ordre des menus. Il lui arriva de servir les frites avant l'entrée. Elle oubliait de balayer les classes.

M. Lombart s'était aperçu de ces manquements ; il ne dirait rien tant que les parents d'élèves ne feraient pas de remarques. Mais après ? Qu'allait devenir cette pauvre femme sans occupation ? Le directeur était sensible à cet amour fidèle qui la conduisait chaque jour sur sa bille de chêne. Un tel sentiment prenait ses racines aux sources mêmes de l'univers, seule une âme solidement forgée, dotée d'une force de vie peu commune, pouvait le concevoir. Pour cette raison, M. Lombart voulait aider Anaïs. Il n'avait rien dit à personne des causes de son accident. Il avait même fait disparaître les bouteilles. Honteuse de son acte, Anaïs n'avait pas osé le remercier.

Il alla la trouver dans la classe des grands, qu'elle tentait de balayer, mais le ménage était chaque jour moins bien fait. Le directeur prenait souvent lui-même le balai pour nettoyer le plus gros. Anaïs n'avait plus de forces et peinait à pousser le manche en bois. Son regard ne s'arrêtait sur rien, le pansement qui entourait encore sa tête lui donnait le visage blême d'un pierrot pathétique. Le directeur s'assit à son bureau et sortit une pile de cahiers d'un tiroir, mais il ne se mit pas à les corriger, il resta longtemps pensif, le regard dans le vague. Au bout d'un moment, M. Lombart rangea les cahiers et sortit sans un mot. Sa présence avait apporté un peu de chaleur dans le terrible hiver qui gelait Anaïs tout entière.

Elle n'allait plus à la messe. Elle jusque-là si pieuse s'enfermait lorsque sonnaient les cloches. Le premier dimanche, le curé Pigeot s'étonna de son absence et envoya Jeanne Legard jusqu'à la mairie-école. Il retarda le début de l'office jusqu'à ce que Jeanne le rejoigne dans la sacristie.

– Elle m'a dit qu'elle n'irait plus jamais à la messe parce qu'elle est brouillée avec Dieu.

– En voilà une nouvelle ! s'exclama Pigeot. Mais qu'est-ce qui lui prend ?

– Il lui prend que Dieu lui avait annoncé une bonne nouvelle et elle a reçu l'avis de décès de son mari.

– J'irai la voir cet après-midi.

Il s'y rendit après le déjeuner. C'était un homme roux, grand et maigre au visage fin piqué de taches de rousseur.

Anaïs le reçut froidement et ne lui proposa pas de chaise.

– Qu'est-ce qu'on me dit ? attaqua le curé directement. Vous êtes brouillée avec Dieu ! Vous savez que c'est grave ?

Elle le regarda froidement et répondit d'un ton sec :

– Il savait, lui, qu'Henri était mort. Alors, pourquoi il m'a fait croire à une bonne nouvelle ? J'ai peut-être pas assez souffert ?

– Il ne vous a fait croire à rien, c'est vous qui vous êtes mis ça dans la tête !

– Non, c'est lui, comme c'est lui qui a fait souffrir Henri et qui l'a fait mourir avant que je le revoie ! Qu'est-ce qu'il avait fait de mal, mon Henri, pour qu'il le punisse comme ça ? C'est parce qu'il était communiste ? Puisque c'est ça, je suis communiste aussi et je vais plus à la messe !

Pigeot eut beau répéter que les voies de Dieu n'étaient pas celles des hommes et qu'on devait lui faire confiance, il ne put rien en tirer et repartit à son presbytère en se demandant si Anaïs n'avait pas perdu la tête.

A Morsac, beaucoup pensaient la même chose. L'envie du vin harcelait Anaïs, mais elle n'osait pas aller en acheter à l'épicerie, et il lui restait assez d'orgueil pour affronter sa souffrance sans chercher à en alléger le poids. Comme elle ne s'asseyait plus sur sa bille de chêne, elle faisait d'interminables promenades qui la conduisaient dans les hameaux les plus éloignés. Elle suivait les chemins au hasard, infatigable, la tête basse. La pluie et l'orage ne l'arrêtaient pas. On la voyait partout sauf à la Jeugie, que ses pas évitaient toujours. Quand elle revenait, à la nuit tombée, la vieille femme passait toujours au cimetière. Là, elle restait de longues minutes devant la tombe des Lapierre, puis rentrait chez elle.

Un soir, à la sortie du cimetière, elle ne se dirigea pas vers la mairie-école, qui se trouvait un peu en dehors du village, mais prit la direction opposée. Elle passa très vite devant le bistrot et l'épicerie, puis traversa la grand-place jusqu'à l'église. A la porte, elle hésita un instant puis entra, résolue, et marcha jusqu'à l'autel. La petite lumière rouge brillait, preuve de la présence de Dieu. Anaïs la regarda fixement, et sa colère monta, puissante, détruisant toute retenue, tout bon sens.

– Qu'est-ce qu'il vous avait fait, Henri ? Vous n'aimez pas les communistes, c'est ça ?

Elle gesticulait dans l'ombre. Son foulard glissa de sa tête et la tache blanche de la bande qui entourait son crâne s'anima devant la lumière rouge immobile.

– Vous le saviez qu'il était mort. Alors, pourquoi ne pas me l'avoir dit plus tôt ?

Elle eut un geste circulaire et son bras droit heurta un vase sur l'autel, qui roula, tomba sur les dalles et se brisa. Le bruit, amplifié par les voûtes, la surprit et lui arracha un rire de démente, haché. C'était le signe de sa victoire et de sa rupture totale avec celui qui l'avait trompée.

– Et moi qui l'ai attendu toute ma vie ! Ça devait bien vous faire rigoler, cette pauvre vieille qui regardait la route, été comme hiver. La farce a assez duré. Je crois bien que celui qu'on appelle Dieu n'est autre que le diable !

Cette fois, elle prit intentionnellement un autre vase, qu'elle lança de toutes ses forces contre la petite lumière, qui s'éteignit. Elle se retrouva dans l'obscurité, où seule la tache blanche de son pansement s'agitait encore.

– Mais enfin, Anaïs, qu'est-ce que vous faites ?

Le curé Pigeot braqua sa lampe sur elle, qui resta comme pétrifiée. La vieille femme prit tout à coup conscience de ce qu'elle avait fait et fondit en larmes.

– Je deviens folle ! dit-elle.

Pigeot était un homme généreux, il comprenait la détresse de cette femme qui refusait la fatalité.

– Venez, Anaïs, je vais vous raccompagner chez vous.

A Paris, Augustin s'ennuyait de la Dordogne, mais rien ne pressait : jusqu'à la fin avril les eaux étaient encore trop froides et les giboulées trop fréquentes pour qu'on puisse espérer des parties de pêche régulières. Il voulait revoir Juliette et son petit garçon, tenter de les apprivoiser. Deux matins de suite, il l'avait attendue au bas de son immeuble, mais la jeune femme n'était pas sortie. Le troisième jour enfin, il la vit donner la main à Nicolas, éblouie par un soleil qui faisait éclater la blancheur des murs. Juliette cligna des yeux, chercha ses lunettes dans son sac et prit la direction de l'école. Elle aperçut Augustin qui lui souriait et passa devant lui en marchant très vite, la tête basse. Nicolas regardait ce curieux homme avec une béquille.

– Bonjour ! dit Augustin.

Juliette pressa le pas en tirant son fils.

– Dépêche-toi ! Nous sommes en retard.

– C'est qui, maman ?

– Je sais pas. Viens !

Elle tourna au coin de la rue. Augustin la suivit de loin jusqu'à l'école, pensant qu'elle allait s'enfuir en prenant un autre itinéraire. Mais non, quand elle eut laissé son garçon, elle revint sur ses pas, bien décidée à affronter son ancien mari.

– Combien de fois faudra-t-il que je te dise que tu n'existes plus pour nous ? Tu n'as été qu'un accident déplorable, vite oublié.

– Je veux que mon fils me connaisse.

– Tu n'as pas de fils ! Nicolas est le fils de Vincent. Je lui ai dit que tu étais un méchant et qu'il ne devait surtout pas t'adresser la parole.

Elle voulut s'éloigner. Augustin lui posa la main sur l'épaule et la retint de force.

– Juliette, il faut que je te parle. Je t'en prie, viens prendre un café avec moi dans le bar en face.

Elle eut un instant d'hésitation. Son regard balaya le trottoir puis se leva au ciel. Enfin, elle se dégagea :

– Je peux pas ! J'ai cours dans trois quarts d'heure... Le temps de me rendre au lycée et...

Le ton avait changé. De sec et tranchant, il était devenu plus ouvert. Augustin crut y discerner une grande lassitude.

– Je t'en prie. Il faut que je te parle. Ne crois pas que je vais chercher à semer le désordre dans ta vie.

Le regard qu'elle lança à Augustin n'était plus celui de la haine. Elle lui emboîta le pas et entra devant lui dans le bistrot. Sans un mot, ils s'assirent à une table. Alors, Augustin commença à parler :

– Ce que j'ai fait, je ne peux pas le regretter. Avant, je dormais, je n'étais pas moi-même, je ne pouvais voir le monde qu'à travers le regard d'un autre. Maintenant, je suis un homme et je sais ce que je veux...

Elle l'écoutait et c'était son tour de devenir quelqu'un d'autre. Avait-elle aimé Augustin ? Non, son départ l'avait préservée d'une vie sans joie. Elle se serait vite lassée de l'épicier aux manières onctueuses de séminariste, mais l'homme boiteux qui revenait d'Alaska, à la peau tannée par le froid, avait un charme nouveau qui la tentait.

– Les choses ont beaucoup changé ici ! dit-elle enfin. Mes parents ont divorcé. Ma mère en avait l'intention depuis longtemps. La vie n'est plus aussi facile qu'avant.

– Je redécouvre la France, dit Augustin.

– Et qu'est-ce que tu vas faire ? Tu vas retourner là-bas ou rester ici ? demanda-t-elle encore.

Il eut une brève pensée pour Wanda.

– Ce que j'ai vécu m'a appris des choses essentielles. Je me sens très sale et je voudrais me nettoyer de toutes mes fautes !

Ils commandèrent un café et restèrent un instant silencieux, perdus dans des pensées, des souvenirs qui les rapprochaient et qu'ils n'osaient aborder. Tout à coup, Juliette leva ses yeux clairs et les planta dans ceux d'Augustin avec une intensité nouvelle.

– J'avais l'intuition qu'entre nous ça ne durerait pas. Tu es un homme de forêts et de rivières que je retenais prisonnier en ville. Mais que veux-tu maintenant ?

– Je veux reconnaître mon fils.

– Ça, c'est impossible ! fit-elle en se levant.

Augustin se rendit chez Maria, qui lui proposa une promenade dans le square voisin. Elle s'évadait ainsi quelques heures pendant qu'Albert faisait sa sieste. Le printemps était précoce dans cet endroit abrité : les tulipes s'ouvraient au soleil et le lilas fleuri répandait un agréable parfum. Maria prit le bras d'Augustin et ils marchèrent ainsi un long moment, silencieux. Tous deux pensaient à la même personne. Maria fondit en larmes.

– Il est mort, n'est-ce pas ?

– Oui, dans la neige. Il était le vent de l'orage, l'eau des fleuves. Il était à la fois poisson et ours, loup et renard. Il voulait se fondre dans les éléments qui le composaient. Il est mort pour que je vive...

Ils s'assirent sur un banc. Des gens se promenaient dans les allées, au milieu d'une multitude de pigeons. Maria pleura un long moment, le visage enfoui dans son mouchoir. Augustin lui prit la main.

– Il parlait beaucoup, mais ne se confiait pas. Je sais si peu de choses de lui. Je sais seulement qu'il est venu à la Jeugie pour moi, parce qu'il avait tué Monsieur Victor et contraint mon père à la fuite. Il disait avoir une dette envers moi...

– Tu lui ressembles ! reconnut Maria. Près de toi, j'ai l'impression d'être avec lui. Autour de lui, comme autour de toi, l'air n'est pas le même que près des autres hommes.

Elle s'essuya les joues et demanda, d'une voix presque chuchotée :

– Là-bas, il avait... il avait une femme ?

Augustin s'apprêtait à répondre. Maria inspira :

– Et puis non, ne me dis rien ! Cela ne me regarde pas.

Elle hocha la tête et ravala ses larmes. Tout à coup, elle se redressa, soulagée, comme délivrée d'un fardeau. Avec la disparition de Pablo s'évanouissait la tentation à laquelle elle aurait probablement cédé de nouveau. Maria s'était, certes, consacrée à son mari pour expier sa faute, mais elle découvrait une autre raison, plus profonde et sournoise : elle était restée avec Albert dans l'espoir de retrouver son amour sauvage, en attendant le retour de Pablo.

– Je suis délivrée ! murmura-t-elle. Maintenant, je peux vivre.

– J'ai pensé la même chose !

Augustin aborda alors un sujet qu'il avait écarté de leurs conversations car il l'impliquait d'une manière qu'il n'aimait pas.

– Avec Juliette, vous vous voyez ?

– Jamais ! Depuis ton départ, je ne l'ai vue qu'une fois, et par hasard, dans la rue. Elle ne m'a même pas saluée. Elle m'en veut d'être ta tante ! Et si tu veux mon conseil, laisse-la tranquille. Elle doit bien se débrouiller !

– J'ai une dette envers mon fils.

– Pablo aussi avait une dette envers toi. Tu vois comme les choses se répètent ! Maintenant, il faut que je rentre ! dit Maria en consultant sa montre. Albert va avoir besoin de moi.

Anaïs ne pouvait plus s'occuper de la cantine de l'école. Son comportement à l'église avait fait le tour de la commune et choqué beaucoup de gens. M. Lombart faisait son possible pour qu'elle puisse tenir au moins jusqu'aux vacances d'été, mais les plaintes de parents d'élèves affluaient à la mairie et M. Duchet, le maire, dut intervenir. Il voulut d'abord parler avec la vieille femme et lui rendit visite chez elle. C'était un homme de petite taille, rond et jovial. Tout le monde l'aimait dans la commune, même ceux qui n'avaient pas ses idées politiques, pour son humanité et son souci de satisfaire les uns et les autres.

Anaïs le pria de s'asseoir et s'étonna de sa visite. Le maire cherchait ses mots.

– Je sais pas ce qui se passe, madame Lapierre, mais depuis quelque temps, ça ne va pas très bien.

– Ça ne va pas, non. Je me suis brouillée avec Dieu !

M. Duchet fronça les sourcils, étonné d'un tel propos. Il poursuivit :

– On dit en effet que vous, si pieuse jusque-là, ne mettez plus les pieds à l'église. Cela vous regarde, mais...

– Mais j'ai raison, monsieur le maire. J'ai commis une faute dans ma vie, une seule, celle de refuser le pardon à mon beau-frère qui m'avait tant fait souffrir. Dieu me le faisait payer tous les jours en attendant mon Henri, mais il n'avait pas à le tuer, lui, pour ma faute à moi !

Déconcerté, M. Duchet se demanda si Anaïs n'avait pas complètement perdu la tête.

– Il se trouve, reprit-il, que les parents d'élèves se plaignent. Depuis quelque temps, votre cuisine n'est plus aussi nette. Ils m'ont demandé d'intervenir.

– Et qu'est-ce qu'ils veulent ? Que je m'en aille ? Ça m'est bien égal, partout où j'irai, le malheur sera avec moi.

– Personne ne souhaite que vous partiez, mais il faudrait que vous fassiez un effort et que tout redevienne comme avant, quand vous alliez vous asseoir sur la bille de chêne, au croisement de la route de Brive.

– Ce n'est plus possible, monsieur le maire. Maintenant, je n'attends plus personne !

– Alors, qu'est-ce que vous voulez ? Ça ne peut plus durer comme ça !

Anaïs, lentement, se tourna vers le maire. Elle n'avait pas perdu la raison comme le disaient les gens. Si elle s'occupait mal de la cantine, c'était que plus rien ne la retenait du côté des hommes, pas même Dieu.

– Je veux aller à la maison de retraite de Beaulieu.

– Bon ! fit M. Duchet, je m'en occupe.

Une place était disponible et Anaïs put partir à la fin du mois d'avril à la maison de retraite *Les Champs fleuris*, proche de Beaulieu-sur-Dordogne. Le cadre était agréable, les bâtiments neufs, mais Anaïs, habituée à la solitude, comprit vite qu'elle n'était pas faite pour la vie en collectivité. Elle fuyait les autres pensionnaires. Elle s'enfermait dans sa chambre, refusait les visites de personnes qu'elle avait connues autrefois. Les repas pris en commun lui étaient particulièrement pénibles. On lui posait des questions auxquelles elle n'avait nulle envie de répondre. La gaieté de ces gens heurtait sa détresse. Elle n'était pas venue se réfugier ici pour prendre du bon temps, mais pour être considérée comme morte. Elle refusait d'aller à la messe et ne voulut pas parler au prêtre qui passait régulièrement quelques heures avec les pensionnaires.

Dans sa chambre, elle s'asseyait sur le rebord du lit et ne bougeait plus. Les filles de salle, qui faisaient le ménage, l'invitaient à aller se promener dans le parc, à profiter des premiers beaux jours. Elle ne répondait pas.

– Vous avez des bancs un peu partout. Descendez au fond du pré, il y a une toute petite rivière. Le matin, il fait encore frais, mais l'après-midi, au soleil, il fait bon !

Anaïs n'écoutait pas. Le soleil n'existait plus, aucune chaleur ne pourrait plus jamais la réchauffer.

– Et puis, le car s'arrête juste à côté du portail d'entrée. Vous pouvez le prendre pour aller faire les boutiques à Beaulieu. Ici, vous n'êtes pas en prison !

Si, elle était en prison. Anaïs n'avait plus rien à faire dans le monde puisqu'elle n'attendait personne. Pourtant, la pensée du car qui pouvait l'emmener en ville lui plut : inconnue à Beaulieu, elle pourrait acheter du vin.

Le lendemain, la vieille femme se rendit à l'arrêt du car. M. Vergne, le directeur, vit là un signe encourageant : Anaïs la sauvage s'adaptait enfin à sa nouvelle existence.

A Beaulieu, elle acheta trois bouteilles de vin, un tire-bouchon et rentra aux *Champs fleuris* par le premier car. Les bouteilles dissimulées dans son cabas, elle se réfugia dans sa chambre.

A l'heure du dîner, les employées s'étonnèrent de son absence et l'une d'elles alla frapper à sa porte. Comme personne ne répondait, elle ouvrit avec son passe et trouva Anaïs qui délirait, allongée sur son lit. Deux bouteilles vides gisaient sur le plancher. L'employée courut chercher M. Vergne, qui constata que Mme Lapierre était ivre. Il ne fit aucune remarque et demanda qu'on la laisse cuver.

Le lendemain, il rendit visite à Anaïs, qui se sentait coupable d'avoir encore cédé à la tentation, et la menaça de lui interdire de sortir si elle recommençait. Elle reçut la semonce sans un mot.

Elle se tint tranquille pendant quelques jours, mais la tentation était là, toujours plus forte. Un après-midi, enfin, n'y tenant plus, elle voulut se rendre de nouveau à Beaulieu. M. Vergne lui recommanda d'être sage et la laissa partir. A la nuit tombée, comme elle n'était pas revenue, le directeur avertit la gendarmerie. On la retrouva au bord d'une route, complètement ivre, incapable de faire un pas. Elle avait acheté du vin et était sortie de la ville pour boire tranquillement dans un bosquet. M. Vergne se mit en colère et interdit à Anaïs de sortir. Honteuse comme une enfant qui a volé des bonbons, la vieille femme assura le directeur qu'elle ne recommencerait plus.

Les jours passaient, paisibles, dans cet établissement bien tenu où flottait pourtant une odeur de vieux et de rance. Les parfums du printemps restaient dehors, pour ceux qui pouvaient encore aller les respirer. Anaïs avait tenu parole. L'humiliation subie lorsque les gendarmes l'avaient ramenée lui donnait la force de résister à la tentation. Mais elle était bien consciente que cela ne durerait pas. Elle avait échafaudé un plan pour s'évader et faire en sorte que personne ne la retrouve jamais.

A table, les conversations allaient bon train. Les pensionnaires, en majorité des hommes et tous de la région, se connaissaient pour la plupart depuis longtemps. Veufs et incapables de subvenir à leurs besoins seuls, beaucoup étaient encore valides et occupaient leurs journées à cultiver un vaste potager qui fournissait des légumes en abondance. Les jours de pluie, ils jouaient aux cartes et ne semblaient pas malheureux.

Chacun avait sa place et n'en changeait pas. Anaïs s'installait à la sienne, mangeait très peu et se levait avant le dessert. Elle n'écoutait pas ce que disaient ses voisins. Pourtant, un soir, son attention fut attirée au point qu'elle leva les yeux de son assiette.

– Tu sais pas qui j'ai vu, cet après-midi à Beaulieu ? Le Léon Rignac.

– Rignac, oui, je vois qui tu veux dire. C'est bien celui qu'on avait cru mort pendant la guerre et qui est revenu en 1958 ? Je me souviens, ça avait fait toute une histoire. On avait même gravé son nom sur le monument aux morts. Il a fallu changer la pierre...

– Le journal en avait parlé. Cet après-midi, on est allés boire un coup chez la Louise. On se connaît bien, on est allés à l'école ensemble ! Il m'a dit qu'il ne voulait pas entendre parler de la maison de retraite.

Anaïs se lève de sa chaise, les jambes lourdes. Elle n'a mangé que l'entrée, mais son estomac est noué. Raide, suivie par des regards curieux, elle traverse la salle, sans répondre à la serveuse qui l'interroge. Personne n'insiste puisqu'Anaïs est un peu dérangée.

Dans sa chambre, la vieille femme ne s'assoit pas à la place habituelle, sur le rebord du lit, le dos à la fenêtre ; elle s'assoit bien en face de la lumière du soir. Des nuages blancs courent sur le bleu du ciel, l'arbre juste en face déploie ses jeunes feuilles rougeâtres. A l'horizon, les collines moutonnent, vertes et mauves. Anaïs regarde tout cela, l'esprit vide. Les images se reflètent en elle, puis se dissolvent dans la torpeur qui l'habite. L'histoire de Léon Rignac est entrée en elle comme une glu qui bloque ses pensées, les retient au bord de ce qui pourrait être, enfin, l'espérance.

Non, c'était stupide. Léon Rignac est revenu, mais sa famille n'avait pas reçu d'acte de décès ! Henri avait bien succombé aux mauvais traitements des nazis puisqu'on avait pris la peine de l'écrire. Anaïs avait trop vu les photos des malheureux délivrés par les Américains pour ignorer les souffrances d'Henri qui s'était réfugié dans la mort pour échapper aux tortures. L'histoire de Léon Rignac était tout autre ! Croire qu'elle aurait pu se répéter avec Henri ne pouvait conduire Anaïs qu'à une nouvelle chute, un nouveau désespoir, encore plus difficile à supporter.

Augustin demeura à Paris jusqu'à la mi-mai. Il déambulait dans son ancien quartier à la recherche de l'homme qu'il avait été. Il avait aussi contacté plusieurs cabinets de détectives privés pour leur demander de tenter de retrouver son père, mais pas un n'avait accepté.

– Trop difficile ! avait dit M. Gantarini, un détective spécialisé dans ce genre d'affaires. A l'époque, rien n'était stable et il est trop difficile, quarante ans après, de dénouer l'écheveau. Vous n'y arriverez jamais !

Avant de retourner à la Jeugie, Augustin voulu revoir Juliette, mais la jeune femme restait introuvable. Il passa plusieurs journées à surveiller la porte de son immeuble, en vain. Peut-être était-elle partie en vacances. Il pensait aussi à Wanda, qui s'était effacée pour le laisser entièrement libre. Alors, il avait l'impression d'être un pantin dont les morceaux épars ne pourraient se recoller.

– Laisse Juliette tranquille ! lui conseilla Maria, qu'il retrouvait presque chaque jour. N'essaie pas de la reconquérir. C'est ainsi qu'arrivent les drames !

Maria n'avait pas perdu sa nature ardente et se confiait sans retenue à son neveu. Sa vie auprès de Roncerault lui pesait, la jeunesse n'avait pas abdiqué et l'envie de recouvrer sa liberté la rendait souvent sourde aux appels de son époux. Son regard s'attardait par la fenêtre, s'emplissait de la lumière du dehors. L'air de la liberté qu'elle s'était refusée lui manquait désormais.

– J'ai envie de vivre, tu comprends. Les hommes me regardent encore et je comprends que si je voulais... Un jour, je vais le laisser sur son fauteuil et il ne me reverra plus. Ses fils qui l'ont dépouillé n'auront qu'à s'occuper de lui !

Maria parlait ainsi, pourtant elle ne partait pas. Sa valise préparée en cachette attendait sous le lit, mais quelque chose la retenait encore. Un certain sens moral qui ne l'avait pas abandonnée et ce sentiment de culpabilité que le souvenir de Pablo rendait plus vif. Elle aurait trompé son mari avec un autre, sa faute aurait été moins grave. La mémoire du vagabond planait sur eux :

– Il m'a donné son âme ! disait Augustin.

– Justement ! répliquait Maria. Tu es incapable de rester auprès d'une femme, alors laisse Juliette avec Vincent, qui est un bon garçon. Il ne la rend pas forcément heureuse, mais au moins il ne s'en ira pas. Retourne avec ton Indienne qui acceptera tout de toi !

– Je veux reconnaître mon fils.

Maria souriait et haussait les épaules.

– Tu dis n'importe quoi. Tu n'as jamais pu supporter le moindre lien. Ton fils n'a pas besoin de toi.

– Mais je suis son père, je voudrais qu'il le sache !

– Tu dis ça en pensant à toi, pas à lui ! Tu fais partie de ceux à qui il manque toujours quelque chose. Nous avons tous des tares secrètes, des envies insatisfaites qui nous empoisonnent la vie...

Augustin savait qu'elle avait raison. Pourtant, il ne pouvait s'empêcher d'aller rôder dans le quartier de Juliette, de l'attendre derrière la porte vitrée du petit bistrot.

Un après-midi, enfin, il la vit. Elle sortait de l'immeuble, seule. Le soleil, radieux, invitait à la fête de la nature au bord de la Dordogne. Augustin se planta au milieu du trottoir et laissa Juliette venir à lui. Pour la première fois, elle lui sourit.

– Je vais repartir ! dit-il. Paris n'est pas fait pour moi. Mais avant, je voudrais reconnaître mon fils.

Elle le regardait avec intensité. Ses yeux se mouillèrent, elle baissa enfin la tête.

– Tu n'aurais jamais dû revenir, voilà ce que je pense !

– Viens. On se donne en spectacle.

Ils entrèrent dans le bistrot et s'assirent à une table du fond. Juliette se moucha et s'essuya les yeux.

– Tu ne peux pas reconnaître Nicolas. Ce n'est pas possible.

– Et pourquoi donc ?

– Parce que Nicolas a un père, Vincent. Pourquoi bousculer sa vie alors que tu ne pourras pas t'en occuper ? Je t'en supplie, laisse cet enfant en dehors dc nos querelles. C'est pour lui que je te le demande.

Augustin soupira : Juliette avait raison. Il avait rêvé de cet enfant, but de son retour. Il avait espéré l'apprivoiser, l'aider à grandir, à devenir un homme. Quand il se battait contre l'hiver, son image l'avait aidé à vivre. Tout à coup, le dérisoire de son existence apparut à Augustin. Ce fut lui qui se leva pour s'en aller. Juliette le regarda sortir en boitillant. Son handicap, marque d'aventures extrêmes, augmentait son charme. Elle se dit qu'elle ne devait plus jamais le voir car elle pourrait encore l'aimer.

Le soir même, il partit pour la Jeugie et roula une partie de la nuit.

Quand il arriva, le soleil se levait, souverain. Augustin alla s'asperger le visage à la fontaine où, autrefois, les vaches s'abreuvaient. Le baquet de pierre avait été cassé par le gel, mais, au milieu des ronces qu'il écarta, le tuyau coulait toujours. Rafraîchi, il eut envie de se dégourdir les jambes. Il suivit un instant le sentier qui menait à la Dordogne. Un bruit le fit se tasser derrière une touffe de petits merisiers. Il vit alors passer à quelques mètres de lui un magnifique cerf qui se dirigeait vers l'eau. Au temps des hommes, ces grands animaux n'avaient pas leur place ici. Désormais, ils peuplaient une région à l'abandon, restée comme aux premières heures du monde. Ici, les traces des anciens occupants étaient partout, murets couverts de mousse, terrasses pour aplanir les anciens champs, noyers et châtaigniers morts par suite du manque d'entretien, fruitiers couverts de gui et rongés par le lierre. Augustin avait l'impression de marcher dans un cimetière.

Vers neuf heures, après s'être reposé un peu, il rendit visite à sa mère et apprit par M. Lombart ce qui s'était passé.

– Elle est à la maison de retraite depuis le début du mois. L'annonce de la mort de votre père l'a beaucoup affectée. Je ne savais pas où vous joindre.

Aux *Champs fleuris*, Augustin fut accueilli par le directeur, M. Vergne, qui lui expliqua que sa mère n'allait pas bien.

– Elle passe ses journées enfermée, ne va jamais se promener, et ne parle à personne. Et puis...

Il ne savait comment formuler son propos pour ne pas choquer Augustin.

– Elle boit ? demanda celui-ci, qui avait compris.

– Oui, elle a acheté du vin à Beaulieu et nous l'avons retrouvée ivre dans sa chambre. Une autre fois, ce sont les gendarmes qui l'ont ramenée...

– Elle a attendu mon père toute sa vie, et récemment elle a reçu une lettre lui annonçant sa mort...

– Comment ça, quarante ans après ?

– Je crois que des chercheurs ont trouvé une liste de communistes morts dans un convoi pour Auschwitz, une liste qui dormait depuis ce temps dans une liasse de documents.

M. Vergne sourit :

– Des histoires comme celle-là, il y en a à la pelle et ça ne veut rien dire !

Augustin trouva sa mère assise sur le bord de son lit, qui regardait par la fenêtre. Elle lui sourit et M. Vergne remarqua que c'était la première fois qu'elle souriait depuis son arrivée. Augustin l'embrassa, honteux d'avoir été absent si longtemps. Le pansement avait été enlevé et Anaïs ne conservait de son accident qu'une petite cicatrice à la tempe droite.

– Il faut que tu m'emmènes voir un dénommé Léon Rignac ! dit-elle. Je ne pense qu'à ça depuis qu'ils en ont parlé...

– Qu'est-ce que tu racontes ?

– Il paraît qu'il était mort. On avait même gravé son nom sur le monument aux morts. Et puis, il est revenu. Je veux le voir. Va demander à Mimile où il habite. C'est un vieux qui mange à ma table. Il est au jardin.

Augustin retourna voir M. Vergne et lui demanda où il pouvait trouver ce pensionnaire.

– Votre mère veut voir Léon Rignac ? répondit le directeur. Pourquoi pas, si cela peut la réconforter ? Je le connais, comme tout le monde ici. Il habite au Bessous. Les journaux ont beaucoup parlé de lui. Il est revenu de Russie alors que tout le monde le croyait mort.

Le Bessous était un village accroché aux nuages, sur une colline arrondie dominant la majestueuse Dordogne. Augustin et Anaïs y parvinrent par une interminable route qui flottait entre deux vallées. Augustin arrêta sa voiture à la première maison, qui devait être celle de Léon Rignac, selon les indications de M. Vergne. Il fut accueilli par un chien hargneux montrant les crocs. Une femme aux cheveux blancs sortit de la maison, appela le chien et se tourna vers les visiteurs en souriant. Augustin se présenta :

– Je suis Augustin Lapierre, et voici ma mère, Anaïs. On voudrait parler à M. Rignac.

La femme fronça les sourcils, comme éblouie par la lumière. Elle avait le visage rond et ridé de ces grand-mères sans âge qui ont toujours quelque friandise pour les enfants du voisinage.

– C'est qu'il est parti faire les commissions. Il ne va pas tarder ! Entrez donc. Qu'est-ce que vous lui voulez à mon mari ?

Ce fut Anaïs qui répondit :

– On a dit qu'il était revenu dix ans après la fin de la guerre...

Elle baissa la tête et avoua dans un soupir :

– Mon mari à moi n'est pas revenu...

– Je comprends ! dit la femme. Léon va vous raconter son histoire, mais ne faites pas attention à ce qu'il va vous dire. Tout ce qu'il a vécu lui a porté un peu à la tête et il déraille de temps en temps.

Augustin et Anaïs entrèrent dans la maison où flottait une odeur de fruit trop mûr. Mme Rignac leur proposa une chaise et une tasse de café.

– Vous savez, il est parti là-bas comme on le fait quand on est jeune. Il croyait aller au paradis, mais c'est l'enfer qu'il a trouvé !

Le bruit d'une motocyclette avertit la maîtresse de maison du retour de Léon. Augustin vit entrer un petit homme sec et nerveux, qui ôta sa large casquette pour saluer les visiteurs. Son visage maigre était animé de tics qui contractaient la peau au niveau de ses tempes et déformaient son front. Anaïs le regardait intensément. A travers lui, c'était Henri qu'elle revoyait, et cela lui faisait un bien infini, comme si elle renaissait.

Ils bavardèrent un moment du temps, qui était exceptionnellement beau, mais en bon paysan, Léon ne se fiait pas aux apparences et il prévoyait un été avec des orages violents, des inondations, des fermes brûlées par la foudre. Anaïs se taisait, mais ne perdait pas un mot de cette conversation sans intérêt.

– Voilà, dit Augustin. Mon père, qui était communiste, était dans la Résistance. Un jour, il est parti et on ne l'a jamais revu.

– C'est pas pour ça qu'il est mort ! Ça veut rien dire du tout. Moi, quand j'ai vu mon nom sur le monument, j'ai bien rigolé !

Léon tenait l'occasion de raconter son histoire, il ne voulait surtout pas la laisser passer. Il sortit son paquet de tabac, détacha une feuille de Job et roula tranquillement sa cigarette.

– Je vais vous raconter tout ça, mais il faut un moment.

– Faites pas attention, dit Mme Rignac en souriant à Anaïs, il va vous raconter trois fois la même chose !

Léon ajusta sa casquette en arrière et commença :

– Quand on s'est évadés du convoi qui devait nous conduire à Auschwitz avec d'autres Français, on était une centaine de communistes. Il y avait peut-être votre père. Ils nous conduisaient dans quatre camions débâchés. Un soir, ils se sont arrêtés dans un village. Pendant que les uns allaient manger, les autres montaient la garde autour des camions. Mais tu parles, ils avaient trouvé une cave bien remplie et, à trois heures du matin, ils étaient tous ronds. On a été quelques-uns à tenter le coup et je suppose que quand les gars s'en sont rendu compte, ils n'étaient pas bien fiers. Nous, on n'avait qu'une idée en tête, rejoindre l'Armée rouge pour reprendre le combat.

– L'Armée rouge ?

Il opine du chef et se tourne tout à coup vers sa femme, muet.

– Où j'en étais ? Ah oui ! Quand on s'est évadés du convoi qui devait nous conduire...

– Tu l'as déjà dit, ça ! fit sa femme d'un ton sévère, puis se tournant vers Anaïs : vous comprenez, il a raconté son histoire à *La Montagne*, et les journalistes ont arrangé un peu les phrases. Il l'a apprise par cœur, c'est pour ça qu'il parle si bien...

– Voilà, je suis perdu ! Où j'en étais ? Ah oui ! On était communistes et on avait bien compris qu'après la victoire les Américains s'opposeraient aux Russes. Nous, on voulait être du côté russe. Et c'est ce qu'on a fait !

Rignac remplit les verres, but une gorgée et poursuivit :

– A la fin de la guerre, je voulais rentrer chez moi, mais pas question. Les Russes avaient besoin d'ouvriers. J'étais prisonnier dans le pays que j'admirais tant ! Ah ! les salauds !

Il vida son verre et le remplit de nouveau. Mme Rignac éloigna la bouteille.

– Bois pas trop, ça te fait déparler !

– J'ai travaillé pendant dix ans dans un port, à Piarnou, en Estonie. Ah, le froid, mon pauvre monsieur ! Et puis, on voyait personne ! Moi, j'ai préféré crever que de rester plus longtemps dans ce pays. Alors, je suis parti. Faut dire que j'ai eu de la chance. On chargeait des caisses sur des bateaux. J'ai réussi à leur fausser compagnie en me cachant dans une caisse. Je suis resté quatre jours dans ma caisse sans manger et sans boire. Et puis, je me suis retrouvé aux Pays-Bas. Je vous dis, j'ai eu de la chance, tous les camarades n'ont pas pu faire comme moi. Beaucoup sont encore dans ce pays tellement grand qu'on ne peut pas en sortir.

Anaïs avait écouté le récit sans broncher, immobile, accrochée aux paroles de Léon. L'histoire qu'elle entendait était l'histoire d'Henri. Maintenant, elle savait qu'il n'était pas mort. Il était parmi ceux qui s'étaient enfuis d'un convoi, il avait été déclaré mort par ses gardiens soucieux de cacher leur faute. La certitude se faisait en elle, et la lumière de Dieu l'éclairait de nouveau.

Une fois dans la voiture, sur la route du retour, Anaïs, qui s'était tut jusque-là, dit enfin :

– Ce soir, c'est trop tard, tu vas donc me laisser à la maison de retraite. Mais tu viendras me chercher demain après-midi. Je ne veux plus rester avec des vieux.

– Mais enfin, où veux-tu aller ?

– Ecoute, Augustin, je ne suis pas vieille, moi, puisque j'ai si peu vécu ! Je veux reprendre la cantine de l'école et mon petit appartement...

Augustin déposa sa mère à la maison de retraite et rentra à Morsac. Il trouva M. Lombart qui lisait sous sa charmille et lui expliqua que sa mère voulait reprendre sa place.

– Si elle peut, moi, je suis d'accord. Mme Leroux qui fait la cuisine à sa place, a bien dit que c'était pour dépanner. Elle peut tenir jusqu'aux vacances, mais il nous faut quelqu'un pour la rentrée prochaine.

– Je suis persuadé qu'elle va mieux ! assura Augustin. Nous avons vu un certain Léon Rignac qui, comme mon père, a été considéré comme mort et qui est revenu dix ans après la fin de la guerre. Il était en Russie... Cela a suffi à lui redonner de l'espoir...

– Elle peut reprendre son logement, dit M. Lombart. Les vacances approchent et nous laissent un peu de temps pour voir comment elle va.

Assise sur sa bille de chêne, Anaïs attendait... L'attente remplissait ses jours, se suffisait à elle-même. La vieille femme avait repris ses habitudes dans son appartement au-dessus de la classe des petits. Elle s'était réconciliée avec Dieu et avait voulu rembourser les vases cassés. « La brebis égarée qui revient a plus d'importance que deux vases en terre cuite ! » avait commenté le curé Pigeot en souriant.

A la fin de l'été, Augustin repartit à Anchorage, puis à Nulato, et n'eut pas de mal à retrouver Wanda. Kill était mort à la suite d'une rixe avec un ivrogne, la jeune femme pouvait de nouveau aller et venir en toute liberté. Elle accueillit le Français avec sa soumission habituelle. Il revint à la Toussaint à la Jeugie pour la passée des palombes. Wanda refusa de le suivre : elle redoutait l'Europe et ses perversions. « Je t'attendrai, avait-elle dit à Augustin. Et si tu ne reviens jamais, je t'attendrai quand même... »

Anaïs aussi attendait...

Les années passèrent. Augustin partageait son temps entre ses deux natures. Wanda n'avait pu lui donner d'enfant, et c'était un de ses grands regrets. L'Indienne ne s'en étonnait pas :

– Je suis punie de ma faute. Je n'ai pas voulu obéir à la coutume, c'est ma punition !

– Non, c'est moi qui suis puni d'avoir abandonné ma femme enceinte !

Il avait fait restaurer la maison de la Jeugie avec l'intention de la céder plus tard à son fils. Il avait écouté Juliette et Maria et n'avait plus jamais essayé de rencontrer l'enfant qui grandissait entre sa mère et celui qui lui servait de père. Plus tard, quand il serait adulte, Augustin lui parlerait...

En 1989, le mur de Berlin s'écroula avec le régime communiste. Anaïs ne prêta à l'événement qu'une importance secondaire. La bille sur laquelle elle s'asseyait était encore solide...

Elle mourut au printemps suivant, d'une crise cardiaque, et fut pleurée par toute une commune qui avait fait d'elle le symbole de la fidélité et de l'espérance. Alors, la bille, qui jusque-là s'était si bien conservée, se mit à pourrir. L'écorce commença à se détacher par gros lambeaux que les enfants dispersaient à coups de pied. Puis le bois s'effrita en poussière.

Un an plus tard, un vieil homme arriva à la Jeugie par le car de Brive. Il constata que la maison était encore entretenue, mais les volets fermés indiquaient que ses propriétaires n'y faisaient que de brefs séjours. L'homme fit le tour du bâtiment et se rendit au cimetière sans répondre aux regards curieux qui se posaient sur lui.

Il s'arrêta devant le caveau des Lapierre et lut les noms des morts : Antoine Lapierre – 1920-1956, Marguerite Lapierre, née Loison – 1895-1962, Anaïs Lapierre, née Bauchant – 1920-1990.

L'homme baissa la tête, accablé. Son passé se trouvait dans ce caveau de famille : son frère jumeau, sa mère et maintenant Anaïs, qui restait dans son souvenir jeune et belle. Il nota l'absence de Maria et de Louis, le simplet. Puis il se demanda ce qu'était devenu l'enfant qu'attendait Anaïs en février 1943. La vie avait continué sans lui.

L'arrêt du car pour Brive se trouvait précisément au croisement, là où se posait le regard d'Anaïs lorsqu'elle attendait sur sa bille. L'homme s'y rendit, la tête basse, sans un mot. Le car arriva quelques instants plus tard, il y monta et jamais personne ne sut qu'Henri Lapierre était revenu chez lui après quarante-huit ans d'absence.

Anaïs n'avait pas assez attendu...

Table

Composé et mis en pages
par DV Arts Graphiques à Chartres,
cet ouvrage a été reproduit
et achevé d'imprimer sur Roto-Page
par l'Imprimerie Floch à Mayenne
pour le compte des Editions Anne Carrière
104, bd Saint-Germain 75006 Paris
en juillet 2003

Imprimé en France
Dépôt légal : mai 2003
N° d'édition : 266 – N° d'impression : 57724.